# 夜の獣、夢の少年　下

ヤンシィー・チュウ



マクファーレン老医師に仕えていた少年レンは、老医師の死後、医師仲間のウィリアムの元で働くことになる。実は老医師は死ぬ前に、ウィリアムの家にあるはずの自分の失った指を見つけ出し、死後四十九日以内に墓に埋めるように、レンに約束させていたのだ。指は見つからず、ウィリアムの周囲では人食い虎の被害者が連続する。指を失った老医師が人虎《じんこ》になった？　指がウィリアムが働くバトゥ・ガジャ地方病院にあると突き止めたレンは病院へ行くが……。人虎伝説に翻弄される人々の運命を描くニューヨークタイムズ・ベストセラーのファンタジイ。

# 登場人物

レン……………………英国人医師のところで働く少年
イー……………………レンの双子のきょうだい。故人
ジョン・マクファーレン……レンを雇っていた老医師。故人
ウィリアム・アクトン……レンの新しい雇い主の医師
アーロン………………ウィリアムの料理人
ハルン…………………ウィリアムの運転手
アイリス………………ウィリアムの婚約者。英国にいる
リディア・トンプソン……ゴム農園主の娘
アンビーカ……………ウィリアムの愛人。ゴム農園労働者の妻
リットン・ローリングズ……病理学者。検死官
ナンディニ・ウィジェダサ……ウィリアムの患者
リー・ジーリン………ダンスホールで働く女性
リー・シン……………ジーリンの血のつながらないきょうだい。
　　　　　　　　　　　バトゥ・ガジャ地方病院の補助スタッフ

母さん……………………ジーリンの母
継父……………………母さんと再婚した男性。シンの父
ホイ……………………ジーリンの友人。ダンスホールで働く
タム……………………ジーリンの師匠。洋裁師
ミン……………………シンの親友。時計屋の息子
ロバート・チウ………ミンの友人。弁護士の息子
チャン・ユーチェン…セールスマン
Y・K・ウォン………シンの病院のルームメイト
コー・ベン……………シンの同僚
ペイリン………………看護婦

# 夜の獣、夢の少年　下

ヤンシィー・チュウ
坏　香　織　訳

創元推理文庫

THE NIGHT TIGER

by

Yangsze Choo


This book is published in Japan
by TOKYO SOGENSHA Co., Ltd.
Japanese translation rights arranged with Flatiron Books
through Japan UNI Agency, Inc., Tokyo

# 夜の獣、夢の少年　下

# 25

六月十六日（火）
イポー

　わたしはもちろん、そのままキッチンに戻ると、ペイリンの茶色い紙袋を開けてみた。シンによると、ペイリンはあの事故以来、まだ意識を取り戻していないようだ。身震いが出た。ペイリンは突き飛ばされたに決まっている。きっと、あのY・K・ウォンがなんらかの形でからんでいる。証拠はない。けれど空気がひきつれるのを感じるように、直感がそう告げていた。

　二重になったブッチャーペーパーを開くときに、なかからコトリと音がした。標本のガラス瓶をひとつと、紙の束をテーブルに出しながら、わたしは息を飲んだ。すっかりおなじみになった瓶の形とサイズ。入っているのは親指だ。ただしセールスマンが持っていた指のような乾燥してしなびたものではなくて、保管室にあったほかの標本と同じく、黄色っぽい液体に浸かっている。その瓶を垂直にして、ランプのそばに立ててみた。不思議なことに、あの黒ずんでゆがんだ塩漬けの指を見たときのような恐怖は感じなかった。あの指には、研究用に作られた蠟《ろう》の模型のように、どこか本物らしくないところがあったから、きっとそのせいなのだろう。

とにかくこの親指は、保管室で標本リストとの照合をしたときに、見つからなかったもののひとつに違いなかった。

紙袋には、ほかにも封筒が入っていた。宛名にはペイリンの可愛らしい筆跡で、チャン・ユーチェン様と、あのセールスマンの名前が書かれている。他人の手紙を読むなんてよくないとは思ったけれど、赤の他人の頼みをきいてやるなんてどうかしているというシンの警告が頭のなかに鳴り響いていた。さっと目を通しただけで、やっぱりと思った。ラブレターだ。次から次へと、あふれる恋心がつづられている。流し読みをしただけでも、『奥さんとの話がついたら』とか、さらには『あなたの唇が肌に残っています』というような、こちらが赤面してしまうような文章が目に飛び込んできた。とにかく、この手紙は本物だ。まったく無分別にもほどがある。ペイリンが取り戻そうとしたのも無理はない。だれかが匿名で婦長に送りつけようものなら、ペイリンは病院を馘《くび》になるだろう。

手紙の束の下には、一枚、ノートから破られたらしき紙があった。書かれている文字も、ペイリンの筆跡ではなく――おそらくは男性のものだ。左半分には、十三の名前が書かれていた。すべて、地元の人らしき名前だ。チャン・ユーチェンの名前も下から二番目にあった。その横には、何かのしるしなのか、大きなチェックマークがひとつ。紙の右半分にも、短い名前のリストがあった。書かれている名前は三つだけだ。J・マクファーレン、W・アクトン、L・ローリングズ。

わたしはそのふたつのリストをじっと見つめた。なんらかのパターンが見えそうな気がした。

〈J・マクファーレン〉の名前の横にはクエスチョンマークと、タイピン／カムンティンという文字が書かれている。この名前には覚えがあった。病理学科保管室の帳簿の、W・アクトンから寄付された標本のところに書かれていた名前だ。ウィリアム・アクトンとは、保管室の掃除をしたときに直接会っている。L・ローリングズというのは、病理学科をまかされているローリングズ先生で間違いないだろう。つまりリストのひとつは、バトゥ・ガジャ地方病院にかかわっているイギリス人医師の名前ということになる。

　紙の裏側には、数字が書かれていた。頭金らしきものを計算した金額のようだ。わたしは新しい紙を一枚持ってくると、名前や数字を慎重に書き写してから、すべてをまた袋に入れ直した。シンはこの件について、ローリングズ先生に相談をしたんだろうか？

　もう深夜を回っていた。シンはいまごろ人気《ひとけ》のない道路を、灯油ランプの明かりだけを頼りに走っているはず。しんとなった採掘場の浚渫機《しゅんせつき》や、寂しい大農場の横を、何キロも真っ暗闇のなか走っているのかと思うと、なんだかひどく心配になってきた。トラックに轢《ひ》かれるところや、虎に引きずられている姿がはっきり頭に浮かんだ。しばらく前にも、半分食い殺された水牛の死体が、近くの農場で見つかっている。表の闇には、獲物を狙う何かが潜んでいるのだ。あのチャン・ユーチェンも、そんな夜に帰るのが遅くなり、命を落としたのかもしれない。

　眠っている母さんの様子を見に行った。痩せた顔にかかった髪をそっと払いながら、大事にはならなそうなことに感謝した。同時に心の片隅には、もしも母さんが死んだら、この家に縛りつけられている理由もなくなるのにと思っている冷酷な自分がいた。

母さんの回復は、過去の流産のときと比べても遅かった。継父は相変わらず口数が少なかったけれど、かなりの時間を母さんのベッドのそばで過ごしているのには驚いた。継父もようやく、母さんが丈夫ではないことに気づいたのだろうか。母さんの青ざめた顔と、色のない唇を見るたびに、わたしは心配でたまらなくなった。

「出血は止まったの?」様子を見にきたウォンおばさんが、母さんに声をかけた。

「だいたいは」母さんが言った。

ウォンおばさんがわたしに目を向けた。「もしも熱が出たら、病院に連れていかなくちゃいけないよ。感染症の危険があるからね」

わたしとしてはいますぐにでも病院に連れていきたかったけれど、下手に移動をさせると、かえって疲れさせてしまうかもしれない。意外なことに、継父も同じような心配を口にした。継父はベッドのそばに腰を下ろすと、母さんの手を取った。「具合が悪くなったら、すぐに言うんだよ」

とうてい継父のものとは思えない愛情のこもった声だったけれど、母さんにちっとも驚いた様子がなかったところを見ると、寝室の閉ざされた扉の向こうでは、結構いつもあんなふうなのかもしれない。愚かな母さんの愛情をつなぎとめるには、おそらくそれで充分なのだろう。だとしても、わたしの継父に対する憎しみが消えるわけではない。何があっても、その点だけは変わりっこなかった。

その後、アークムが来て、キッチンに座った。わたしは豚骨を茹《ゆ》でていた。干した赤ナツメを加えて、陽《よう》の気を養うスープを作り、母さんに飲ませようと。

アークムが言った。「お父さん、お母さんのことをとっても心配しているのね。ほんと、やさしいわ」

わたしはうなずいた。アークムはファリムに越してきてから一年とたっていないから、継父とわたしが血のつながった親子ではないことに、おそらくは気づいていない。

「ごきょうだいは、もう病院に帰っちゃったの？」

「ええ、昨日の夜にね」

アークムのため息をききながら、わたしは前回シンが家に戻っていたときに、アークムがシンに色目を使っていたことを思い出した。あのときには気にもならなかったのに。たった十日で、こんなにも変わってしまうなんて。

「彼、恋人はいるの？」アークムが言った。

シンは婚約者の話を両親にもまだしていなかったけれど、これは別に不思議でもなんでもない。「いるみたい」わたしは、コー・ベンがよかれと思って話してくれたことを思い出しながら言った。「シンガポールに」

「あら、シンガポールなんて遠いじゃない！　心変わりして、わたしを好きになってくれるかも」

「そうね」わたしはアークムの前向きな単純さがうらやましくなった。

「子どもは六人つくるわ」アークムが冗談めかして言った。「しかも、美男美女ぞろいになるわよ」

わたしは笑顔を作った。「どうしてそう思うの?」

「あなたたちきょうだいを見てごらんなさいよ——美形一家じゃないの!」

わたしは困惑にうつむいた。シンに対する感情が変わったなんて、だれかに気づかれたら厄介なことになる。継父は怒り、母さんは娘を恥ずかしく思うだろう。あの家ではあるまじきことが行なわれていると、近所にも噂が広がるはずだ。

「ジーリンも、わたしに味方してくれるでしょ?」アークムが言った。「なんたって、あんなリッチな彼氏がいるんだから。昨日の夜は、大きな車で送ってもらったそうじゃないの」

ロバートのことなんかすっかり忘れていたけれど、お礼を伝える必要があった。手紙でも書いておこう。だけど、どうやって渡せばいいのか。結局、いらない心配だった。その日の午後、ロバートが家に顔を出し、その次の日の午前中にも来たからだ。最初のときには乾燥させた中国の薬草を、二回目には、蓋のついた青と白の陶製の容れ物に鶏のスープを持ってきてくれた。家付きのコックが作ったのだ。病人にいいとされる、黒い皮膚をした艶やかな烏骨鶏《うこっけい》を使ったという。

ほんとうに親切としか言いようがなくて、わたしは申し訳なくなってしまった。やわらかな革のシートにこぼれたスープのシミを見たときにはなおさらだった。あのすさまじい運転のせいだろうけれど、そんなことは言わずに、駆け寄って、なんとか落とそうとシミを押さえた。

ロバートはしばらく継父と話し込んでいた。なんの話かまではわからなかったものの、母さんも、居間に座っていられるくらいには回復していたので、ロバートに挨拶ができて嬉しそうだった。

「なんていい方なのかしら！」母さんが、スープを温め直しているわたしに向かって言った。わたしは口をつぐんでいた。車の革シートから、スープのシミを落とすことはできなかった。そのせいで気持ちが落ち着かなかった。なにしろまたひとつ、借りを作ってしまったのだから。

金曜日。わたしがファリムに戻って三日がたっていた。母さんは顔色もよくなって、二階にある継父との寝室に戻っていた。母さんがもう大丈夫だからと言っても、わたしは家事をさせようとしなかった。

「なんのためにわたしがいるのよ？」と、その週いっぱい、タムさんから休みをもらっていることを母さんに思い出させた。とはいえ、明日はイポーに戻らなければ。土曜日にはプライベートパーティの仕事が入っている。

この三日間、シンからはひと言も連絡がなかった。トラックに轢かれるとか虎に食われるとかしていれば、いまごろは警察から連絡が入っているはずだ。そうは思っても、金曜の暑く長い午後が過ぎていくなかで、わたしは時計を見上げては、週末だから帰ってくるかもと期待せずにはいられなかった。

切断された親指の入った茶の紙袋は、がらんとしたシンの部屋に隠しておいた。あの部屋には、シンがずっと宝物を隠すのに使っていた場所がある。隅っこの緩んだ床板の下。わたしは床板を持ち上げ、紙袋をしまった。立って裸の足の裏に滑らかな木の床を感じていると、シンが長年この部屋を使っていたんだという事実が嘘みたいに思えた。なにしろ、あまりにも空っぽだったから。

進学のため家を出るとき、シンはとり憑かれたように持ち物を処分した。わたしは、シンがきちんきちんと片付けていくのを、ドアのところから黙って眺めていた。シンは、ふたりで買い集めた安っぽいカンフー小説まで捨てようとした。

「それ、もらってもいい?」わたしは声をかけた。

シンは、ほとんど振り返りもせずにうなずいた。そのときに悟った。シンにはもう、この家に帰ってくるつもりはないのだと。

**裏切者**。そう思った。**わたしを見捨てるなんて**。

わたしはシーツをはずされたままのベッドに体を投げ出した。フォンランは、このベッドにシンと横たわったことがあるのかな?　ふたりはいったいどこまでいったんだろう?　シンは、フォンランのブラウスのボタンをゆっくりはずし、手を滑らせて胸を包みながら、キスをしようと顔を寄せたのかもしれない。わたしにも向けたあの物憂《ものう》げな笑みを浮かべ、長いまつげの下からフォンランを見つめたんだろうか?　暗闇のなかに横たわりながら、わたしはギュッと目を閉じた。この新しく芽生えた、胸をざわつかせる生々しい思いを、早く消してしまわなければと思った。

だから金曜日の午後が過ぎて、店の入り口のほうから人を迎える継父の声がしたときも、わたしは忠犬が尻尾《しっぽ》を振るみたいに出て行ってはいけないと自分に言いきかせた。それでも、足音が長い廊下を近づいてくるにつれ、脈が速まるのを感じた。わたしは奥のキッチンで、蒸した鶏肉を切っていた。明るい顔をして見せるのが一番だと思った。突然自分の恋心に気づいたあげく、十年分の嫉妬に苦しみながらまともに寝られなかったなんて顔をしてはいけないと。明るく、快活に。それにかぎる。

「また戻ってきたの?」わたしは言った。「てっきり、トラックにでもペシャンコにされたのかと思ってたけど」

わたしは振り返るなり、恥ずかしさに固まってしまった。シンではなく、ロバートだったのだ。

「ぼくの運転、そんなにひどいかな?」ロバートはびっくりした顔で言った。

「ごめんなさい——てっきりシンだと思って」

わたしがうろたえているのを見て、ロバートが目を輝かせた。「気にしないで」ロバートは言った。「そんなふうに話してくれたほうがぼくとしても嬉しいんだよ、ジーリン」まずい。わたしの名前を口にしたときのロバートの様子ときたら。照れながらも嬉しそうで、いかにもわたしに夢中という感じだ。ダンスホールでも、この手の表情を見たことがある。煙たい目をしたルイーズであれば、冷たくあしらうのもそう難しくはないのだけれど。

「ずっと、シンやミンがうらやましかったんだ」ロバートが言った。「きみたちは、一緒に大きくなったようなものだからね」

わたしは笑い飛ばそうとした。「女きょうだいはいるんでしょ？」

「それとは違うよ」わたしは近づいてきたロバートに、警戒の目を向けた。もしもまたキスなんかしようとしたら、鶏肉を投げつけてやるつもりだった。けれど、どうして拒むんだろう。なんといっても申し分のない相手なのだ。どうしたらいいのかわからないまま、わたしは、米粉でできた甘い蒸しケーキを差し出した。ふわふわした雲のような菓子だ。

「お父さんが、バトゥ・ガジャ地方病院の理事だと言ってたわよね？」わたしはさりげなくきいた。

ロバートはケーキを頬張りながらうなずいた。

わたしは、ペイリンの紙袋に入っていたリストの写しを取り出した。ロバートが何かを知っている可能性もあるのだから、試してみるだけの価値はある。「このなかに、知っている名前はある？」

ロバートはしげしげと見つめた。「リットン・ローリングズ――彼は病理学者だ。それからこのウィリアム・アクトンっていうのは、一般外科医だよ」

「J・マクファーレンは？」

「病院の職員ではないと思う」ロバートが顔をしかめた。「だけど、名前はきいたことがあるよ。カムンティンで死んだ女性にからむ、おかしな噂があってさ。このリストはどこで手に入れたの――病院かい?」

冷たい影が、わたしの下で揺らいだ。ロバートにこんなことをきくんじゃなかった。この人は善意からとはいえ、うっかり口をすべらせかねない。

「なんでもないの」わたしは言った。

「なんだかすごく哀しそうだよ、ジーリン」ロバートが言った。「何か心配事でもあるの? もしそうなら、ぼくに打ち明けてくれないかな」

どこか間の抜けた感じの気取った細い口髭をたくわえたロバートの顔が、いかにも心配そうにこちらを見ている。心配事ならいくらでもあった。麻雀の借金、借金取り、アルバイトを馘になりそうなこと。それから切断された指とか、血のつながっていないきょうだいに恋をしてしまったこととか、ささやかな問題がいろいろと。けれどそのうちのひとつだって、ロバートに打ち明けるわけにはいかない。その瞬間、アークムが台所に入ってきた。わたしたちがテーブル越しに見つめ合っているのを見ると、祝福するようににやりとしてから、そのまま引き返した。

母さんは、夕食までロバートを引き留めようとしたけれど、ロバートには先約があった。ホッとした。シンがもし帰ってくるとすれば、ロバートとは会わせないにかぎる。シンはむかしから、ロバートのことをかなり嫌っているから。半分はやっかみから、あとの半分はよくわからないけれど――生理的にいやなだけなのかもしれない。

ロバートを見送りに出ると、驚いたことに、継父もついてきた。艶やかなクリーム色のべへモスみたいな車が、けたたましいブレーキの音を響かせながら縁石にタイヤの跡を残して消えると、通りにいるのは、わたしと継父のふたりきりになった。楊枝《ようじ》を噛んでいる継父の顔はいつも通りの無表情だったけれど、機嫌はよさそうに見えたので、わたしは思い切って口を開いた。「ロバートのお父さんは、バトゥ・ガジャ病院の理事なんですって」

継父が口のなかでうなった。

「看護婦になるための奨学金を受けたいんなら、わたしのために口をきいてもいいと言ってくれてるの」

さんざん繰り返されてきた古い議論ではあった。継父は、看護婦など若い女性のすべき仕事ではないと思っている。男性患者を含めた赤の他人に対し、たとえば風呂に入れたりなど、かなり身体的な作業を求められるのがよくないというのだ。

継父がわたしのほうに顔を向けた。「未婚の女性にふさわしい仕事ではない。だが、結婚したあとでなら、なんでも好きにするといい」

わたしは耳を疑った。「どうして結婚しているかどうかが重要なの？　仕事としては同じなのに」

「結婚すれば、おまえは夫の責任下に移る」

「相手がだれかも問題になるの？」

継父は歯のあいだから楊枝を取り、見つめた。「食うに困らぬ稼ぎがあるかぎりは、おまえがだれと結婚しようと、そのあとで何をしようと構わん」

わたしは大きく息を吸った。「約束してくれる？」

継父はわたしの目を見据えた。こういうときの継父は、何を考えているのかさっぱりわからない。

「ああ」継父は言った。「結婚さえすれば、おまえに対するわたしの責任はなくなる。母さんについても同様だ」継父は、ロバートの車が縁石に残した黒い擦り跡を見ながらうなずいた。

「だが、運転の勉強はしたほうがよさそうだな」

26

六月二十日（土）
バトゥ・ガジャ

土曜日、パーティの日だ。アーロンがあえて起こさなかったので、レンがハッと目を覚ましたときには、もう九時前になっている。熱はすっかり下がっていたけれど、それでもあの、謎めいた幸福感はまだ残ったままだ。

慌てて制服に着替え、厨房《ちゅうぼう》に行くと、アーロンが鍋をかき回しながらせっせと作業している。ビーフルンダンを、ココナッツミルクでじっくり煮込んでいるのだ。カフェライムリーフ、レモングラス、カルダモンのとてもいい香りがする。

「熱は下がったのか？」アーロンが言う。

レンは、目をキラキラさせながらうなずいて見せる。

「若いってのはなによりだな」アーロンはそうぼやきながらもなんだか嬉しそうで、レンが朝食を済ませると、早速、まだ大量に残っているパーティの最後の準備へと送り出す。

ウィリアムも家にいる。庭の隅で虎の足跡が見つかってからは夜の散歩もやめにしていて、書斎に閉じこもっては手紙ばかり書いている。

レンはたびたび、あの手紙はどこに行くのかなと思う。出す手紙は郵便局の人が取りにくるのだけれど、そのなかに、アイリスという人に宛てたクリーム色の厚い封筒が入っていたことは一度もない。レンはよくよく考えたあげくに、先生がクラブに行くときにでも、自分でポストに入れているのだろうと思う。でなければアイリスは、このあたりにある広々としたコロニアル様式の低層住宅のどれかに住んでいて、直接渡しているのかもしれない。いったいどんな人なのだろうと思うのだけれど、レンにはどうしてもうまく想像することができない。頭に浮かぶ外国の女の人といったら、リディアしかいないのだ。だからレンは、リディアがベランダで紅茶を飲みながら、ウィリアムからの手紙を開くところを思い浮かべる。それから、リディアがウィリアムと一緒に病院へ行くところも。あのふたりは、どう見てもお似合いだ。それなのにどういうわけか、ウィリアムはいつだってリディアと距離を取ろうとしている。まるでリディアを見ていると、忘れたい何かを思い出してしまうかのように。リディアだってがっかりしているはずだ。使用人たちの噂によれば、ほかには、リディアに似つかわしい男の人なんて、このあたりにはいないのだから。

レンは長いテーブルに、皿、カトラリー、美々しく孔雀《くじやく》の形に折られたパリッとしたナプキンを並べていく。カトラリーは銀製だ。ウィリアムがイギリスの実家から持ってきたもので、ひとつひとつに紋章と、くねくねと装飾的な〝A〟の文字が刻まれている。これはレンが、水曜日の午前中をまるまる使って磨いておいた。スプーンやフォークの一本一本にずっしり重みがある。アーロンは、銀器を見れば仕えている主人の格がわかるという。この前の主人が使っていたのはステンレスのカトラリーで、こんな立派な銀器ではなかったそうだ。レンはおずおずと、先生のご実家は有名なおうちなんですか、ときいてみたことがある。するとウィリアムは短く笑って、黒い羊（一家の厄介者の意がある）がどうとか言った。レンは、黒い羊と銀器にどんな関係があるのか、いまだによくわからずにいる。

　今日のウィリアムは、なんだかピリピリしている。ベランダの木の手すりにもたれ、屋敷を囲んでいるカンナの青々とした葉を眺めながら、次から次へと煙草を吸っている。きっと、朝のうちに届けられた、短い手紙のせいだろう。十三歳か十四歳くらいのシンハラ人の少年が、ぶすっとした顔で届けにきたあの手紙。

　自転車に乗ってその少年が来たとき、レンは玄関のところで、雑巾からほこりを落としていた。

「この手紙をおまえの主人に渡してくれ」少年が、マレー語でレンに声をかけてきた。

なにやら書かれた紙が折り畳まれている。なんだか子どもっぽい、自信のなさそうな心もとない筆跡で、ウィリアム様、と書かれている。

「主人に何か御用ですか?」レンは好奇心に駆られてたずねる。

　少年は見下すような顔をして言う。「おれじゃねえ。いとこがな。いいから、できるだけ早く会いたがってるって伝えてくれ。脚の怪我が悪くなってるんだ」

　レンはハッとする。「いとこってナンディニなの?　具合はどう?」レンは、ナンディニの温かい笑顔や、きれいな黒い巻き毛を思い出す。

「いとこは、あいつに会いたがってるんだ」少年が口元を引き結ぶ。「チビだから、どうせなんにも気づいちゃいないんだろうが。いくつだい？」

「もうすぐ十三」

少年が笑う。「嘘をつけ。十歳ってとこだろ。せいぜい十一だ」

こんなふうに当てられたのははじめてで、レンは思わず黙り込む。図星だったのに気をよくしたのか、少年の態度が親しげになる。「手紙を渡してくれよ、な？　つまり、彼女のおやじが気づいちまったんだよ」

「何に？」

「気にするなって」少年は顔をしかめると、手紙を握ったレンを残し、自転車で走り去ってしまう。どうしたらいいのかよくわからないまま、レンは屋敷に戻ると、ウィリアムに手紙を渡す。驚いたことに、ウィリアムは手紙を開こうともせず、そのままポケットに突っ込む。

「返事を持っていきますか？」どうして手紙を読まないんだろう。レンはそう思いながら口を開く。

「いや。ちょっとした誤解に過ぎないんだ」ウィリアムは背を向けて、またベランダへと戻っていく。

夜の七時になると、ゲストたちが到着しはじめる。男たちは、熱帯地方で用いられる、綾織の綿布を使った軽やかなディナージャケット姿だ。素敵なドレスに身を包んだ女性もふたりいる。ひとりはリディア。もうひとりは若い医者の妻だが、どこかネズミを思わせるブルネットで、リディアよりもずっと背が低い。

ゲストたちは、今夜のために雇われたウエイターの作る飲み物をすすりながら、玄関前の部屋を動き回っている。ウエイターはアーロンの友だちの、若い海南人《ハイナン》だ。普段はキンタクラブで働いているだけあって、てきぱきとライムを絞り、氷と振ってはカクテルを作っていく。レンはずっと見ていたいのだけれど、アーロンにあちこち行かされるので、グラスの音や笑い声のなかに、会話の一部を漏れきくのが精一杯だ。

ウィリアムと仲のいい赤毛の医者レスリーが、ネズミ似の夫人に心配そうな顔で話しかけている。「ご不快な思いをされないといいんですが、バンクス夫人。今夜の会にご婦人がいらっしゃるとは知らず、余興を準備してあるんです。ダンスを少し。相手をしてくれる女性たちも来ることになっていまして。もちろん、きちんとした店の娘たちです」

「あら、ちっとも構いませんわ」だが夫人の顔は、いかにも不安そうだ。

レンはトレイを手にその横をすり抜けながら、ローリングズ先生はどの人だろうと目を動かす。ふと、庭に埋めてある指のことが頭に浮かんで、やましくなってしまう。ローリングズ先生は、保管室の棚から標本がなくなったことに気づいたかな？　レンは、病院の保管室のそばで感じた、電気でピリピリするような、無線が入る前にはぜる電波のような、あの感じを思い出す。そして小首を左右に傾げながら、もしあのときぼくを呼んでいたのがローリングズ先生だったのなら、会えば、猫の髭がそう教えてくれるかなと思う。

けれど、眺めている余裕はない。食堂の片隅に置かれた料理用のサイドボードには、ルンダンの入った蓋付きの深皿や、ほかほかの、いい香りのするライスが並んでいる。酸っぱいグリーンマンゴーを刻んで作ったケラブもある。これは、ミント、エシャロット、干しエビと一緒に混ぜ、ライムと、スパイシーなサンバルをかけたサラダだ。ウィリアムは地元の料理が好きだし、ディナーにカレーを出すのはここのところ流行ってもいる。だがアーロンがもう少し無難なものとして作ったのが、三羽の鶏の胸肉を使ったカツレツで、オニオングレービーソースと、缶詰の豆が添えてある。黒っぽい肉は、鶏を二度揚げしたインチカビンだ。ピクルスや、薬味のたぐいを入れたガラスの器も並んでいる。

そうこうするうちに、ゲストたちがテーブルにつきはじめる。ウィリアムが、小柄なバンクス夫人に腕を貸し、エスコートしている。既婚女性は、未婚女性よりも優遇されるのだ。レンは給仕の手伝いをしようと、サイドボードのそばに立ち、長いテーブルのほうを眺める。男たちが顔を輝かせながら、糊《のり》のきいたナプキンを広げ、グラスから飲み物をすすっている。アーロンによると、本物のクリスタルグラスだそうだ。

リディアは、ウィリアムとは反対側の隅についている。彼女が笑うたびに、内気なバンクス夫人がますますくすんで見える。レスリーがウィリアムのほうに身を寄せて、なにやら耳元でささやくと、ウィリアムが苛立った顔になる。

「ダンスホールから女を呼んだ？　いったい何を考えているんだ？」

「――ご婦人がいるとは思わなくて」まごついたレスリーが小声で言い訳するのをききながら、ウィリアムは首を振る。

「前もって相談するべきじゃないか」

「サプライズにしたほうが、盛り上がると思ったんだ」

ウィリアムがレンを手招きする。「アーロンに、何人か女性が来ると伝えてくれ。人数は?」

「五人だ」レスリーが言う。「それから、お目付け役がひとり。あくまでもきちんとした店だから」

「よし、わかった。若い女性が五人だな。着いたら、ぼくの書斎に通すようにしてくれ。まったく」ウィリアムがちらりとレスリーに目をやりながらぼやく。「ひどいことにならなければいいんだが」

「ただのダンスじゃないか。あの〈セレスティアル〉で週末の午後を過ごすのと何も変わらないさ」レスリーはすごい色の髪をしている。それこそ猫にしか見られないような赤茶色だ。レンが無意識に見入っていると、かえってふたりから、面白そうに見られていることに気づいてハッとする。

「ダンスホールからは、お目付け役もひとりついてくるだろうよ」アーロンは戻ってきたレンから、この刺激的な知らせを受け取るなり、そうぼやく。「連中は、この手のことには厳しいんだ。さもないと商売にならん」

「どうして?」レンが皿を拭きながらたずねる。

「面倒を起こしたくないからだ。少なくとも、まともな店であればな」

「まともじゃない店ってのはどんななの？」レンが言う。

「おまえが行くべきじゃない場所ってことだ。大人になってからでもな」

レンはダンスホールについてもっといろいろ知りたいのだけれど、仕事が山のようにある。ダンスができるように家具を動かして、床にも粉を振らなければならない。レンが家具を壁際に寄せていると、食堂からは、笑い声と軽やかなグラスの音がきこえてくる。ディナーの残り物はあるかな？　レンはそんなことを考えながらも、持ち前の鋭い耳で、厨房からの不穏な物音を捉えている。

「あとだ《ナンティ》、あとにしろ《ナンティ》！　そっちに行っちゃいかん！」アーロンが、さらに切羽詰まった声を上げる。「レン！」

レンはタルカムパウダーの缶を置いて、厨房に駆け戻る。ダンスホールの人たちかな？　それなら、どうして厨房なんかに？　けれど、そこにいるのは若い女がひとりだけ――ナンディニだ。まるっきり場違いな様子で、アーロンに何かを訴えている。アーロンのほうはカンカンになって、ウォクチャンと呼ばれる鋼《はがね》のフライ返しを握ったまま、片腕でドアを遮《さえぎ》っている。

「いまはいかん。帰れ！」

レンを見つけた瞬間、ナンディニの目がパッと輝く。「先生に会いたいの」

「脚が痛いの？」ナンディニの脚には、まだ包帯が巻かれている。

「ううん、よくなってる」

レンはナンディニを厨房のドアから、外の、屋根のついた場所へと連れ出す。

「どうやってここまで来たの？」

「いとこが自転車のうしろに乗せてくれて。先生に話があるのよ」

その哀しそうな切羽詰まった様子に、レンは思わず心配になってしまう。具合が悪くて、手当てが必要なのかもしれない。

「お父ちゃんがあたしを、よそにやろうとしてるの」ナンディニが言う。「スレンバンにいる、叔父さんのところへ」

だからって先生にどんな関係があるんだろう。レンにはさっぱりわからなかったけれど、ナンディニはとても辛《つら》そうな目をしている。「伝えてあげるから。ここで待ってて」

レンはアーロンが背を向けたすきに厨房を抜け出すと、食堂にするりと入ってウィリアムに近づく。

「トゥアン、ナンディニが会いにきてます」

ウィリアムは振り向きこそしなかったけれど、その日に焼けた顔からは、はっきりと血の気が引いている。「どこに？」

「外です。厨房の裏手に」

ウィリアムはしばらく黙り込んでから、すっと椅子をうしろに押す。「ちょっと失礼します」左手の紳士にそう明るく声をかけてから、レンに小声でささやく。「彼女を、ベランダの端に連れてきてくれ」

ウィリアムが立ち上がった瞬間、レンは鋭いうずきを感じる。まるで警告の時計が、ウィリアムの中座が一秒、一分と伸びていくのを計り、動き出したかのようだ。ディナーの最中に席を離れるのは失礼とされている。ウィリアムは物事を中途半端にしたり、だらしのない態度を取るのが嫌いだ。だからレンは急いでナンディニを迎えに行き、家の裏手を回ってベランダへと連れていく。

ナンディニはデコボコした地面につまずいては、脚を引きずっている。「ぼくに寄りかかっていいよ」と、レンは声をかける。どうしてだか、ナンディニに合わせるように自然と声をひそめている。食堂からの明かりが草の上に暖かな影を落とし、ゲストたちの話し声と、笑い声がはじけてはこぼれてくる。

「だれが来てるの？」ナンディニが言う。

「病院のお医者さんたちだよ。おなかは減ってる？」

ナンディニはかぶりを振るけれど、それでもレンは、ナンディニといとこが帰る前に、何か食べ物を出してあげようと思う。ベランダには、すでに待っていたウィリアムの黒い影が浮かび上がっている。それを見たとたん、ナンディニが夢中で駆け寄る。

レンからは遠過ぎて、話している内容まではきこえない。けれどウィリアムに何かを言われ、ナンディニは時折うなずいている。あ、先生がナンディニに片腕を回した。それとも両腕かな？　レンは夢中になって首を伸ばすけれど、薄暗くてよく見えない。ナンディニは泣いてるのかな？　けれど一歩横に動いたとたん、だれかにぶつかってしまう。アーロンだ。闇に包まれた角の向こうから、毛が斑《まだら》に抜け落ちた老猫そっくりに、するりと姿を現したのだ。

「どうしてあの娘っ子が来ているのを教えた?」アーロンが苦々しい声で言う。「黙って帰らせたほうがよかったんだ」

「病気かもと思って」

「ちっ! 単なる恋の病《やまい》だて。だが、あの手の娘には軽々しく手を出すもんでねぇ」

「どうして?」

「ああいうウブな娘は、甘い言葉をそのまんま飲み込んじまうからな。先生がディナーを中座してどれくらいだ?」

時が刻々と滑り落ち、ホストの中座によってできた穴が、少しずつ崩れはじめている。レンにはその穴が揺れ、震えているのがわかる。どうしてホストは戻ってこないのかと、ゲストたちの心がかすかにざわつきはじめているのだ。

食堂の窓のところに、人影が見える。リディアだ。頭だけで振り返り、新鮮な空気がどうとか言ってから、また見えないところへと姿を消す。リディアが何かを見たのかどうか、レンにはわからない。暗いし、たぶん見えなかっただろう。

レンが振り返ると、ウィリアムがなかに戻るところで、ナンディニは脚を引きずりながらこちらへ下りてくる。それからレンの肩に片手を置いて体を支える。その手の冷たさに、レンはふと、目の前にいるのがほんとうはナンディニではなくて、暗闇から自分をつけ狙う、肉の削げ落ちた冷たい怪物のような気がしてぞっとする。

ウィリアムが席に戻ると、ちょうどそこへ、デザートが運ばれてくる。サゴグラメラカ。真珠のようなタピオカに、ココナッツミルクと、焦げ茶色のココナッツシュガーシロップをかけたものだ。あとは、すり下ろしたキャッサバから作る香りのいい金色のケーキ、クエビンカウビ。アーロン渾身《こんしん》の出来栄えなのだけれど、ウィリアムはどうにも食欲がわかない。それでもなんとか口に押し込み、周りの会話をきいているようなふりをしながらうなずいて見せる。

デザートが終わると、ゲストたちは、ダンスの準備がされた正面側の部屋へと戻っていく。ウィリアムの耳に、バンクス夫人がピリピリした声で夫にささやくのがきこえてくる。「早めに失礼したほうがいいのではなくて？」

いますぐにでも帰ってくれればいいのに、とウィリアムは思う。よりにもよってパーティの最中にナンディィニが現れるとは。ウィリアムの心はすっかり乱れている。こうなると、ナンディィニはもはや、予測のつかない危険分子でしかない。だがウィリアムは、なによりも自分に腹を立てている。このバカ、大バカが、と思いながら、おなじみの自己嫌悪に飲み込まれていく。ナンディニがあっさりなびいたときに、あれは純粋な恋心からだと気づくべきだったんだ。まずい。じつにまずい。何回か抱き締められただけで恋人だと思い込むような相手とは、すぐにでも付き合いを断たなければ。

もちろんそんなことを、本人に面と向かって言えるわけもない。やさしい言葉を使い、もう会えなくなるのは残念だと、傷つけないように伝えたつもりだ。あれで納得してくれればいいのだが。もしもナンディニが、雇い主――リディアの父親である農園の支配人――に訴えるようなことをすれば、かなり面倒なことになるだろう。皮肉なものだ。アンビーカとの関係のほうが、よほどやましいものだったのに。今後付き合うのは、金で済む女だけにしよう。うら若き処女を誘惑したと非難されるよりはずっとましだ。ほんとうにぼくはバカだ。さんざん自分に言いきかせていたはずなのに、それでも欲望を抑えられなかったとは。

猫背気味の、背の高い男が近づいてきたのを見て、ウィリアムはためらいを覚える。病理学者のローリングズだ。アンビーカの死については治安判事が不幸な事故として片付けてくれたので、もう、ローリングズのことを恐れる必要はない。それでも彼がそばにいると、なんだか警戒してしまうのだ。

今夜のローリングズは、いつにも増してコウノトリめいていた。「虎狩りの件はじつに残念だったたな」

ウィリアムはうなずく。「まだあきらめてはいないんだろうが」

ローリングズが顎をこする。その大きな白い手が、解剖バサミを肉に入れるところがふと頭に浮かびかけ、ウィリアムはその映像を振り払う。バカバカしい。自分だって外科医のくせに。だがぼくがメスを入れるのは生きている人間だけだ。ローリングズのように、死者が相手ではない。

「わたしが、あの検死結果に納得していないのは知っているはずだ」

ウィリアムは、表情のない顔を保とうとする。

ローリングズが続ける。「よくある話だ。いかがわしい点があると指摘しても、まったく信じてもらえない。ビルマにいたときなど、こんなことがあった。次から次へと死人が出ているというのに、現地の連中ときたら、呪いがかけられていると言うばかりでな。もちろんたわごとさ。結局は地元の井戸が、ヒ素で汚染されているのだとわかった」

「それで、何が言いたいんだい？」

「今回の件」ローリングズは、靴で無意識に床をこすりながら言う。「あの犠牲者の女、アンビーカだが。どうも、同じようなところがあるんだ」

「まさか、だれかが虎を飼い慣らしているとでも言うんじゃないだろうな！」ウィリアムがぎこちなく笑って見せる。

「虎ではない。あの吐物だ。発見された頭部の口元に、吐物の跡があったことは前にも話したはずだ」

ふと、下生えに転がっていたアンビーカの無残な胴体の映像が、ウィリアムの脳裏に閃《ひらめ》く。頭部をなくし、肌がゴムのような灰色になったあの体。

「もし故人が毒物を口にしたのだとすれば、襲った動物が食わなかった理由としても納得がいく。動物の本能というやつは素晴らしいもんだ。猫科の大型動物であれば、普通なら獲物の胃や腸から平らげるから、故人を襲ったやつは、その時点で何かしらおかしなところがあると判断したのかもしれない。だがもちろん、ファレルは聞く耳を持ちやしない。おそらく、きちんとした捜査をしないかぎり、事件性を突き止めることはできないだろう——友人関係を調べ、男性関係や醜聞を洗い出す必要がある。呪いや虎に関する地元の迷信は、邪魔な煙幕になるばかりだよ」

　ひどい夜になってきた、とウィリアムは思う。そして唾を飲み下しながら、ぼくは何も罪を犯したわけではないんだ、と自分に言いきかせる。だがアンビーカとナンディニの両方に手を出したことが世間に知れれば、この狭い西洋人社会のなかで、ぼくの評判が地に落ちるのは間違いない。どこかの部屋に入ったとたん、ひそひそ声に迎えられ、執拗《しつよう》な視線で追い回されることになるだろう。その憂き目なら、母国のイギリスでもすでに見ている。

　しっかりしろ。ウィリアムは自分に言いきかせる。ローリングズはぼやいているだけだ。今回もきっと、運がぼくを助けてくれる。「ところで、本物の呪術を目にしたことはあるのかい？」ウィリアムは、話を逸らしたい一心でそう口にする。

「いや。だが、信じがたいツキの連続のようなものなら見たことがある」

「具体的には？」

「たとえば賭け事とか、直前に乗るのをやめた船が転覆したとか、そのたぐいのことさ」

　ウィリアムはふと、自分の体験している奇妙な幸運について話してみたくなる。運命がほんの少し変わってくれたために、あやういところで何度も難を逃れているのだと。たとえば、あのセールスマンの死亡記事を偶然目にしたタイミング。アンビーカとの情事を知っているのはあの男だけだった。だが、ローリングズにはあまり話さないほうがいい。ローリングズは、さまざまな運について訳知り顔に話し続けている。「中国だと、その手の運は運命だと言われるんだ。きみは中国にいたことがあるんだろ?」

「ぼくは天津で生まれたんだ。父が、あそこの副領事だったものだから」ウィリアムは、話が変わったことにホッとする。

　ローリングズは、いかにも興味津々という目つきだ。「そうだったのか。中国語は話せるのか?」

「いや。家族はぼくが七歳のときに帰国したんだ。ぼくには乳母《アマ》がいて、標準中国語を教えてくれたんだが、もうすっかり忘れてしまったよ」

　だが、天津の優美な通りや、西洋風の建物が両側に並んだ外国人居留地の大通り、その裏手を迷路のように走る、入り組んだ細い路地《フートン》のことなら覚えている。ウィリアムの記憶のなかにある中国北部の都市、天津は、常に冬だ。ほかほかしたロバの糞の、ツンとした臭いが混じる冷たく乾いた冬で、骨まで凍りつくような冷たい風がステップから吹き寄せるのだ。

「てっきりきみも、役人になるものと思っていたよ」

　ウィリアムが父と同じ道を選ばなかったことにはいくつか理由があるのだが、ここでそんな話をするつもりはない。その代わりに、ウィリアムは言う。「ぼくには漢字の名前もあって、書くことはできるんだが、発音ができなくてね」

　ウィリアムは艶やかな黒い万年筆を取り出すと、紙の上に、たどたどしく三つの文字を書く。

「それは漢字かい?」いつの間にかレスリーが、ウィリアムの肩のうしろからのぞき込んでいる。周りにいるゲストたちも興味を引かれているようだ。

リディアが興奮の面持ちで、ウィリアムの腕をつかむ。「わたしにも漢字の名前があるのよ。香港にいたときに、占い師が書いてくれたの」

「寄宿学校では、この名前を秘密のしるしに使っていたんだ」ウィリアムが軽い口調で言う。「それこそ何年もね。それでいまだに書くことはできるんだろうな。レン――これはどう発音するんだい?」

レンはおずおずとかぶりを振る。広東語を話せはしても、漢字は少ししか読むことができないのだ。けれど、アーロンなら読めるかもしれない。ゲストたちが軽口を交わし、笑い声を上げながら、厨房へと向かう。ウィリアムが、コックを呼び出したほうが早いと言ってもきいてはもらえない。

厨房に入った瞬間、料理の皿を前にしてテーブルにそっと座っているナンディニの姿が目に飛び込んできて、ウィリアムはぞっと震え上がる。鋭くレンに目をやると、少年はいかにも申し訳なさそうに頭を垂れている。レンが食事を出してやったのだろう。責めるわけにはいかない。レンは、ぼくよりも善人というだけなのだから。ウィリアムはナンディニに向かって、消えてくれ、そんな哀しそうな目で見ないでくれと、心のなかで叫ぶ。

大勢が厨房に押しかけてきたのを見て、アーロンはいかにもいやそうな顔をするけれど、薄汚れた白いエプロンで両手をぬぐい、紙切れに目を凝らす。

「ウェイ・リー・アン」

「さあ、もういいでしょう」ウィリアムは厨房とナンディニからみんなを遠ざけたい一心で、こわばった笑みを浮かべながら言う。「つまりぼくの名前、ウィリアムですよ」

「でも、その名前にはどんな意味があるの?」リディアはそうたずねながらも、椅子のなかで身を縮めているナンディニから、吸い付くような視線をはずそうとしない。

アーロンから中国語で何かを言われ、レンがうなずく。

「外国人につけられる漢字の名前は、単に、音をなぞっただけのものが多いそうです。でも、この名前にはきちんと意味があって」レンは、まずは真ん中の、一番難しそうな文字を指差して見せる。「礼《リー》。この漢字は、儀式のように、秩序をもって物事を行なうことを意味しています(文脈から、著者が想定しているのは繁体字の禮だと思われるが、訳文上〝礼〟で統一した)、安《アン》の意味は平和です。その頭に〝為《ウェイ》〟が来ると、〝秩序と平和のために〟という意味になります」

しんとなったのを感じて紙から目を上げると、レンは、みんなが驚いたような顔で自分を見ていることに気づく。

「この子は、きみのハウスボーイなのかい?」ローリングズが静寂《せいじゃく》を破って口を開く。

ウィリアムはうなずいて見せる。一刻も早く、追い詰められたネズミのように体を硬くしているナンディニのいる場所から逃げ出したいとは思いながらも、レンが落ち着いたわかりやすい説明をしたので、やはり主人としては誇らしいのだ。

「いったいどこで、こんな子を見つけたんだ」

ウィリアムは、混み合った厨房からゲストを追い立てながらこたえる。「長い話なんだ。スティンガーを飲みながら話そう」

だれかが蓄音機にレコードをかけ、廊下からは、遠ざかっていく会話のうねりが伝わってくる。厨房に残っているゲストはふたり。リディアがナンディニに近づいて、なにやら声をかけている。あとはローリングズだ。ほかのゲストたちには先に行ってもらって、ウィリアムは厨房に引き返す。リディアがナンディニと話すのをやめさせなければ。何か嗅ぎ出してしまうかもしれない。リディアはその手のことが得意なのだから。

だが厨房に入ろうとすると、リディアが出てくるところで、リディアはウィリアムの目を捉えながらにっこりして見せる。自分を呼びにきたと思っているのだ。居間のほうに戻っていくリディアを弱々しい笑みで見送りながら、ウィリアムはやましさに飲み込まれる。

ローリングズはまだレンと話している。ウィリアムはリディアのあとを追うことも、哀れっぽい目で自分を見ているナンディニに声をかけるのもいやで、ドア枠にもたれかかり、ふたりの話に耳を傾ける。

「きみの主人の名前にある〝礼《リー》〟は——儒教の五常のひとつではなかったかな？」ローリングズが言う。

「はい」レンがこたえる。「じつは、ぼくの名前も五常のひとつなんです」

「ほんとうかい？」ウィリアムが口を挟む。「どれなんだい？」

「ぼくは〝仁《レン》〟です」レンは、白い仕着せの袖口をもじもじといじっている。

「仁は思いやりの心を表すのだろ？　義《イー》が正義、礼《リー》が儀式や秩序、智《ツィー》が知恵、信《シン》が誠実さだ」ローリングズが指を折って、数えるようにしながら言う。「人の禽獣より貴き所の者は、礼あるをもってなり」

レンはすっかり感銘を受けているようだ。「どうしてそんなことを知っているんですか?」

「いくらか勉強したのでね」ローリングズは、考え深げにレンを見つめている。ウィリアムは、ローリングズはぼくと違って、子どもに接するのがやけにうまいと思う。自分にも子どもがいるのだから、当然といえば当然なのだろうが。

ウィリアムは廊下の先を、盗むようにちらりと見る。リディアはまだ廊下にいて、だれかと話しているようなふりをしている。もしいま厨房を出れば、すぐに飛びかかってきて、どうしてナンディニが厨房にいるのか質問攻めにされるだろう。

「レン、ローリングズ先生は、うちの病院の病理学科長なんだよ」ウィリアムの言葉をきいた瞬間、どういうわけか、レンがハッとしたように小さく体をひきつらせる。

「じゃあ、先生が病理学科の保管室を管理してるんですか? その、病院にあるやつですけど」レンが、いかにもおずおずとたずねる。本来はゲストに質問などすべき立場でないことが、きちんとわかっているのだ。

「ほう、見てみたいのかい?」ローリングズは面白がっているようだ。

レンは当惑したようにかぶりを振る。なぜだか、まるでがっかりしたような顔だ。

玄関のほうが、なにやら騒がしい。

「おや、お客様だな」ウィリアムがホッとしたように言う。「レスリーのサプライズについてはきいているかい?」

「なんだい？」

「イポーのダンスホールから、女を何人か呼んだらしい。レン――出てくれ」

ところがレンは立ちすくんでいる。両目を大きく見開いて、子どもっぽく薄い肩がいまにも震え出しそうだ。鳥猟犬にそっくりじゃないか、とウィリアムは思う。間違った手掛かりにがっかりしたあとで、今度こそ正しい匂いを嗅ぎ当てたかのようだ。それからレンは、まるで小さな夢遊病者のようにまっすぐ厨房を出ると、細く狭い廊下を進んで、玄関の扉を開く。

# 27

六月二十日（土）
バトゥ・ガジャ

その土曜の夜に駆り出されたのは五人。ホイ、ローズ、パール、わたしのほかに、もうひとりアンナと呼ばれている女の子がいた。彼女は木曜と土曜に出ることが多いらしくて、これまでは一緒になったことがなかった。アンナは背が高く――わたしよりも高いくらい――ぽっちゃりと肉感的な体つきをしている。ママによると、外国人は踊るときにかがみ込むのを嫌うため、あえてアンナを選んだのだという。

「わたしを選んだのもそれが理由ですか？」迎えの車が来るのを待つあいだ、わたしはママにきいてみた。ごく真面目な質問のつもりだったのだけれど、ママからは、生意気な、というようにギロリとにらまれてしまった。

「そんなわけないじゃない！」ホイが、わたしの腕をつかみながら言った。「あなたは人気があるから選ばれたのよ」

ママの借りてくれた車は大きかった。ただしロバートの車ほど優美ではないし、車体もそれほど長くはない。一番体の大きいアンナが助手席に座り、あとの四人は後部座席に詰め込まれた。運転するのは、顎にホクロのある用心棒のキオンだ。

「軽はずみな真似をするんじゃないよ」ママが、カミソリのような目つきでわたしたちをにらみながら言った。「踊るのは九時から深夜までの三時間。金のやり取りはキオンにまかせること。厄介な目にあったら、すぐにキオンに知らせるように」

キオンは、無表情な幅広の顔でうなずいて見せた。キオンはママの甥だとか、愛人のひとりだとか噂されているけれど、今夜のお目付け役がキオンだと知ったときにはホッとした。頼りになるし、女の子たちに色目を使うようなこともしないからだ。ローズとホイは、車に乗るのが嬉しいらしくてクスクス笑っている。パールは、車なんてはじめてだという。ふと、もしもロバートと結婚したら、毎日のように、あのクリーム色のかっこいい車に乗ることができるんだ、と思った。ついでに、ロバートの膝に座ってキスをするとか、その手のこともついてくるのだけれど。

考えただけで歯がぞわりとした。ロバートのことなんか考えたくない。けれどもしもその相手がシンだったらと思うと、なんだか妙に心が騒ぎ、胸が高鳴ってしまう。とはいえシンのことなんか、いくら考えたってどうにもならない――深い憂鬱《ゆううつ》の闇に落ちるだけだ。

結局、シンが帰ってきたのは土曜日だった。わたしたちが早めのお昼を食べているときに、玄関から入ってきた。

「昨日のうちに帰ってくるものと思っていたが」継父が言った。

「仕事があったんだ」

シンはこちらを見ようともしなかったけれど、わたしは慌てて、シンのために焼きそばの皿を取りに行った。なんだか気が滅入った。火曜日の夜にひどいことを言ってしまったから、シンはそれを何度も思い返して、きっとわたしにうんざりしているんだと思った。

「週末は家で過ごすの?」母さんにきかれ、シンはうなずいた。

母さんの顔は目の下が痛々しいまでにかさついているし、階段を上る足取りもまだ重かったけれど、それをのぞけばほとんどいつもの様子に戻っていたので、わたしも家を離れることに、それほどやましい思いをしないで済みそうだった。

「お昼が済んだらイポーに戻るね」わたしは母さんに念を押した。

「タムさんから、日曜日までお休みをもらうことはできないの?」

タムさんからは慌てて戻ることはないと言われている。けれどももちろん、これからプライベートパーティに出て外国人と踊る仕事があるんだなんて話すわけにはいかない。それに、これが最初で最後だと決めていた。ロバートにお金を借りるつもりだった。母さんが頼った借金取りを相手にし続けるよりは、そのほうがずっとマシなはずだ。とにかく次の返済期限までは、もう一週間を切っている。わたしは歯を食いしばった。万が一継父に知られたら、こんなふうに穏やかに食卓を囲むこともできなくなってしまう。継父がカッとなるときは突然だし、何に腹を立てるのかも予測がつかない。ひょっとすると割り切った態度で冷ややかに受け止めるかもしれないけれど――そうはいかないかもしれない。わたしは母さんのうつむいた顔にちらりと目をやりながら、とてもそんなリスクは冒せないと思った。

「サンバルだ」継父がつぶやきながら、こちらを見ようともせずに皿を差し出した。

わたしはいい香りのするチリのペーストをスプーンで自分の皿に取りながら、三人の会話をきいていた。シンが母さんに体調をたずね、父親と錫《すず》鉱石の値段について話している。ごく普通の、当たり障りのない会話だというのに、なんだかやけにイライラした。たぶん、シンが両親から対等に扱われているのがシャクに障るのだ。少なくとも、わたしよりは対等に扱われている。わたしは黙々と焼きそばを食べ続けた。シンときたら、わたしには話しかけようともしなかった。

そこで母さんがロバートの話題を出し、何度もお見舞いにきてくれているのだと話した。わたしはハッとシンに目を向けたけれど、シンは退屈そうな顔できいているだけだった。

「一度、ロバートを夕食にお招きしたいわ。ほら、すっかりお世話になってしまったし、お礼をしないと」母さんが期待するように言った。

「次の金曜日にお招きしよう」継父が言った。これには驚いた。わたしの友だちに興味を見せたことなんて、一度だってなかったのに。「おまえも家にいるようにしなさい、シン」

「わかった」シンは無表情なままでこたえた。

「この前の晩、ジーリンと話をしてな」継父がこう続けたので、わたしは警戒するように継父を見つめた。今日はいったい、どうしたっていうんだろう?

「なんの話だったの？」母さんが心配そうにちらりとわたしを見た。

「結婚さえすれば、自分のしたいことを好きにするがいいと言ったんだ。看護婦になろうが教師になろうが、なんなら家出してサーカスに入ろうが、わたしは一向に構わん」継父はサンバルをひと匙《さじ》皿に取ると、その上にライムを絞った。

わたしは目を上げた。「約束よね？」

「ああ。結婚さえすれば、おまえのことはわたしの責任でも、母さんの責任でもなくなる」どういうわけか、継父の視線の先にいるのはわたしではなかった。シンを見ている。しかも、トカゲをまじまじと観察する猫のようなまなざしで。

シンのほうは、退屈したような無関心さで黙々と食べ続けている。先週末の病院では、おまえはバカな結婚をするに決まっているから必ずおれに相談しろとか、あんなに声を荒らげていたくせに、あれが嘘みたいに心配している様子なんかかけらもない。シンはその冷ややかな目を、一度もわたしに向けようとしなかった。わたしは椅子をうしろに引くと、出かける準備をしなくちゃと、口のなかでもぐもぐ言ってから二階に上がった。別に驚くほどのことではなかったのかもしれない。継父が、わたしのことをどうとも思っていないのは前からわかっていた。女なんか役には立たないし、そもそもわたしは、血のつながった娘でさえない。けれど、シンの態度がまた冷たくなったことには、思っていた以上に傷ついた。わたしはまた、シンのことが好きなのか嫌いなのか、自分でもよくわからなくなってしまった。

薄いコットンのブランケットを畳んでいると、母さんが部屋に入ってきた。母さんはわたしのほうをおずおずと見ながら、ベッドに腰を下ろした。「ロバートが迎えにきてくれるの?」

「まさか」

「母さんね、あなたがロバートとうまくいけばいいと思っているの」

「別にプロポーズをされたわけでもないんだから」わたしは素っ気なく返した。

「でも、もしもされたら、きちんと考えてくれるわね?」

「わかった」

わたしが目を上げると、シンがドアのところから顔を突き出していた。部屋には一歩も入ろうとしない。ふたりとももうこの家には住んでいないわけだし、どうでもいいような気もするのだけれど、むかしからの習慣というのはなかなか抜けないのだろう。

「父さんが、領収書がどこにあるのか教えてくれって」シンが母さんに言った。

「そう、なら持っていくわ」母さんが立ち上がると、わたしも立ち上がった。シンとふたりきりにはなりたくなかった。月明かりの下で、自分が期待するように顔を仰向けたこと、シンが一瞬ためらってからわたしの体を離したことを思い出すと、恥ずかしさで体が火照《ほて》った。

「ジーリン」狭い廊下をすり抜けようとしたとき、シンが低い声で言った。まだ昼だとはいえ、ふたりの小さな部屋の前の廊下にはほとんど光が差し込まない。長くて細くて薄暗くて、蛇のおなかのなかにでもいるかのようだ。

「何?」

「話があるんだ」シンの黒髪が、わたしのほうに傾いだ。

「食事のあいだはずっと無視してたくせに、いまさらなんだっていうのよ」

シンは顔をしかめ、口角をひきつらせた。

「ほんとずけずけ言うな」シンが言った。「女らしくすることはできないのかよ?」

わたしはカッとなり、あやうくメイフラワーの水曜と金曜の女の子のなかでは二番目に人気があるんだからと言いかけて、そのまま口をつぐんだ。

「だけど、そういうところが好きなんだよな」

ナイフをねじられたようなものだった。そう、シンはわたしのことが大好きだ。女としては見ることができないくらいに。

シンは真面目な顔になって続けた。「父さんはほんとうに、結婚したら口は出さないと約束したのか?」

「食うに困らぬ稼ぎがあるかぎり、相手はだれでもいいって」

「そうか。よかったじゃないか」

どうしてシンは、こんなに嬉しそうなんだろう?

「大丈夫か?」シンがまじまじと見ているので、わたしは明るい顔をして見せるしかなかった。

「ペイリンの紙袋を開けてみたの」わたしは話題を変えた。

シンが片眉を持ち上げた。「それで?」

「指の標本がなくなっていること、ローリングズ先生に報告したほうがいいと思う。やっぱり病院のものなわけだし」

「そうしようとしたんだ」シンが言った。「ただ、保管室にあの指――ジーリンが持ってた例の指――を確認しに行ったら、なくなっていたんだよ」

「〝なくなっていた〟って、何それ？」

シンがわたしの口を手で覆った。「声がデカい」

「だって、棚に戻したじゃない。頭がふたつあるネズミの標本のうしろに」わたしは母さんにきかれないように、声を小さくした。

「とにかく、もうないんだ」

「間違いないの？」

シンは苛立った顔になった。「消えた指のひとつを見つけたけど、それがまたなくなったなんて話を先生にしたら、こいつの頭は大丈夫なのかと怪しまれちまうよ。でなければ、そもそもおれが盗んだと疑われるかもな。だから、先生には何も言わないほうがいいと思うんだ」

「だけど、だれかがあの帳簿をチェックしたら、標本がなくなっていることに気づいちゃう。あの保管室を最後に整理したのはシンなんだよ」

シンのこたえをきくことはできなかった。その瞬間、継父が階段を上がってくる重たい足音がきこえたからだ。わたしたちはパッと離れた。シンは自分の部屋に入った。わたしは階段へと向かい、継父と冷ややかにすれ違った。いまのいままで、盗まれた体の一部についてシンと廊下で立ち話していたなんて素振りはこれっぽっちも見せなかった。

けれど土曜日の夜、パーティへと向かう車のなかで、ホイとローズのおしゃべりに半分耳を傾けながらも、やはりそのことが頭から離れなかった。車が、カーブを描く長い私道に入った。やけに静かで暗い。それまでの道のりも静かだった。密林に縁取られた道路には人影もなく、せいぜいゴムやコーヒーの農園から、木の葉の音がきこえてくるくらいだった。

車が、ずらずら並んだ車の列のうしろにとまると、一瞬しんとなった。まずはローズとパールが降りて、ドレスと髪を直した。こんなに大きな屋敷を見るのははじめてだった。建物の正面側にある窓から、明かりが煌々とあふれている。木々が周りを取り囲み、黒々と広がる芝生が迫るように屋敷を包み込んでいる。笑い声や蓄音機の音が、開いた窓からかすかにきこえてくる。ちらりと目を向けると、ホイはじっと玄関を見つめていた。こわばった顔から、屋敷に入る前に気持ちを奮い立たせているのが伝わってくる。みんな地元の客には慣れているけれど、外国人となるとまた話は別だ。正直、わたしも怖じ気づいていた。

「玄関から、それとも裏口？」ホイがキオンにきいた。

キオンが書面を確かめた。暗いので、紙を顔に近づけ、目を細めている。「玄関だ」キオンがつぶやいた。

キオンがドアをノックし、挨拶を引き受けた。わたしは、唯一自分より背の高いアンナのうしろに立ち、流れに従ってなかに入った。慌ただしい物音がした。どこに目をやったらいいのかもわからなかったけれど、心配するまでもなく、わきのほうに誘導された。

「レン、ご婦人方を書斎に案内してくれ」

首のうしろの毛が、針のように逆立った。わたしは人の声を覚えるのが得意だ。あの声音と調子。イギリス人の声は似たようにきこえるからと自分に言い訳してみても無駄だった。その可能性を前もって考えてみるべきだったのに。あの、バトゥ・ガジャ地方病院の外科医、ウィリアム・アクトンがこのパーティに来ているかもしれないと。もう、逃げられない。

わたしたちは準備が整うまで別の部屋で待たされた。パールによると、ごく自然な流れだそうだ。それに、到着も少し早かった。キオンは時間に細かいのだ。どうやらこの部屋は書斎のようだ。部屋の主《ぬし》は、よほど几帳面《きちょうめん》な人なのだろう。デスクの上のインク壺や吸い取り紙は、置く角度まで決められているかのようだ。床には虎の毛皮――それも本物のやつ――が敷かれている。ローズがぞっとしちゃうと言ったけれど、わたしは驚いたように固まっている緑のガラスの瞳を見ているうちに、なんだか哀しくなってきた。あのウィリアム・アクトンに気づかれたら最後、わたしの運命だってこの虎と似たり寄ったりだ。看護婦への道は断たれてしまう。少なくとも、あの病院では無理だろう。

「あのちっちゃなハウスボーイを見た？」ローズが言った。「玄関を開けてくれた男の子。それこそ飛び出るんじゃないかってくらい、目を真ん丸にしちゃってさ」

わたしは気づかなかったけれど、ホイは違った。「女の尻を追いかけるには、まだ子ども過ぎるけどね」ホイがいたずらっぽく言った。緊張と興奮にキラキラしている。わたしは出会った当初から、ホイのこういう生き生きとしたところが大好きだった。

キオンが書斎のドアをノックした。「時間だ」

ここからはいつも通りのお仕事だ。わたしたちは見世物用のポニーのようにキオンの手で誘導され、赤毛の若い医者によって紹介された。あれがローズの常連だと、ホイがささやいた。「一流のホールから、ダンスのインストラクターを招待しました」赤毛の医者が声を張り上げた。冷やかしの声が軽く上がったけれど、さほどではなかった。ありがたいことに、ウィリアム・アクトンは部屋の奥のほうでゲストのひとりと話し込んでいて、こちらには注意を払っていない。女性がふたりいた。男女の両方がいたほうがいいに決まってはいるものの、この手のパーティにわたしたちのような女が現れることを、彼女たちが喜ぶとは思えなかった。女のひとりはネズミにそっくりだけれど、もうひとりは背の高いきれいな人だ。

その人が、手を当然のようにアクトンの腕に置くと、ふたりは踊りはじめた。わたしたちが五人なのに対して、ゲストは少なくとも十二人以上。勇敢にも踊りはじめたふたりの女性をのぞけば、あとは男ばかりだ。おそらく最初はみんなためらうだろうと思っていたら、ゲストのほとんどが若いせいか、せっかくの時間を楽しもうと積極的だった。とはいえ、全般的にはとても礼儀正しくて、牛でも選ぶように先を争ったり、叫んだりすることはなかった。ダンスホールのようにチケット制があるわけでもないし、ひょっとしたらそんなことになるのではと心配していたのだけれど。この手のイベントは、ちょっと間違っただけで、ひどいことにもなりかねないから。

わたしは砂色の髪をした小柄な男と踊った。それからまた別の、手の湿った男とも踊った。とてもテンポの速い音楽がかかっていた。メイフラワーの生演奏よりも速い。チャールストンやブラックボトムなど、五、六年前に流行ったものばかり。こちらの腕前を試すために、わざと選んだのだろう。バカバカしい。踊れるに決まっている。

音楽が止まると、忙しく跳ねたり腕を振ったりしたせいで、みんなの息が上がっていた。こんなペースで続けられたら、とても深夜までもたない。ありがたいことに、次の曲はワルツだった。

今度の相手は物静かな男だったが、わたしの腰に回した手には少し力が入り過ぎていた。無口な男には注意が必要だ。コソコソしたやり方で、何かを仕掛けてきたりする。わたしは部屋をゆっくりとくるくる回りながらも、ウィリアム・アクトンから目を離さないようにした。うまくいけば、あの男とは踊らずに済むかも。いつもより濃いアイメイクやおしろいのせいで、ひょっとしたら気づかれない可能性だってある。ドアに近いところでくるっとターンを決めたとき、小さな白い人影がちらりと目に入った。

人間の目というのは、ほんの一瞬でも驚くほど細かいところまで見て取れるものだ。その顔がサッと消えた瞬間、わたしは雷にでも打たれたような気分だった。自分の目が信じられなかった。振り返って確かめたかったけれど、踊っている相手に、部屋の反対側へと連れていかれてしまった。

「どうしたの？」男が言った。「なんだか幽霊でも見たような顔だ」

まったくその通りだった。あの小さな四角い顔。真剣な瞳。短く刈り込まれた髪。夢のなかで見たあの少年にそっくりだった。わたしはよろめき、あやうく転びそうになった。

「なんでもないの」わたしは言った。

部屋を一周して戻ったとき、ドアのところにはもうだれもいなかった。幻覚でも見たのかもしれない。

「きみたち中国の女性は、ほんとうにスリムだね」踊っている相手が、にっこりしながら言った。その手が、わたしの背中を下のほうへと滑っている。「だれかに、ルイーズ・ブルックスにそっくりだと言われたことはないかな?」

男の息からは、ビーフルンダンの匂いがした。体を鋭くねじり、男とのあいだにスペースを取り直した。もう一度、ドアのところにちらりと目を走らせてみた。だれもいない。わたしの小さな幽霊は消えてしまった。

「ほんとうに似ているよな」ウィリアム・アクトンだった。「代わってもらえるかい? ホストの特権だ」

踊っていた男はイラッとした顔をしながらも、わたしから離れた。よかったのか悪かったのか。いや、あの執拗《しつよう》な男の手から逃れられたとはいえ、やはり事態は悪くなったというべきだろう。

わたしたちは無言のままで踊った。警戒のあまり、肩と首がこわばっていた。アクトンはダンスがうまかった。外国人はたいていそうだ。きっと、きちんと学んでいるのだろう。

ひょっとしたら、わたしだとは気づかれていないのかも。そう思った瞬間、アクトンが言った。「それで、調子はどうだい、ルイーズ?」

# 28

六月二十日（土）
バトゥ・ガジャ

食堂の皿を片付けようと、小走りで厨房《ちゅうぼう》を出たり入ったりしながらも、レンは辛《つら》くてたまらない。最初に病院で感じた、あの信号が出ているのに。さっき玄関を開けたときからずっと、ぼくを呼んでいるのに。ひとりぼっちの三年間。耳鳴りがして、肌がチクチクする。イーが死んでから、ずいぶんになる。ひとりぼっちの三年間。だけど、荒野の道しるべのような、あの信号が戻ってきている。

ぼくみたいなだれかがいるんだ、とレンは思う。何もかも放り出して、その人を探しに行きたい。けれどアーロンが、次から次へと仕事を押しつけてくる。

さっき玄関を開けたとき、女の人たちがスカートをカサコソいわせながら入ってきた。声をひそめ、笑いを押し殺しながら。その人たちが通り過ぎていくとき、レンはぼうっと目を見開いたまま視界がぼやけてしまって、信号がどの人から出ているのかはっきり捉えることができなかった。

彼女たちはいま、蓄音機から流れる音楽に合わせ、表側の部屋で踊っている。ゲストたちの緊張と、本能的な好奇心のせいで、部屋の空気は電気にピリピリはぜているみたいだ。レンにはその霞《かすみ》のような興奮が、今夜のパーティを不安で彩っているのが感じられる。

レンがことあるごとに表側の部屋をのぞこうとするので、アーロンは明らかに苛立った顔だ。中国系のウエイターも、レンの肩越しに部屋をのぞき込む。

「どの子を見ているんだい？」そう言いながら、自分も女の子たちを物色している。

レンは猫の髭を使って、クラゲの触手のようにふわふわとうごめく、目には見えない繊維のようなものをつかもうと顔をしかめている。「どうなのかな。わかんない」

ダンスに呼ばれたのは五人。全員中国系だけれど、素敵な西洋風のドレスを着ている。体が勝手に動いてしまうような音楽が流れ、ものすごくテンポの速いダンスがはじまる。脚を広げ、膝に触れ、腕を伸ばす。男たちが暑さにあえぎながら、次々とジャケットを脱いでいく。

「おれはあの子がいいな」ウエイターがにやりとしながら言う。指差した先にいるのは、ピンクのドレスを着た女の人だ。アーチ形の眉のせいで、なんだか物知り顔に見える。「だけど、あっちも捨てがたい」背の高い人で、体を動かすたびに胸が揺れている。その人を見ているとレンは首のうしろが熱くなって、なんとなく彼女のために恥ずかしくなってしまう。けれどふたりとも、レンの探している人ではない。

部屋のなかは、レンよりも背の高い人でいっぱいだ。踊っていない人は部屋の周りに立ち、蓄音機のレコードが変わるたびに笑ったり拍手をしたりしている。

「おおっと——あのショートカット。いい脚をしてるなあ」ウエイターは首を伸ばし、すっかり楽しんでいるようだ。その視線の先にいるのは、淡いブルーのドレスに身を包み、短いボブから長い首をあらわにした、線の細い女性だ。

レンの心臓が激しく跳ねる。まっすぐな眉、大きな瞳。相手の腕のなかで体を動かすたびに、黒い前髪が揺れている。頭がわんわん鳴り、レンはふらりとよろけて、壁にもたれかかる。それから彼女がこちらを見て、レンをはっきり認めたように、その目を丸くする。

駆け寄ってあの人の手首をつかみたい。レンはそんな思いに体をこわばらせるけれど、そこへアーロンのしかめ面が現れる。アーロンは年を取ったアヒルみたいにガアガアわめきながら、仕事に戻れと、レンとウエイターを叱る。だがレンの耳には、その言葉もあまりきこえていない。

「おまえらはいったいどうしちまったんだ?」アーロンが苦々しい声で言う。

「ちょっと楽しんでただけじゃないか」ウエイターが言うけれど、レンは黙りこくっている。どうしてあの人はぼくを知っているんだろう? やっぱり電気信号みたいなものを感じてるのかな? ううん、たぶんそうじゃない。ぼくの顔を見て気づいたみたいだったもの。レンの脳裏には、あの人の、ショックを受けたような顔がはっきりと焼きついている。

「恋わずらいだけは勘弁してくれよ」アーロンが言う。「もう今夜は充分だ」それから顎で、三十分前までナンディニの座っていた厨房のテーブルをしゃくって見せる。

「ナンディニは帰ったの?」外はもう暗い。銀色の新月がうっすら見えるだけだ。レンが網の張られた厨房のドアを開けると、そこには、午前中に手紙を届けにきた、あのシンハラ人の少年が立っている。

「ナンディニはどこだい？」少年は前置きもなしに言う。「迎えにきてくれと頼まれてたもんでな」少年は、厨房に押し入りながら叫ぶ。「ナンディニ！」

「いないよ」アーロンが言う。「もう帰った」

「あの脚じゃ、そうは歩けないんだぜ。どうやって帰るっていうんだよ？」

その通りだ、とレンは思う。先生に会おうと家の外を周ったときだって、ぼくの肩にもたれ、脚を引きずっていたじゃないか。

「だが、二十分前に出てったぞ」アーロンが顔をしかめる。

何も言わずに、ナンディニのいとこは、また外に出て行く。レンは揺れているドアを見ながら、探すのを手伝ったほうがいいかもしれないと思う。

「おそらく表のどこかで待っているんだろう」アーロンが言う。「さあ、さっさと空になったグラスを下げてきてくれ」

ウエイターも、飲み物を作ろうとバーに向かう。そのあとを追いながらも、レンのおなかには不安がとぐろを巻いている。外は真っ暗だ。ナンディニは表のどこかにいて、先生の姿を見ようと窓からなかをのぞいているのかな？　けれどレンは、表側の部屋に入った瞬間、ナンディニのことを忘れてしまう。すぐ目の前で、あの人が、ウィリアムと踊っていたからだ。

ふたりは、小川を流れていく花のようにくるくる踊っている。レンの目が、ウィリアムの笑顔を捉える。けれど、あの人は笑っていない。踊りは上手だけれど、硬い顔で、ほとんど口をきこうともしない。踊りに呼ばれた女の人たちはみんなそうだ。それくらいのことは、レンにだって見て取れる。

ウィリアムがレンの視線を捉えて、驚いたことに、レンのほうを顎でしゃくって見せる。彼女が目を上げ、レンを見つめる。まただ。強い電気で突き動かされるみたいに、あの人の手をつかみたくてたまらなくなる。ターンを決めるたびに、あの人の顔がこちらを向く。まるで、レンがそこにいるのを確かめるかのように。

ウィリアムが、彼女に何か言葉をかけている。彼女の唇が動くけれど、何を言っているのかはわからない。どうして先生は、考え事でもするみたいに小首を傾げているのだろう。そこでレンは、暗い外のどこかで待っているはずのナンディニを思い出し、ウィリアムに反感を覚える。先生は、あの青いドレスの人と一緒にいちゃいけないんだ。彼女は、まっすぐな黒い眉をひそめている。

レンは彼女の、それからウィリアムの心の動きを読もうとする。病院では、エネルギーの筋のようなものが感じ取れたのに。いまはいくら目を凝らしても、逆におかしなくらいまるで何も感じられない。レンはぼんやりと、厨房からの、不穏な物音に気づいてためらう。ここを離れたくはないのだけれど、それでもやはり、厨房に小走りで戻る。

厨房では、ナンディニのいとこがアーロンに嚙みついている。表の敷地を探してみても、ナンディニはどこにもいないというのだ。

「そんなこと、わしらには関係ないだろうが」アーロンは、汚れた白いエプロンの上でこぶしを固めている。

「ナンディニはここに来てたんだぞ。行方不明にでもなったら、あんたの主人のせいだからな」

レンが口を挟む。「ぼくが見つけるから。ベランダのほうにいるかもしれない」

「おまえはだめだ」アーロンが、レンに苛立った視線を向ける。「まだ小さ過ぎる。アーセン！」アーロンが臨時雇いのウエイターを呼ぶ。「探すのを手伝ってやれ。このランプを持ってな」

アーロンのゲジゲジ眉の両端が鋭く落ちているのを見て、レンはハッと、アーロンの不安に気づく。シダがザワザワ鳴る表の闇のどこかには、恐ろしい獣がいて、いまもやわらかい土に深い足跡を残しているのだと。

「ナンディニはどうするの？」レンが心配のあまり声を上げる。

「おまえを外にはやりたくない」アーロンが言う。「あの娘は、もう途中まで家に帰っているかもしれんのだ」

それも、充分に考えられることではある。それにもう、ふたりが探しに行っているのだから。レンは表側の部屋に戻り、汚れたグラスをトレイに集めはじめる。煙草と汗の匂いで、空気がむっとこもっている。ウィリアムのダンスの相手は、アーチ形の眉をした、ピンクのドレスの人に変わっている。レンは、ナンディニが消えてしまったことをウィリアムに伝えようかと迷いながら、結局やめにする。邪魔をされて、不機嫌になるだけだろうから。背を向けようとしたときに、ピンクのドレスの人が、大きな声で自分の名前を繰り返しているのがきこえてくる。

「ホイよ。ホイ」いかにも媚を含んだ声だ。

ウィリアムが、レンの大切な、あの青いドレスの人のときと同じように、その人にも惹かれているようなので、レンはなんだかホッとする。

ひとりのゲストが新しい飲み物を欲しがったけれど、ウエイターはナンディニを探しに行ったまま戻っていない。レンが作り方を知っている飲み物はひとつだけだ。ウイスキーのスティンガー。だからウィリアムの好きなあんばいで、キンキンに冷えたグラスに、たっぷりジョニーウォーカーを注いで、中国のお茶に似た色の飲み物を作る。飲み物を頼んだ男が面白がって友だちを呼び、レンは気づくとたくさんの笑い声に囲まれながら、次々と飲み物を作っていく。

「ごめんなさい。氷がなくなってしまったので」レンはアイスペールとトングを持ち上げながら、ホッとしたように言う。人混みを抜け、そのまままっすぐ厨房に向かう。いまごろは、ウエイターがナンディニを見つけて戻っているかもしれない。だがそこにいるのは痩せこけたアーロンだけで、背中を丸め、心配そうに裏口から外を眺めている。

「ナンディニは見つかった?」レンの胃が、不安にギュッとなる。

「まだだ」

「ぼくも探すよ」レンは、自分にならなら見つけられるはずだと思う。あの猫の髭が、ピクリ、ピクリと震えている。

アーロンは顔をしかめ、シワの寄った首を亀のように突き出す。「屋敷のなかを探してみてくれ。通用口のどこかから入り込んでいるかもしれん」

レンは足音も立てずに駆け出す。ゲストたちがおしゃべりするのに集まりそうな場所は抜かりなく避けながら、屋敷を回っていく。裏手の廊下、書斎と食堂のあいだの廊下。窓の前ではいちいち立ち止まって、外の暗闇のなかにナンディニの姿を探す。宵闇《よいやみ》に現れる、復讐に駆られた女の霊の話ならたくさん知っている。たとえばポンティアナック。出産時や妊娠の最中に命を落とした女の霊で、男の生き血をすすると言われている。ポンティアナックは髪の長い美女で、鉄釘を、その長い首に刺すことでしか退治できない。それとも、その首の穴に、切り落としたポンティアナックの長い爪を詰める必要があるんだったかな。レンにもよくわからないのだけれど、とにかく、ポンティアナックが男に対してものすごく怒っていることだけは確かだ。ほかの霊もいる。トヨールのような子どものお化け。トヨールは魔法使いの手下として、使い魔をしたり、盗みを働いたりする。そこでレンは自分に課された難題のことを思い出して不安になり、犬のように激しく首を振る。今夜は何かがヘンだ――絶え間ない不安、笑い声とダンス、ナンディニの痛々しい顔――レンの背筋に、ゾクリと震えが走る。

猫の髭は静かなままだ。その目に見えない髭は巻き取られ、屋敷の外に広がる静寂《せいじゃく》に触れるのを恐れているかのようだ。圧倒的な静けさが、期待をはらみながら小さく震えている。走ったほうが早いに決まっているのだけれど、恐怖に負けるようでもあり、ますますひどいことになりそうな気がしてしまう。

ウィリアムの書斎の前まで来ると、レンはドアノブに手をかけたまま体を硬くする。床に敷かれている虎の皮。あのパックリと口を開けている虎の姿なんか、できればこんなときには見たくない。暗闇のなかで、新月のかすかな光だけが、あの死んだ虎の瞳の上を滑っているはずだ。

口からうめき声を漏らしながら、イー、とレンは思う。ひとりぼっちはいやだよ。レンは廊下の先に視線を滑らせ、ほんの少しだけ見えていた明るい居間に目を向ける。と、そこに、あの人がいる。青いドレスの人が壁にもたれかかっている。向こうもこちらをまっすぐ見つめている。彼女が、周りに目をやってから、廊下にするりと出てくる。

「ジーリンよ」小さいけれど、親しげな声だ。「あなたは?」

「レン」レンは胸が詰まってしまい、一、二、と数えてから、大きく息をする。

「レンって、つまり、〝思いやり〟の仁《レン》」

「そう」

「だけど、なんだか大きくなっちゃったみたい!」ジーリンは驚きに丸くした目でまじまじとレンを見つめてから、落ち着きを取り戻して言う。「つまり、あなたは、わたしの知っている人にそっくりなのよ。レンはわたしを知ってるの?」

どうこたえたらいいのかわからなくて、レンは困ってしまう。これまでジーリンには会ったことがない。けれど、間違いなく、ぼくたちにはつながりがあるんだと思う。その感覚があまりにも強過ぎて喉が詰まり、言葉がうまく出てこない。「ううん」ようやくそう返してはみたものの、なんだか負けを認めてしまったような気分だ。

「年は?」

「十一」孤児院を出て以来、レンははじめて、ほんとうの年齢を口にする。間近で見ると、ジーリンはハッとするほどきれいだ。少なくともレンはそう思う。人によっては、髪が短くてほっそりしているところが女っぽくないと言うかもしれないけれど。

「ねえ、きょうだいはいる?」

「いるし、いない」レンは、口ごもりながらそう返す。クワンおばさんから注意されたことがあるのだ。きょうだいがいるなんて言うと、みんなが困惑するからだめだって。けれどレンにしてみれば、イーはまだちゃんと存在しているのだ。「いる」レンはとうとうそう口にする。

「きょうだいの名前は?」ジーリンが、試験でもするみたいにじっと見つめている。レンは、なんとしても合格しなくてはと思う。

「イー」

ジーリンが大きく息を吐く。「レンとイーか。あのね、わたしの名前にあるジーは、知恵の智《ツィー》から来ているの。何か、思うところはある?」

「お姉ちゃん」レンは思わず口にする。そうだ。レンには、ジーリンの言いたいことがちゃんとわかっている。ぼくたちふたりは五常の一部だ。ぼくにはずっとわかってたんだ。レンはクラクラするような歓喜の波に飲み込まれながらジーリンを見つめ、ジーリンのほうも目をキラキラさせながら笑っている。

「ところでイーって」ジーリンの声も興奮している。「レンよりも年下じゃない? わたしには、七つか八つに見えたんだけど」

「うん」レンは言いかける。イーが年下に見えるのは、死によってぼくと引き離されちゃったからなんだと。だけど、どう説明したらいいんだろう。とにかく、窓が陰気な影を落としているこの暗がりのなかでは話したくない。「イーを知ってるの?」

今度はジーリンのほうが、まるでしゃべり過ぎてしまったかのようにためらっている。「どうかな。わたしにもきょうだいがいるの。名前はシン。信よ。つまり、五常のうちの四つがそろったことになる」

「五つだよ。ぼくの先生を入れるとすればね」

「どういうこと?」

「先生は漢字の名前を持ってるんだ——ぼくも今夜知ったばかりなんだけど。その名前に礼《リー》が入ってる。秩序だね」

「ほんとに?」ジーリンは、なんだか困ったような顔だ。

「うん。だけど、外国人だから。やっぱり違うのかも」

「レン!」廊下の向こうに、アーロンの顔が現れる。

レンはしまったと思いながら振り返る。ぼくはナンディニを探しにきたんだった。知らない女の人と話し込んでいる場合じゃなかったんだ。「すぐ行くよ!」けれどアーロンは、すでにレンの肩をつかんでいる。

「見つけたのか?」

「ううん」アーロンがやけに心配そうなので、レンはどうしたんだろうと思う。

「外に行っちゃいかん」

「どうして？」

「あいや！　庭に虎が出おったんだ。アーセンと、ナンディニのいとこが、その目で見たと言っとる」

「どこに？」

「おまえがゴミを捨てに行く庭の奥だ――足跡も残っていただろうが。外に出ちゃいかん！」

「先生には伝えたの？」

「早速ショットガンを取りに行った」

「撃ち殺すつもりなの？」ジーリンが言う。

アーロンが、ようやく彼女の存在に気づいたかのようにジーリンに目を向ける。「脅かして追っ払うのさ。そうすりゃ、お客さん方が帰れるからな。あの程度の銃では、虎を殺すことなんぞできん」

アーロンはくるりときびすを返し、そのまま行ってしまう。言われてみれば、確かに屋敷の空気が変わっている。ざわめきが大きくなり、警戒するような声のなかに、興奮に色めき立った気配が感じられる。虎だって！　この前の晩、クラブで仕留めるのを待ってたやつか？　バンクス夫人が、だから早く帰ろうと言ったじゃありませんか、と夫に泣きついている。いっぽう男たちは熱狂気味だ。これでこそ、こんな東部にまで来たかいがあるというものだ。虎が庭に出て、東洋の踊り子が現れ、コブラがベッドに這いずり込む。ローリングズが「いまごろはもう、どこかに行ってしまったさ」と大きな声で言うけれど、聞く耳を持つ人はだれもいない。

レンは恐ろしさに心が暗くなる。今夜はいろんなことが起こり過ぎている。いろいろあり過ぎて、何かの前兆だとしか思えない。もっと注意するべきだったのかもしれないけれど、すっかりほかのことに気を取られていたから。ナンディニが消え、虎が現れた。それも昨日、足跡が見つかったあの場所に。獲物がいるわけでもないのに、そんなにすぐに戻ってくるなんておかしい。

レンにはそれが、指を埋めたあの場所だとわかっている。もし指を返したら、虎のほうでもナンディニを返してくれるかもしれない。レンは苦しげな叫び声を上げると、そのままベランダのほうへ突っ走る。

「何をする気?」ジーリンがレンの袖をとらえる。

「返さなくちゃ」レンはなぜだか、ジーリンならわかってくれるはずだと思う。「虎はあの指を欲しがっているんだ」

「指ってなに?」薄暗いせいで、ジーリンの顔が緑がかって見える。

「マクファーレン先生の指だよ! 返さなくちゃだめなんだ!」

レンはグッと袖を引き、ジーリンの手を振りほどくと、ドアからベランダへと駆け出していく。いましかない。先生がショットガンを持って出てくる前に。レンは、虎なんて怖くない、と自分に言いきかせる。霊虎は、髪の長い女の人しか襲わないんだから。

もちろんそれは嘘で、レンは怯え切っている。頭がわんわん鳴り、肺も焼けるようだ。けれどレンには、骨の髄《ずい》でわかっている。ナンディニには、もうあまり時間が残っていないのだと。ひょっとしたらもう死んでいるのかも。ううん、そんなことない。虎は、ぼくに知らせるために戻ってきたんだ。これは最後のチャンスなんだ。

ごめんなさい。レンはあえぐ。もっと早くに、マクファーレン先生の願いを叶えてあげるべきだったんだ。約束したのに。きちんと守らないから、こんなことになっちゃうんじゃないか。

表の暗がりには、大地そのものが呼吸をしているかのように、湿った緑の匂いがたちこめている。レンはやみくもに芝の上を走り、ゴミ捨て場を目指す。息が上がり、転んでは、また立ち上がる。ずっとうしろのほうから、叫び声がきこえてくる。バタンバタンと、ドアや窓の開く音もする。

レンは目印の石をどかし、やわらかな地面を掘りはじめる。スコップがないので、両手を使い、爪が割れる。

急げ、急ぐんだ！

そこで、ゴロゴロとうなるような声がきこえてくる。とても低くて、単に空気が震えているみたいだ。けれどレンは骨で、その音の振動を捉えている。全身の筋肉がこわばり、髪が逆立つ。レンはその瞬間、少年、いや人間であることをやめ、毛のない猿と化して地面と格闘する。

うなり声は続いている。その揺るぎない音が大気を満たしている。レンは頭がぼうっとしてしまい、音がどちらの方角からきこえてくるのかもわからない。それから唐突に咳のようなしわがれた吠え声がきこえ、静寂を破る。

屋敷のほうから、かすかな叫び声がきこえてくる。女の人が、やめて、だめ、と叫んでいる。

けれどレンは憑かれたように掘り続ける。もう少し。ビスケットの缶の端っこが手に触れ、親指の爪が割れる。蓋を引き上げると、缶が開いて、ガラスの小瓶が音を立てる。レンは土に汚れた手で小瓶を握り締め、大きなため息をつく。うずくまったまま、屋敷のほうを振り返ると、閃光《せんこう》が走り、耳をつんざくような轟音《ごうおん》が響きわたる。

レンは、目を見開いたまま地面に倒れる。驚きに麻痺《まひ》し、何ひとつ感じない。左手を持ち上げてみると、ズルズル濡れていて、なんだか生肉にそっくりだ。それから脇腹に強烈な痛みが走り、レンは古新聞のように体を丸める。その目が最後に捉えたのは、あの青いドレスの人だ。ジーリンがレンを膝の上に抱いている。素敵なドレスが血まみれだ。この人なら大丈夫。レンはそう思いながら、無事なほうの右手でガラスの小瓶をつかむと、ジーリンの手に握らせる。

29

## 六月二十日（土）
## イポー

その夜、わたしたちを屋敷から連れ出したのはキオンだった。キオンは叫び声や騒然とした気配、さらには夜を切り裂いた銃声から、何かあったことに気がついた。わたしを探しにきてくれたのもキオンだった。キオンはゲストたちと一緒に暗い芝地に走り出て、みんなからはぐれていたわたしを捕まえた。ただし、そんなことは全然覚えていない。目を閉じると、わたしはまだあそこにいる。銃口が白く閃《ひらめ》いて、幼い獣が発するような甲高く鋭い悲鳴が上がる。

ドレスは血まみれだ。光沢のある淡いブルーの生地のあちこちに、黒々としたシミがこびりついている。車のなかでも、わたしのそばにはだれも座りたがらなかった。ひそひそとささやきながら、反対側に身を寄せ合っている。パールは泣いていた。そう、彼女にはまだ幼い息子がいるのだ。

止めるべきだった。あの子がロケットみたいにベランダから駆け出したとき、屋敷のなかに戻って、あの子が外にいることを知らせるべきだった。なのにわたしはバカみたいにあの子のあとを追いかけてしまった。よく知りもしない真っ暗な庭に出て、つまずいたり、転んだりしながら裏手に回った。あんなふうに時間を無駄にするなんて！　銃を手にした黒い男の人影が、屋敷から現れた。銃だというのはすぐにわかった。継父の友だちに、イノシシ狩りをする人がいて見たことがあるのだ。あの長い棒のようなものを、男は小脇に抱えていた。

「やめて！」男が銃を構えるのを見て、わたしは叫んだ。「だめ！」

遅かった。

背後から大きな声がきこえた。アクトン、仕留めたのか？　けれどわたしには、何が撃たれたのかよくわかっていた。だから泣きながら男のそばを駆け抜けた。年寄りのコックが、青ざめた顔でランタンを手に近づいてきた。そのランタンの丸い明かりのなかには、少年がひとり、うずくまっている。

なんて小さいの。痛々しい小さな体を見た瞬間、わたしはふとそう思った。その上には、木立や藪《やぶ》の影が迫っている。腕が肘のあたりまで土だらけになっているから、きっと地面を掘っていたのだろう。レンの顔には、驚きがそのまんま張りついていた。左の脇腹と腕がどうなっているのか、血まみれになり、薄闇のなかでは真っ黒にしか見えない。あの腕――左手はまだついているの？　わたしはレンのそばの、ごわごわした草と掘り起こされた土の上に膝をついた。レンがわたしを見ながら、唇を動かした。

「戻して」かすかな声だった。「ぼくの先生のお墓に。約束したんだ」レンが怪我をしていないほうの右手で、わたしの手に何かを握らせた。男たちが大きな声で指示を出しながら、押しのけるようにして近づいてくる。

「どいて！　頼むからどいてくれ！」

だれかがわたしの肘をつかんだ。キオンだった。「行くぞ」

「待って！」わたしは、レンの体を運ぼうとしている人たちの言葉をきいておきたかった。レンの体は、ペイリンの足とそっくりに力なく垂れている。今夜は医者の集まりだ。この人たちなら、怪我の程度も、生き残れるかどうかもわかるはず。

キオンがそこからわたしを引き離した。がっちり腕を握られていて、どうしても振りほどくことができなかった。「帰るんだ」

そうしてわたしたちは帰った。みんなはもう、車で待っていた。質問の雨が降ってきたけれど、わたしにはこたえられなかった。

「だけどあんな外にいるなんて、いったい何をしていたの？」ホイはすっかり動揺していた。むしろ、わたしよりも気を高ぶらせていた。わたしのほうは手も足も麻痺《まひ》したようになって、舌がこわばり、乾いていた。

「あの子が外に駆け出すのを見て」わたしはようやくそう言った。「それで、止めようとしたの」

「撃たれていたかもしれないのよ！」ホイが、わたしをギュッとつかんだ。

「やめて」わたしは言った。「わたしのドレス、血まみれだから」

何キロも青ざめたリボンのような道路が続く帰り道は、行きよりも短く感じた。しばらくするとほかの子たちが、事件についてまたおしゃべりをはじめた。

「自分のハウスボーイを撃つだなんて、いったいどんな間抜けなのよ」ローズが言った。

「あら、でも、あの子は孤児らしいのよ。だからもし死んでも、文句を言う家族はいないってわけ」アンナが言った。

わたしは黙りこくったまま、窓の外を眺めていた。手にはまだ、レンから渡された何かを握り締めていた。つるつるしたガラスの小瓶の形から、それがなんだかもよくわかっていて、胃がひきつった。見る必要さえない。見たくもなかった。

ドレスにはポケットなんかついていないし、帰りは車に急き立てられたので、持っていた小さなバッグは置いてきてしまった。どちらにしろ、たいしたものは入っていない。家の鍵と、口紅だけだ。前々からホイに、店の外で仕事をするときには、名前や住所がわかるようなものは一斉持っていかないように言われていたから。とにかくこうなってみると、この重荷、レンに握らされた迷惑な贈り物をしまっておく場所はどこにもなかった。

でも、レンがこの指を持っているなんてどういうこと？　まるで、何度手放そうとしても戻ってきてしまう、怪談に出てくる呪いみたいじゃない。夢のなかの少年と、あのレンの顔が、ぼんやりと頭のなかで重なる。同じなのに、やっぱり違う。

もう車は、見慣れた通りを走っている。メンレンブの村だから、もうすぐ、継父の店があるファリムに入る。夜も遅いので、キオンは、わたしたちをそれぞれの家まで送っていくつもりでいた。けれど鍵もないのに、こんな血まみれのドレス姿で、タムさんの店にこっそり戻るなんてできっこない。

「わたしのところに泊まって」ホイが、わたしの頭のなかを読んだかのように小声で言った。「服も貸してあげる」

ホイはわたしのためらいを察したのか、続けてこう言った。「あなたはショック状態なのよ。大丈夫、わたしにまかせて」

ホイの声があまりにもやさしいので、思わず喉が詰まった。ほんとうにまかせられたらいいのにと思った。ギュッと握り締めているこの手をだれかが開いて、故人の指が入った小瓶を取り去ってくれたらいいのにと。ラハッ通りにある継父の店の前を通り過ぎるときには、わたしは唇を噛んで、車から飛び降りて家に駆け戻りたい衝動をこらえた。母さんに会いたかった。母さんの膝に顔をうずめ、やわらかな手で髪を撫でてもらいたい。そのまま自分たちのこと以外、何もかも忘れてしまえたらいいのに。

シンのことは考えたくなかった。わたしの結婚について、継父との約束を知ったときの、シンの嬉しそうな顔ときたら。よかったじゃないか。

「わかった」わたしはホイに言った。「泊めてもらうね」

ホイの部屋に着くと、わたしは汚れを落とし、パジャマを借りた。コールドクリームで化粧を落としているところへホイが近づいてきて、化粧台に腰かけた。

「大丈夫?」

わたしはぼんやりうなずいた。

「寝たほうがいいわ」ホイが言った。

小さなシングルベッドに入り、ホイの隣で枕に頭を乗せたとたん、重たい流れに引きずり込まれるのを感じた。腕と脚が、冷たく麻痺していく。なんとかしてまぶたを閉じまいとするのだけれど、やはりどんどん落ちていく。ホイが何かを言っているのに、うまくきき取れない。流れが強過ぎる。そしてわたしはさらに深く、この世で一番深い湖よりも、もっと深いところまで落ちていく。そして気づくと、すっかりおなじみになったあの場所にたどり着いていた。

今回は、陽の降り注ぐ岸辺に立っていた。透明な水に、くるぶしのあたりまでつかっている。全然冷たくはない。それまでと同じく、素敵な暖かい日差しが注ぎ、遠くの木々がキラキラ輝いている。そして今回も、わたしの心はいつの間にやらすっかり穏やかになっていた。ただし、水からはすぐに出た。この透き通って清らかそうな水のなかには、危険な黒い影が潜んでいるのだから。

周りにはだれもいない。あの少年の姿さえない。とにかくここへ来たからには、あの子を探そうと、うねる草をかき分けて進んだ。けれど例の寂しい駅まで来ても、人っ子ひとり見当たらなかった。それどころか、これまではどこかにあった蒸気機関車の姿もない。

時間が延び——どれくらいたったのかもわからないまま、不安だけがつのっていく。なにしろ、日差しの角度が一向に変わらないのだ。こんなところにいつまでもいるなんてまっぴらだった。あの子はなんと言っていたっけ？　もしもぼくの名前を見つけたら、ぼくを呼ぶこともできるはずだよ。

「イー！」わたしはそっと呼びかけた。

静寂《せいじゃく》に胸がざわついた。プラットホームの反対側を振り返ると、そこにあの少年がいた。それも真うしろに。腕を伸ばせば、その小さな手でわたしの背中に触ることだってできただろう。思わず小さく叫んでしまった。

「呼ばれたから」少年は妙に真剣な顔だ。笑顔もなければ、陽気に手を振ることもしない。わたしは少年をまじまじと見つめ、ふたりが別人であることをはっきり悟った。レンのほうが背が高いし、顔も長細くなり大人びている。おそらくは、二、三歳の差があるはずだ。

「あなたのきょうだいに会ったの」

イーが警戒するようにうなずいて見せた。

「あの子は今夜、撃たれてしまって」闇に揺らめくランタンの光と、ぐったりとなった体に広がる血のシミを思い出したとたん、目に涙が盛り上がった。

「知ってる。それで列車が出てったんだ」

線路は一本しかない。だから常に、どちらかに進むしかないのだ。

イーがよじ登るようにして木のベンチに座ると、わたしもその隣に腰を下ろした。このほうがずっと話しやすい。「あなたは死んでいるんでしょ？」わたしは言った。「レンは孤児だってきいたもの――家族はみんな死んでしまったって」

イーは顔を背けた。その小さな丸い後頭部が、いまではなんだか愛おしい。イーとレンは驚くほどそっくりだけれど、やはり違いはある。態度や声が違うのだ。ふと、ほんの数時間前に、レンに出くわしたときのことが蘇《よみがえ》り、わたしはまた泣きたくなった。あの嬉しそうな顔。まるで、これまでずっとわたしを待っていたみたいだった。「そう。ぼくは死んでるんだ」イーがくるりとこちらを向いた。滑らかな顔がいかにもあどけない。けれどわたしには、イーの強い集中が感じられて、なんだか心がざわついた。イーはレンよりもずっと幼く見えるのに、それでいてもっと大人だと感じさせる。おそらくは、時折見せる、大人びた話し方のせいだろう。

「どうしてもっと早く教えてくれなかったの?」

イーはサンダルを履いた足を振りながら、顔をしかめた。「お姉ちゃんみたいにしてここに来る人は、いままでひとりもいなかったんだ。みんな、列車で来るんだよ。だけどお姉ちゃんは――どこかから現れる。たぶん、いいことなんだと思う」

「どうして?」

「列車で来るとしたら、みんなと一緒だからだよ。ぼくともね」

わたしは質問を浴びせたくなったけれど、イーがちらりとこちらを見て、小さく首を振った。

「レンは死ぬの?」

「わかんない」イーの顔には考え込むような表情が浮かんでいる。「列車は出てった。もうすぐだれかが来るってことだ。だけど、だれが乗ってくるのかまではわかんない」

「あなたもそうだったの？　この駅には、自分で降りたってこと？」

「そうだよ。もうずっと前だけど。レンとぼくは双子なんだ」

双子。「シンとわたしもそうよ。血はつながっていないんだけど、同じ日に生まれたの」

「シンのことは知らないんだ」イーが顔をしかめている。「お姉ちゃんみたいには夢を見ないから」

「そう、シンは夢を見ないの」わたしは、シンが産みの母親からもらった紙のお守りを思い出しながらゆっくりと言った。夢を食う白黒の動物〝獏《バク》〟を呼び出すお守りだ。けれど獏を呼び過ぎると、希望や願いまでむさぼり食われてしまう。

イーが言った。「なら、それでぼくたちの四つがそろったね。五人目は見つけたの？」

「たぶん」わたしはウィリアム・アクトンについて、レンの言っていたことを思い出した。彼の名前には、儀式を表す〝礼《リー》〟の文字が入っているのだ。礼は秩序でもある。わたしはなんだか胸が騒いだ。おそらくは、アクトンが外国人だからだろう。そもそも、どうして漢字の名前なんて持っているのか。

「前に言っただろ。ぼくたちのそれぞれには、少しずつだめなところがあるんだ。だから、物事が正しい方向に進まない」

「わたしはどうするべきなの？　レンから渡されたあの指は、いったいどうしたらいいの？」

指はホイがバスルームに入っているあいだに、血まみれのドレスで包み、隠しておいた。

イーがため息をつき、短い脚をぶらぶらさせた。「それは、レンのご主人の問題だよ。お姉ちゃんは好きにしたらいいんだ」

遠くからきこえる鐘の音のように、警戒心が鳴り響きはじめた。いや、もっと注意していれば、しばらく前から気づいていたはずだ。「こっちを見て、イー。レンのことを、それほど心配しているようには見えないんだけど、どうして?」

イーは背中を丸め、目を合わせるのが辛《つら》そうに顔を背けた。そんな様子を見ると、やっぱりまだ子どもなのだと思う。

「レンが死ぬのを待っているのね?」

罪悪感でいっぱいの、みじめな表情。哀れっぽく顔をくしゃくしゃにして、いまにも泣き出しそうだ。わたしはイーの体を揺すぶりたくなった。けれど、イーには一度も触れたことがない。あの黒い影に追われ、慌てて水から這い上がったときでさえ、イーには触れていなかった。

「ひどいじゃないの」わたしは厳しい声で言った。「自分のきょうだいだっていうのに」

イーはわんわん泣きはじめた。肩を震わせながら、丸めたこぶしで目をぬぐっている。

「そんなつもりじゃなかったんだ。少なくとも最初のころは」イーがしゃくり上げながら言った。顔じゅうが涙で濡れている。「ぼくはレンが大好きなんだ。ぼくにはレンしかいないんだ」

「なら、どうしてここに残ったの?」

イーが首を横に振った。「ぼくらは一度だって離れたことなんかなかった。それにレンだって、ぼくがいなければ辛いんだ。レンがひとりで生きていけるなんて思えなかった。だから列車が川を渡ったところで降りたんだよ。ここは、こっち側で最初の駅なんだ。先には、もっと素敵な場所があるんだよ。でも、レンを残したまま、ひとりで行きたくなかったんだ」

「それで残ったのね」わたしはイーをにらんだ。

「ぼくだけじゃなかったんだよ。いつだって何人かは降りるんだから。お姉ちゃんも見てるはずだよ」

そういえば、最初に川を漂っていたとき、遠くのほうに、岸辺を歩く人影がいくつか見えたっけ。

「だけど結局みんな、あきらめて先へ進む。ここにいたってしかたないからさ。こっち側からは、生きてる人に呼びかけることができないんだ」

わたしはイーをまじまじと見つめた。「だけど、あなたにはできるのね」

イーはうなずいた。「ぼくらには、ずっと双子ならではのつながりがあった。ここで列車を降りたときにも、その感じはまだ残ってたんだ。無線の信号みたいに、すっごく小さいんだけど。だからぼくは残ることにした。あっちの世界にレンを感じられるかぎりはって」

イーはあまりにも小さく痛々しかった。こんな子どもが、三年もきょうだいを待ち続けているなんて。それもだれもいない寂しい岸辺に、ひとりぼっちで。わたしは心から可哀そうに思ったけれど、同時に、イーのしていることは、とてつもなくひどいとも思った。

「ぼくがここにいるかぎりは、レンを川のこっちに呼べるんだとわかった。そうすると、レンにいろいろなことが起こるんだ。ちょっとした事故なんかがね。だからときどき、列車に乗って先に進もうと思うことはあるんだよ。だけど、そのたびに怖じ気づいちゃって。レンに忘れられちゃうのがいやなんだ」

「レンは忘れたりしないと思うけど」

けれどイーはきいていなかった。「最初は、ただ見守りながら待ってるつもりだった。レンのしていることが、ちらっと見えたりするんだよ。そのうちに、レンが死ぬのを待ってたら、ものすごく長いこと待たなくちゃならないんだって気づいたんだ。それにレンはどんどん変わってく。大きくなってく。いつかきっと、ぼくのことなんて忘れちゃうんだ」

「それで、レンを呼び寄せようとしたってわけ?」

イーが振り向いて、わたしを見た。その瞳があまりにも痛々しくて、わたしは腹を立てることができなかった。「一緒のほうが幸せだと思ったんだ。だけど、やっぱりレンを呼ぶことはできなかった。ほんとうの意味ではね。だけどこの前の夜、レンがものすごい熱を出して、あの砂のところに現れたんだ」イーが指差した先に目をやると、川のなかに、白銀色の細い砂州が見えた。

「レンは川を渡ろうとしたんだ。ほんとだよ！　自分から川に飛び込んだんだ。ぼくは水が怖くてたまらなかった。川のなかには何かがいて、こちらにいる人間が、向こうには泳いで戻れないようにしているんだから」

川底から浮かび上がってきたあの黒い影を思い出して、わたしはゾクリと体を奮わせた。

「ぼくはなんとか引き返させようとがんばった。あんなふうにしてここに来るのはだめなんだよ。魂が体から引き離されて、もっとひどいことになっちゃうんだ」

「つまり、昏睡状態になるってこと？」

イーが目をパチクリさせた。「コンスイって、意味がよくわかんないや」

「体は生きているのに、心だけどこかに行っちゃうことよ」

「そう。そしたらぼくたちはふたりとも、レンの体が死ぬまで、ここで待たなくちゃならなくなる」

「なら」わたしは疲れたように言った。「ようやく願いが叶うってわけね。レンはいま、死にかけているんだから」

イーがうなだれ、しょんぼり足元を見つめている。

「で、どうするつもり？」

イーはまた、わっと泣き出した。「義《イー》は正義の意味なんだ。ぼくは正しいことを選ばなきゃいけないのに、どうしてもそれができないんだ！」

「泣かないで」わたしは、イーを抱き締めたい衝動を抑えた。自分がどこにいるのかを知ったいま、そうしては危険だという、うずくような警告を感じたのだ。「よかれと思ってのことだったんだから」

「だけど、それじゃだめなんだよ！」イーは、苦しみに赤くなった顔をこすりながら叫んだ。「よかれと思うことと、正しいことをするのは同じじゃない。たぶん、ぼくたちはみんな呪われてるんだ。ぼくたちはきっと、同じ家族に生まれてくるか、ひとりの人間として生まれてくるはずだったんだよ。それなのに、時間も場所もバラバラになっちゃったから」

わたしたち五人は調和をなすはずだったのだろう。なんたって、儒教の五常は完璧な人間像を表しているのだから。徳を捨てた者は、もはや人ではなく、獣になり果てるという。なんだか頭がクラクラした。わたしたちにも、それが起こりかけているんだろうか？

「秩序の問題なんだよ――本来の物事が、ゆがんだり、組み直されたりしてるんだ。これ以上、ぼくたちがそれぞれの道からはずれたら、何もかもがねじくれちゃうよ」イーが哀しそうに言った。「なかでも、五番目のやつがひどいんだ」

「どういうことなの？」

けれど、イーは消えかけていた。世界が灰色にかすみはじめて、わたしは何かやわらかなものに顔と口を覆われながら、あえぎ、手脚をバタつかせることしかできなかった。

「イー！」わたしは叫んだ。「レンを放っておいて！」

# 30

六月二十一日（日）
バトゥ・ガジャ

レンがピクピクさせながらまぶたを開く。閉じて、もう一度開く。口のなかがカラカラで、綿でも詰められたみたいに頭が重い。知らない人の顔が見える。外国の女の人だ。ピンできっちりまとめた髪に、白い帽子をかぶっている。

「目を覚ましたわ」

顔がもうひとつ見える。ウィリアムだ。唇をきつく引き結び、両目の下には深いシワができている。「レン、きこえるかい？　ここは病院だよ」

病院。レンは、そうか、それでなんだかがらんとしているんだと思う。細長い大きな病室。ベッドだって、いつも寝ているものより大きくて長い。体の左側がなんだか重たいし、どうしてだか、左腕が感じられない。

「痛むのかい？」

レンは麻痺《まひ》の層の下に、痛みが潜んでいるのを感じる。人工的な方法で、痛みが深いところに押し込められている。周りは明るい。もう昼間だ。

「アクトン先生は、もうお帰りください」看護婦が言う。「ひと晩じゅう付き添われたんですから」

「もう少しだけだ」ウィリアムが、レンのほうを振り返る。

うわ、ヘンだぞ。レンにはどういうわけか、ウィリアムから糸の出ているのが見える。それも蜘蛛《くも》の糸のようなやつがたくさん。まるで、繭《まゆ》をほどかれた蚕《かいこ》みたいだ。これまでにも生気の火花のようなものが感じられることはあったけれど、こんなふうに目に見えることはなかった。猫の髭の力が前よりも強くなっている。それとも、体が壊れかけているだけなのかな。ウィリアムの顔が不安にやつれていることも、わざわざ見るまでもなく、レンにはちゃんとわかっている。

「レン、ほんとうにすまなかった。ぼくは昨日、おまえを撃ってしまったんだ」

ならぼくは、あの光と、ものすごい音に体を引き裂かれたんだ。レンは目を丸くして、まばたきもせずにウィリアムを見つめる。

「とにかく、もう大丈夫だから。まあ、だいたいのところは大丈夫だ。たくさんの血を失ってはいるが、銃弾はほとんど摘出できた。だがほんとうに心配していたのは、ワッズという弾の先にある詰め物なんだ――残すと、軟組織に感染症を起こすからな」ウィリアムの顎が、ねじを巻き過ぎた自動人形みたいにカクカク動いている。

「アクトン先生！」また看護婦の声だ。「もう充分です！」

ウィリアムは口をつぐみ、乾いた唇を舌で舐める。「ああ、そうだな。何かあったら、すぐに知らせてくれたまえ」

レンはあまりにも喉がカラカラで、口をきくのさえ辛《つら》い。「ナンディニ」なんとかそれだけ言うと、あとは目で問いかける。

ウィリアムはぽかんとした顔でレンを見つめてから言う。「ああ。ナンディニか。ぼくも、どこにいるのかは知らないんだ。心配するな——すぐに見つかる」

探してくれなくちゃだめだ！　レンの辛そうな表情が、ウィリアムの胸をナイフのように突き刺す。ウィリアムはこわばった笑みを浮かべて言う。「もちろん探すとも。それでいいな？　とにかく——いまは眠るんだ。たっぷり眠ることがとても重要なんだ」


レンは、またうとうとまどろみはじめる。それでもぼんやりと、ドアの開け閉めされる音には気づいている。太陽が高いところに昇り、今度は次第に光が陰りはじめる。レンには、今日が何日なのかもわからない。体がどこかから冷たくなり、力を失っていくみたいだ。それとも高熱で火照《ほて》っているんだろうか。だれかが痛む脇腹を調べ、腕に厚く巻かれた包帯をほどいている。

「——また出血している。よくないな」

「——感染症の危険が」

レンが両目を閉じると、そのまぶたの裏にはまた別の景色が広がりはじめる。高熱のなかで見る夢に似た、明るく燃えるような景色だ。そこにはほら、ずっと恐れていた虎がいる。目の前に立っている。信じられないくらい大きい。引き締まったしなやかな巨体がお尻にかけて細くなり、その先では尻尾《しっぽ》がピクピク揺れている。あの書斎の床に伸びている虫に食われた哀れな敷物とも、レンが密林をうろつくところを想像していた、マクファーレン先生の顔をした白い霊虎とも違う。大きくて見事な、単なる虎だ。レンには理解のできない、一頭の獣。どういうわけかちっとも怖くない。それどころかレンは、なんだかとてもホッとしている。

じゃあ、きみなんだね。レンはそう思いながらも、そんなふうに声をかけるのは失礼だと思う。

虎の鮮やかな縞が波打ち、黄色い目がランタンのように輝いている。思わずレンは、視線を落とす。虎がフオンと深い声で吠え、振り返り、去っていく。その慎重な足取りは重々しく、同時に繊細《せんさい》だ。どこに行くんだろう?

ちらちら光る景色のなかに、おなじみの小屋のような輪郭《りんかく》が見えてくる。駅だ。マクファーレン先生が死んだあと、生まれてはじめて蒸気機関車に乗った、あのタイピンの駅によく似ている。虎のあとを追うのが自然に思えて、レンは前へと一歩踏み出す。それから、ふと、あることが頭に浮かぶ。

「ナンディニ――は、どこにいるの?」レンは虎に問いかける。

こたえはない。ただ先の白い尻尾が、催眠術でもかけるかのように揺れている。それからレンは、女の人の、よろよろした足跡を見つける。ほっそりした小さな足跡。しかもはっきりと左足を引きずっている。

「ナンディニはここにいるの?」もしそうなら、あの駅に向かったんだ。レンはもう一歩前に踏み出す。虎が頭だけで振り返り、うなる。あれは警告なんだろうか? よくわからないけれど、とにかく脇腹が痛い。猛烈な痛みが体を突き抜け、だらりと垂れた左腕から手のほうへと広がっていく。レンは歯を食いしばりながら、必死に歩き続ける。足跡をたどり、駅のほうへと。

# 31

六月二十一日（日）
イポー

ドスン。体から酸素が押し出されたかと思うと、顔が、何か冷たくて固いものの上にあった。一瞬、そのまま動けなかった。

「ジーリン——大丈夫？」ホイがそばに立って見下ろしていた。わたしは薄いコットンのブランケットをもみくちゃにしながら、床の上に転がっていた。日が高いところから、熱く差し込んでいる。

「悪夢を見て、ベッドから落ちたのよ」ホイが言った。「手脚をバタバタさせちゃって、だれかイーとかいう人を呼んでたけど。起こしたほうがいいのか迷っちゃって」

中国人は、魂が体から離れるとして、夢を見ている人を揺り起こすのを嫌う。ホイの場合、そこまで迷信深くはないだろうけれど、とにかくそうしないでくれてよかった。まったく、どこをさまようことになっていたやら、わかったものではない。

わたしはぼーっとしながら上半身を起こした。思いが乱れて、頭のなかが蟻《あり》の巣のようになっていた。何かをつかみかけそうにはなるのだけれど、その滑りやすい尻尾《しっぽ》の先を捉えたと思った瞬間、ひらりと逃げられてしまう。まるで涙に濡れたイーの顔のようにつるつるしていて、捉えどころがない。

「どうしたの?」ホイが言った。

わたしは、昨晩着ていた青いドレスにちらりと目をやった。昨日椅子に置いたときのまま、きれいに丸められている。あの小瓶に入った指のことは、ホイにも話したくなかった。話したって動揺させるだけだろう。それよりも、もっと差し迫った心配があった。たとえば、レンは無事なのかどうか。それから、血まみれのドレスにくるまれたガラスの小瓶をどうするべきなのか。

とにかく、あの指はわたしのところに戻ってきた。ホイは用事で出かける前に、ワンピースを一着貸してくれた。ひとりになると、あの指を確かめながら、なんだかなるべくしてこうなったような恐怖に胸をつかれた。蓋に記された数字や、金属製のスクリューキャップについた小さなへこみを見ても、やはり同じ小瓶に間違いなかった。

マクファーレン先生の指。レンは夜のなかへと駆け出す前に、確かそう言っていた。病院の保管室に戻しておいたはずのものが、どんないきさつで、あの夜のパーティにたどり着いたんだろう? なんだか気分が悪くなってきた。あのときに、レンが駆け出すのを止めることさえできていれば。でなければウィリアム・アクトンが右腕に銃を抱え、意気揚々と屋敷から出てきたときに、もっと大きな声で叫んでいれば。思いが堂々巡りを繰り返すなかで、指が現れては消えていく。だとしてもそのなかに、なんらかのパターンがぼんやり見えはじめていた。指をどうしたらいいのかと夢のなかでたずねたとき、イーはどういうわけか興味を持っていないように見えた。好きにしたらいいんだ、とイーは言った。とはいえそれも、イーの興味がレンに集中しているせいかもしれない。そしてイーもわたしも、レンがいま、死にかけていることを知っている。

不安に胸をざわつかせながらメイフラワーに向かった。キオンなら、レンがどうなったか知っているかもしれない。もう昼に近かったけれど、ダンスホールの開店はまだだ。そこで裏口から入ると、狭苦しいママの部屋へ向かい、廊下で待った。部屋のデスクには書類が山のように積まれていて、まるでリスの巣のようだ。だからといってママを見くびるつもりはない。商売人として優秀なことくらいよくわかっている。

キオンならいないよ、とママは言った。けれど、昨晩の騒ぎについてはしっかり話をきいているようだ。

「撃たれた子は無事なんでしょうか?」わたしは心配を隠すことができなかった。

「さあね。だけど、だれもここに話をききにこないところを見ると、まだ生きているんじゃないのかい。ついでに支払いもまだなんだよ。まったく、だからプライベートパーティは好かないのさ。あんた、撃たれた子どもを見たんだって? ひどかったのかい?」

詳しいことは話したくなかったので、黙ってうなずいた。

「可哀そうに」

「あの、もうここで働くことはできません」

辞めるのならいまだと思った。同じように稼げるバイトを見つけるのは難しいだろう。けれどやはりリスクがあり過ぎる。ロバートに借金を頼んだほうがいい。

ママには驚いた様子もなかった。「そうくるんじゃないかと思ってたよ。残念じゃないとは言わないよ。なんたって――午後のシフトでは稼ぎ頭のひとりだったからね。気が変わったら言ってちょうだい。ところで、もう一度だけ、次の土曜に出てもらえないかい？　ふたりほど足りてないんだよ」

わたしはうなずいた。部屋を出ながら、この薄汚れたミントグリーンの廊下を歩くことも、もうほとんどないんだと思った。笑い声、友だち、痛む足、それから不作法な手をはねのける苦労ともさよならだ。たぶん、そのほうがいいのだろう。

32

六月二十二日（月）
バトゥ・ガジャ

何もかもが崩れ落ちていく、とウィリアムは思う。

月曜の朝、ウィリアムは彼の小さな犠牲者を診るため、病院へ向かう。まさに犠牲者だ。ウィリアムはあの夜から、何度も繰り返し、あのときの情景を思い返し続けている。アーロンにわきに呼ばれ、庭に虎が出たと知らされたこと。客たちのあいだに広がった熱を帯びた興奮。ショットガンを取ろうと銃器用のクローゼットの鍵を開ける自分の姿。ああ、どうしてあんなことを考えたんだろう？

とはいえ、ウィリアムも狩りをしないわけではない。あのパーティのショットガンは、アクトン家の貴重な家財のひとつで、見事な銀器やクリスタルのグラスとともに、ウィリアムについて地球を半周してきた。何を悩むことがある？　どのみちぼくは、家族との縁を切られたようなものじゃないか。とはいえ、いくら軽蔑しているようなふりをしても、貴族の敬称と血統の前には、すべての扉が開くのも確かだ。だからこそ、銃なんか取り出したのかもしれない。

暗闇に何発かぶっぱなし、虎を追い払うことができれば、いいところを見せられるとでも思ったのか。まったく、なんて愚かなんだ！

すべての間違いは、感情的になり過ぎたときに起こっている。あの夜は、早い段階から妙に胸がざわついていた。突然ナンディニが現れたので、彼女とのもつれをほどかなければという焦りのせいだとばかり思い込んでいたが。大むかしに、外ではこうしろと父から教えられた通りの持ち方で銃を右腕に抱えて屋敷から出たときにも、一瞬だけ疑念が浮かんだのだが、もう手遅れだった。あの娘がやめろと叫んでいたのに。

どうしてあの娘、ルイーズは、藪《やぶ》のなかで動いているのが動物ではなく、レンだと知っていたのだろう？　目を閉じるだけで、彼女が闇に向かって飛び出し、アーロンの持つランタンの明かりのなかに駆け込んでいく姿が蘇《よみがえ》る。淡いブルーのドレスと、恐怖にこわばった顔。さらには、常に押さえ込もうとしている自分の暗い部分が、パニックに駆られた彼女の姿を見ながら、すらりとした脚や、長いまつげに——まるで怯えた雌鹿のようだと——そそられていたことも。

それにしても銃弾を六号にしておいてよかった。もしも中型動物用の散弾を使っていたら、たとえあの距離でも、レンは確実に死んでいただろう。ローリングズでさえ、子どもの怪我としては、これまで見たなかでも最悪だと言っていた。左手の指の一本が、無残に吹き飛ばされていた。四番目の薬指だ。ウィリアムは、結婚指輪をはめる指がなくなったのだから、つまりレンは一生結婚しないのだろうかと、まったくもって論理的でないことを考えている自分に気づく。だが、そんなことをいくら考えたところで意味はない。なにしろレンは、どういうわけか、精一杯の手当てをしたにもかかわらず死にかけているのだから。

ウィリアムにはその理由がわからない。ウィリアムだけではない。なにしろ傷はすべて消毒したうえで縫合したし、重要な臓器は無事なのだ。おそらくはショックのせいなのだろう。戦場では時計のように心臓が止まり、死んでいく男たちがいるという話をきいたことがある。だとしても、レンの急激な衰弱には説明がつかない。心配なのは敗血症だ。とくに熱帯の暑さでは、傷があっという間に腐敗を起こす。

「この子はいくつなんだ?」あの夜、ローリングズと、血まみれの傷口に銃弾のワッズが残っていないか調べていたときにこうきかれた。できるかぎり取り除かないと大変なことになる。フェノールで殺菌する以外に、感染症と闘う方法はほとんどないのだ。

「十三歳」ウィリアムは言う。

「バカを言え! せいぜい十歳か十一歳だ」

ウィリアムは恥ずかしさに身の縮む思いがする。気づいているべきだった。もしレンが死んだところで、心から悲しむ者などひとりもいない。ウィリアムは自分のハウスボーイを撃った間抜けとして笑われるだろうが、レンが孤児だということで事件そのものはうやむやになるだろう。あの子をかばう人間などどこにもいない。ぼくを除けば、とウィリアムは思う。

ウィリアムが屋敷を出て車に近づくと、そこにアーロンが立っている。手には中国人がよく使う、スチールの弁当箱を持っている。顔のシワが、いつにも増して深い。

「トゥアン、わしを病院に連れてってください」

「レンに会いたいのか？」

アーロンはうなずく。

「いいだろう」ウィリアムは罪悪感に胸を突かれる。この老人はもちろん、レンが可愛くてしかたないのだ。

病院に着くと、ウィリアムはレンのカルテを調べ、よくない、と思う。体温の低過ぎる状態が続いている。さらに悪いことには、危惧していた通り、顔にやつれが出はじめている。アーロンは弁当箱をテーブルに置いて、ベッドのそばに腰かけると、広東語でなにやらレンにそっと話しかけている。レンの反応はない。まぶたを閉じていて、目の下には青いくまが浮いている。これ以上、ぼくにできることはない。ウィリアムはどうしたらいいのかわからずに立ち尽くしたまま、アーロンの言葉に耳をそばだてる。

「眠っているんだろ？」ウィリアムがたずねる。

「でなけりゃ、さまよっているのか」

ウィリアムは顔をしかめる。意味がわからない。アーロンはポケットを探り、ほっそりしたガラスの小瓶を取り出す。アンチョビが入っているような瓶だ。ウィリアムは自分の目を疑う。紅茶色の液体に浮かんでいるのは、ちぎり取られた子どもの指だ。

「それはレンの指か？」喉にせり上がってきた苦いものを、ウィリアムは必死に飲み下す。

「はい。わしが探したんで」

ああ。なんて哀れなんだ。ウィリアムはふと、マクファーレンの指を思い出す。ふたりで旅行中に敗血症を起こし、ウィリアムが切断したあの指を。だが、あの指のほうがまだよかった。子どもの指が、こんなおどろおどろしい形で保存されるとは。

「手につけ直すことができないのは、おまえにもわかっているんだろ」アーロンは、この小さな指を見つけようと、何時間も藪や草のなかを探し回ったに違いない。カラスの前に見つけられたのは驚きとさえいえる。

アーロンがうなずき、ベッドわきのテーブルに置こうとしたので、ウィリアムはやめさせる。目を覚ましたときにそんなものがあったら、レンを怖がらせてしまうかもしれない。まったくこの老人ときたら、どんな野蛮な迷信を信じているのやら。ウィリアムは小瓶をポケットにしまう。

「なくなるといけないから、ぼくが預かっておこう」ウィリアムは、仕事に戻ろうときびすを返しながら言う。「ところで、液体はなんだい？」

アーロンはぽかんとした顔だ。

「指を浸けるのに使った液体だよ」ウィリアムは忍耐強く言う。溶液を変える際に知っておく必要があるのだ。

「ジョニーウォーカーでさ、トゥアン」

オフィスに戻り、そこで待っていた客の姿を認めるなり、ウィリアムは気分が滅入るのを感じる。背の高い、締まった体。地元警察のジャグジート・シン警部だ。顔を合わせるのは、あのゴム農園でアンビーカの遺体が発見されたとき以来。アンビーカの死は不運な事故として片付けられていたから、そもそも会う理由がなかった。それなのにいま、警部はここが自分の部屋ででもあるかのように、ウィリアムの前に立っている。そばにいるマレー人の警官も、この前のときと同じ男だ。

「どういったご用件かな、警部」ウィリアムは愛想よく声をかける。「例の発砲の件ですか？　昨日、報告を入れたところ、供述のため来署するようにとのことだったが」

「じつは、ほかの件で話をききたいことが」

「ほかの件？」ウィリアムは警戒を強める。まだアンビーカのことで何かあるのだろうか？

シン警部が、ウィリアムの顔を見つめている。「では、まだきいていないので？　先生の患者のひとり——ナンディニ・ウィジェダサなんだが」

「彼女に何か？」

「残念ながら、亡くなりました」

思わず、目の前が暗くなる。「死んだ？　どうしてそんなことが？」

「アクトン先生、彼女に最後に会ったのはいつですか？」

ウィリアムは砕けては寄り集まる思いを取りまとめながら、急いで頭を働かせる。「土曜の夜です。彼女がぼくの家に来たもので」

「それはまたどうして？」

ウィリアムは嘘をつこうかと迷ったけれど、じたばたするなという本能の声に従うことにする。「よそへ行く前に、ぼくに会いたかったようで。それで、いったい何が？」

シン警部が、琥珀《こはく》色の鋭い瞳でウィリアムを見つめている。「彼女に動揺した様子は？」

「いくらかは」ウィリアムは眼鏡をはずし、磨きながら言う。「ぼくたちの仲に気づいた父親が、よそへやろうと決めたんですよ。確か、叔父のところだったかと」

「具体的に、どのような関係だったんでしょう？」

恐れていた質問だ。「ぼくが口説きました。魅力的だと思ったもので。何度か家に立ち寄り、二度ほど散歩もしたかな」

「長い付き合いではないんですね？」

「彼女はつい最近、脚に怪我をしまして」

シン警部はうなずいて見せる。「すると、関係が深まるほどの時間はなかったと」

「なんのための質問なのか、説明をお願いできるだろうか？」ウィリアムの声は、冷たく鋭いものになっている。

シン警部は両手を広げて見せる。「両親が、週末の彼女の動きで、いつもと違っていたことといえば、先生に会いに行ったことしか思いつかないと言うんでね。いとこの話だと、彼女はあなたの家を出たあと、非常に動揺していたとか」

「そう、その話ならしたはずだ。彼女は叔父のところには行きたくなかったんだ。だがぼくとしては、父親の言う通りにすべきだと考えていた。こちらとしては友だちのつもりが、向こうでは真剣になり過ぎていることもわかっていたのでね。さあ、頼むから、彼女に何があったのか教えてくれたまえ」

警部が、とたんにてきぱきと説明をはじめる。「土曜の夜、彼女はあなたの家を出たあと、しばらく行方がわからなくなっていた。が、その後、道路を歩いているのをいとこが見つけ、自転車で家まで送り届けている。寝るときはいつも通りだった。ところが日曜の朝の八時半ごろ、家からは少し離れた茂みのなかで倒れているところを発見されたのです」

「虎にやられたと？」ウィリアムの頭にふと、哀れなアンビーカの屍が蘇る。

「いや。だが土曜の晩、お宅の庭には虎が現れたとか」

「ええ」ウィリアムは、心ここにあらずといった様子でこたえを返す。

「ナンディニさんには、ひどく体を害していた様子があるもので。事故の可能性がないか、その方向で調査をしているところです。でなければ、自殺か」警部の目が、物問いたげにウィリアムを見据えている。

「自殺？　確かに動揺はしていたが、彼女が自殺なんかするものか！」

「家族の意見も同様でね。遺体は今朝、検死に回されました」

「検死は——ローリングズが？」

「ええ。パッと見たかぎりでは、朝食の前、早朝に何かを口にしたのではないかと。おそらくはなんらかの民間薬を——母親によると、胃痛を訴えていたそうで」

「なら、どうしてぼくから話をきく必要が?」頭に靄《もや》がかかり、緊張で膝が折れてしまいそうだ。

「彼女が週末に取った行動を、確認しておきたかっただけですよ。だがあなたは土曜の夜のほとんどを、使用人に付き添い、病院で過ごしている」シン警部の口調が妙に滑らかなのは気のせいだろうか。それともぼくはからかわれているのだろうか、とウィリアムは不安になる。

「最近このあたりで起こった死亡事件を調べていたところ、先生の患者が、しばらく前にもうひとり亡くなっていることに気づきましてね。パパンのセールスマン——チャン・ユーチェン——が、道端で死んでいるところを発見されている」

「その記事なら新聞で読みました。気の毒に」

「奥さんの話だと、彼の最後にかかった医者が先生なんですがね」

「虫垂炎だった。半年前です」

「つまり、心不全や首の骨折とはもちろん関係がない」

「それが死因だったと?」セールスマンの死について、詳しいことまでは知らなかった。死亡記事には〝急死〟と書かれているだけだったが、心不全を起こして首を折ったのだとすれば、それも納得がいく。

「酔って排水溝に落ち、首の骨を折ったようではあるんだが。証人のひとりによると、死の少し前から胸の痛みを訴えていたそうで。だが、検死は行なわれなかった」

ウィリアムは、それはそうだろうと思う。納得のいく死因が充分にあったのだから。シン警部は時間を取ってもらったことに礼を言ってから、立ち去り際にこう言い残す。「ここ最近、先生の周りには、死人や事故がやけに多いようですな」

警部が帰ると、ウィリアムは椅子にどさりと身を沈める。では、ナンディニは死んだのか。うつろになった腹の奥に、固い哀しみの玉ができている。ぼくのせいなのか？　いや、そんなはずはない。そう思いながらも、圧倒的な罪悪感が襲いかかってくる。ぼくはあの土曜の夜、苛立ちにじりじりしながら、ナンディニが消えてくれたらいいのにと、強くそう願わなかったか？

いったいどんな理由があって、健康そのものの若い女性がいきなり死んだりするんだろう？　ウィリアムは両手で目を覆う。恐ろしい疑念が、胸にむくむくわき上がってくる。何か闇の力が、ぼくの都合に合わせて物事を組み替えているのではないだろうか。まずは、アイリスの件がある。アンビーカの死は、彼女が金の無心をはじめたあとだ。彼女との情事をつかまれていたセールスマンも、じつに都合よく死んでくれた。そして、最後にナンディニ。気まぐれのように起こる出来事がウィリアムを怯えさせ、「ぼくはそんなことを望んではいなかった！」とでも言いたい気持ちにさせるのだ。やはり、物事が自分に合わせて組み替えられているとしか思えない。どんなに邪悪で愚かな望みでも叶ってしまう、怖いおとぎ話の世界のように。

そしてやはりおとぎ話のように、その代償は、血で贖《あがな》うことになるのだろう。

# 33

六月二十六日（金）
イポー／バトゥ・ガジャ

この一週間はずっと、バトゥ・ガジャで死んだ人がいないか、新聞の隅々にまで目を通してきたけれど、記事はひとつも見つからなかった。けれど、身寄りのない子どもの使用人がひとり死んだところで、公表されない可能性はある。あの小瓶を見つめていると、どうしたって、レンのしわがれた弱々しい声を思い出さずにはいられない。「戻して。先生のお墓に」レンはそう言っていた。

中国人は、ときどき墓を掘り起こす。埋葬して七年後に骨を取り出し、故郷の村に戻すのだ。身寄りがなかったり、よその土地で死んだりした場合には、餓鬼《がき》になり、いつまでも飢えたまま、この世をさまようと言われている。そんなことにならないよう、お骨《こつ》を酒で清め、黄色い布に並べてから、壺に納めるのだ。小さな骨のひとつでも欠けている場合には、きちんとその代用品を準備する必要がある。

欠けた体。破られた約束。暗い思いが、うなぎのように頭のなかをくねる。その金曜日、わたしがあまりにもぼんやりしているので、タムさんが、今日はもういいからゆっくり休みなさいと言ってくれた。

「お母さんのことが心配なんでしょ？」タムさんは言った。

うしろめたく思いながらお礼を言った。母さんの体調は——だいぶよくなっていたこともあって——借金の件ほどは心配していなかった。実家の空気にいたっては、いくらか穏やか過ぎるくらいだ。継父も今回の件にはショックを受け、下手をするとまた妻を失いかねないと気づいたらしい。だがその気づかいも、借金取りが現れた瞬間に吹き飛んでしまうだろう。わたしはギュッとこぶしを握ることで、わき上がる不安を抑えようとした。シンがそばにいてくれたら、少しは心強いのに。だれよりもシンに、レンが撃たれ、あの指が戻ってきたことを打ち明けたかった。けれどダンスの見返りにお金をもらっていることをシンに知られたらと思うと、反応が怖くて身震いが出てしまう。わたしたちのあいだには暗い影が落ちている。シンに打ち明けて、助けを求めることはできない。とにかく、いま一番心配なのはレンの——生死と、イーへの最後の呼びかけが効いたのかどうかだ。そこでタムさんに店から追い出されると、まっすぐバトゥ・ガジャに向かった。あの屋敷の住所については、辞めることをママに伝えたあと、キオンから教えてもらっていた。キオンは渋った。

「もしあの子が死んだら」わたしは言った。「お供え物を準備してあげたいのよ。あの子には身寄りがないんでしょ？」

キオンが口のなかでぼやいてから、紙切れに住所を書きつけた。「だがおれなら、まずはあの地方病院を当たってみるがね。まだ生きているとすれば、あそこに運ばれているはずだ」

バトゥ・ガジャ駅に着いたころには午後も半ばで、あの、保管室の掃除をした日と同じくらい暑かった。病院は人の行き来も多そうだから、ちらっと立ち寄るだけなら、シンや、あの細面のY・K・ウォンと出くわさずに済むかもしれない。

列車から降りたところで、男がふたり、頭を寄せ合うようにして向こうからやってくるのが見えた。ひとりは背が高いが猫背で、鳥のくちばしを思わせる大きな鼻をしている。なんだか見たことのある顔だった。そう、あの悲惨なパーティで見かけたのだ。もうひとりはウィリアム・アクトンだ。わたしは慌てて柱のうしろに隠れると、ふたりがそのまま通り過ぎてくれることを願った。ところが、ふたりは柱のちょうど反対側で足を止めた。

「乗せてくれて助かったよ」背の高いほうが言った。

「歩かずに済んでなによりだ。きみはほんとうに殺人だと思っているのかい、ローリングズ?」

だれかが死んだの? わたしはとっさにレンの顔を思い浮かべた。そこで、ローリングズがまた口を開いた。「でなければ自殺だ。わたしとしては、自分で毒を飲んだか、だれかに盛られたか、そのふたつにひとつだと確信している」

「そんな。とても信じられない」

「あの土曜日の晩、彼女はきみの屋敷にいたな――厨房《ちゅうぼう》にいた地元の娘がそうなんだろ?」

「ああ。患者のひとりでね。それに、レンとも親しいから」その声には、どこか言い訳するような響きがあった。

「きみが責任を感じる必要はない。死亡時刻は日曜の朝だ。だから何があったかなど、だれにもわからん」その言葉には、アクトンが否定するのを見越しているみたいに、少し力が入り過ぎていた。「おそらくは植物から採れる毒物だろうが、調べるのは難しそうだ。イポーの研究所に頼んではいるんだがね。地元の娘が毒を飲んだ、あるいは愚かな民間療法に手を出したというような内容では、とてもクアラルンプールに予算を取ってもらえそうにないからな。ファレルに馘《くび》にされちまう」

ため息がきこえた。「わかった。教えてくれてありがとう」

それからコツコツと軽快な足音が続いた。わたしは柱のうしろに隠れたまま、頭をフル回転させていた。ウィリアム・アクトンが五常のひとつだとすれば、それは〝礼《リー》〟、秩序と儀式であるはずだ。彼は、マクファーレンという医者が指を切断したときにもその場にいたし、ペイリンの謎のリストにも名前が載っている。そして今度はだれかが死んだらしい。

わたしはふたりが行ってしまったのが確実になるまで、そのまま何分か待った。指の入った小瓶はポケットのなかだ。タムさんに見つかるといけないので、部屋に置いてくるわけにはいかなかった。保管室に戻すことも考えたのだけれど、いい考えではないような気がした。この指は、どうやってかは知らないけれど保管室を出て、アクトンの屋敷の庭の黒い土に埋まっていたのだ。まるで、何か意図でもあるかのように。そう思うと身震いが出た。

考え事に没頭するあまり、よく確かめもせずに縁石から下りた瞬間、警笛を鳴らされた。ハッとして目を上げると、オースティンがとまっていた。運転席に見えるのは、ウィリアム・アクトンだ。わたしは自分を蹴飛ばしたくなった。せっかく隠れた相手から、五分後に轢《ひ》かれるんじゃ間抜け過ぎる。

「ルイーズ」アクトンが窓から身を乗り出した。「乗っていくかい?」

もう見つかってしまったわけだし、病院までは長い登りなので、わたしは車に乗った。アクトンはわたしに出くわしたことに驚いた顔もせず、妙に上の空で、なにやら考え込んでいる。

「レンは――おたくのハウスボーイは?」わたしは言った。「無事なの?」

「入院している。今日は病院で仕事なのかい?」

保管室の掃除をしているところを見たものだから、わたしが病院でなんらかの仕事をしていると思っているらしい。それはそれとして、わたしは安堵で胸がいっぱいになった。ほんとうによかった。レンは生きているんだ!

「きょうだいがオーダリーなんです。わたしはその手伝いをしていただけで」

「きょうだいというのは――先日、きみと一緒にいた青年かい?」

「ええ」

アクトンがサッとこちらに目を向けた。「きょうだいだとは気づかなかった」

「似てないから」こう説明するときには、なぜだかいつもあやまっているような気分になる。

「てっきり別の関係かと思っていたよ」アクトンがにやりとした。「それはいいとして、レンに会いたいのかい? ぼくも、あの子を診に戻るところなんだ」

アクトンは、ロバートよりもはるかに運転がうまかった。少なくともギアチェンジの際に、こちらの胃が痛くなるようなことはなかった。事故死の恐怖を感じずに済んだぶん、わたしはこっそりアクトンを観察しながら、あらためてそのくだけた態度に驚かされた。おそらくは、わたしを一人前の大人とはみなしていないのだろう。彼にとっては、取り替え可能な地元の娘に過ぎないのだ。

車が坂を上りはじめると、アクトンが口を開いた。「ところで、ルイーズ——パーティのあった土曜の夜なんだが、シンハラ人の女の子を見たりはしなかったかい？ ナンディニというんだが」

きっと、駅で話していた人のことだ。死んでしまったというだれか。「その子は、あなたに会いにきていたの？」

アクトンはサッと目を上げてから、窓の外に視線を動かした。やましいことがあるようだ。「厨房に寄ったものだから、レンが食事を出したのさ」この人は何かを隠している。ふと、記憶が蘇《よみがえ》った。暗い廊下に白く浮かび上がっていたレンの怯えた顔。年老いた中国系のコックが出てきて、レンに何かを伝えていたっけ。

「レンは、その子を見つけようとして屋敷を探し回っていたんだと思う」

アクトンがピクリとした。「レンが何か言ったのかい？ たとえば彼女が来た理由についてとか」

わたしはかぶりを振った。いったいこの人は、何を心配しているんだろう？ 車の窓の向こうでは、手入れの行き届いた緑の芝生と、そのなかにある、低くて広々としたコロニアル様式の白い屋敷が次々と流れていく。歩いて通ったときとは、また全然違って見える。景色のする流れていくのがなんだか夢のなかのようで、わたしはアクトンにもそう言った。ふとした感想に過ぎなかったのに、アクトンは興味を引かれたようだった。ナンディニの件から話題を変えたいというのもあったのだろう。

「きみはどんな夢を見るんだい、ルイーズ？」アクトンは、メイフラワーの客にもときどき感じる、ねとつくような寂しさを発していた。長くひとりでい過ぎたあげく、金を払って、何曲もダンスを頼む男たち。けれど彼が五常のひとりなのであれば、いまはそれを確かめるまたとないチャンスだ。

イーによると、わたしたちにはそれぞれ、少しずつだめなところがあるらしい。おそらくは、自分の〝徳〟に合った生き方ができていないのだ。たとえばわたしの場合――ダンスホールで働くことを選択した結果、死んだ男の指とかかわって、次から次へと嘘をつくしかないハメになっている。これではいくら学校での成績がよくても、賢いとはとても言えない。わたしたち五人が、ひとつの形になるところを想像してみる。五本の指のように、自然にひとつの組を作り、作用し合うのだ。道から逸れれば、その世界のバランスはますますゆがんでいく。どんどん人間性を失い、化け物になっていく。手だったはずのものが、野獣のかぎづめに変わってしまう。

まだ正体のはっきりしていない五人目はどうなんだろう？　イーは、五人のなかでも最悪だと言っていた。礼はもちろん、秩序を意味する。礼式。それは物事を、ある定まった適切な方法で行なうことであり、個人の欲望に合わせて勝手にゆがめてはいけないものでもある。

「ときどき、川の夢を見るの」わたしはゆっくり口を開いた。「機関車が出てきて、小さな男の子がわたしを待っているのよ」

「それは面白い。じつは、ぼくも川の夢を見るんだ」

「いつも一緒の川なの？　わたしのは――夜からまた次の夜へと続いて、まるで何かの物語がつむがれていくみたいなの」

「物語がつむがれていくか」アクトンは心を打たれたようだった。「じつに詩的だ」

「あなたの夢のなかでは何が起こるの？」わたしは気をつけて、慎重に言葉を選んだ。メイフラワーでも何十回と同じことをしてきた。男たちはダンスをしたいと言いながら、ほんとうは自分の話をしたいのだ。

「ぼくの夢のなかでは、川沿いに、ある人が立っているんだ。彼女は常にそこにいて、同じ言葉を口にする」

わたしはイーが、強烈な罪悪感で顔を真っ赤にしながら、レンを自分のほうに呼び寄せようとしているのだと打ち明けたときのことを思い出し、ゾクリとした。「その人は、あなたを呼んでいるの？」

「いや。彼女はぼくにひどく腹を立てているんだ」アクトンがうつろな笑みを浮かべた。「だからぼくは」アクトンはささやくように付け加えた。「彼女に手紙を書き続けるのさ」

「その人はだれなの？」

そこで呪縛が解け、アクトンが気まずそうに笑った。「退屈な話をしてしまったね」

「そんなことない」わたしは慌てて言った。「とても面白かった」

アクトンが鋭い目をこちらに向けた。「きみの話しっぷりは、なんだか地元の子らしくないな」

そう、なんたってダンスホステス風だから。けれどもちろん、そんなことを口にするつもりはない。この手の会話を引き延ばす理由は、使わせる金を増やすこと、この場合であればより多くの情報を引き出すことにある。

アクトンの瞳に火花が閃《ひらめ》き、小さな炎が灯ったのに気づいて、わたしはなんだか居心地が悪くなった。「きみにはじつに興味をそそられるよ、ルイーズ。まるで運命のようだとは思わないか？　こんなふうに何度も会うなんて」

病院に着くと、アクトンは車をとめたが、降りようとはしなかった。ふと、ホイに注意されたことを思い出した。男と車に乗ってはだめ。

「乗せてくれてありがとう」わたしはドアを開けようとした。ロバートの車とは違い、ハンドルが動かなかった。アクトンが身を寄せてきたものだから一瞬パニックになりかけたけれど、ドアを開けようとしてくれているだけだと思い直した。ほんとうに？　アクトンの手が、軽くわたしの膝をかすめた。ここには用心棒もいなければ、キオンが目を光らせているわけでもない。わたしは発作的な恐怖に駆られた。このまま押さえつけられたら、振り払うことなどできっこない。わたしはドアを勢いよく押し開けると、転がるようにして車を降りた。

「大丈夫かい？」アクトンが言った。のどかな明るい日差しのなかで、慌てたあまり半分転びかけながら、我ながらバカみたいだと思った。アクトンの手を見つめていたせいで、つい、恐ろしい獣を連想してしまったのだろう。器用な、外科医の手。万力のように強そうだ。

「ウィリアム？」女の人の声がきこえた。土曜日のパーティでも見かけた、背の高い美人だ。迎えでも待っているかのように、病院の軒下に立っていた。サンダルを履き、きびきびした足取りでこちらに近づいてくる。白いエナメル革のサンダルは、わたしの周りでは見たことのないものだ。わたしは慌てて姿勢を正すと、顔を赤くしながらワンピースを撫でつけた。パーティのときに顔を覚えられていませんように、と願った。けれどあの鋭い視線、どう見ても、わたしの顔を認識している。

アクトンは、当たり障りのない愛想のよい顔を彼女に向けた。「やあ、リディア。病院にいるとは思わなかったよ」

先ほどちらりと見せた、罪深いお楽しみを求めるような態度はかき消えている。つまりわたしのような地元の女は、アクトンにとっては物の数にも入らないのだ。けれどリディアとなると話が違う。アクトンと同じ社会の人間なのだから。

「乗せてくれてありがとう」わたしは退散しようとしながら、リディアに会釈をして見せた。向こうではわたしの存在に気づいてさえいないようなふりをしていたけれど、無視するのも失礼だと思ったのだ。が、そこでアクトンが言った。「待って。病室まで案内しよう」

ひとりで行けると遠慮したけれど無駄だった。アクトンはリディアに向け、慌てて説明するように言った。「彼女はレンの見舞いに来たんだ。ほら、うちのハウスボーイさ」

「そうなの？」リディアの表情がやわらいだ。「可哀そうなことになって。具合はどう？」

「よくないんだ。いまは大人用の病室にいる。子ども用に空きがなくてね」

「まあ、それで今日、図書カートを押して回ったときに見かけなかったのね」リディアがこわばった顔をわたしに向けた。「あの子とはご親戚なの？」

わたしはうなずいた。レンを守りたいというこの強烈な気持ちを、うまく説明できるとは思えなかったから。

「ウィリアム、話があるのよ」リディアが声を下げて言った。

アクトンが突然用事でも思い出したように時計に目をやった。「いまは無理だな。病室に顔を出さないと」

「一緒に行くわ」リディアが言った。「わたしも、あの子のお見舞いがしたいから」

アクトンが、ふたりのうしろを歩いていたわたしのほうに顔だけで振り返り、共犯者めいた視線を送って寄越した。イーは警告していた。五番目のやつは、とくにひどいから気をつけろと。アクトンはいったい、わたしに何を望んでいるんだろう？

34

六月二十六日（金）
バトゥ・ガジャ

金曜日だけれど、レンは時間の感覚を失っている。病気なのだ。とはいえ〝病気〟という言葉もなんだか違う。傷ついて、壊れているという感じのほうが近い。左手に幾重にも巻かれたものを含め、包帯があちこちで緩んでしまっている。指の一本が失われた左手。看護婦たちはそれをレンに言うのがいやで、口ごもったり咳払いしたりしながら、とうとう地元の医者を連れてくると、その単純な事実をレンに伝えさせる。それで何かが変わるわけでもないのに。

レンはどういうわけか、ふいに、マクファーレン先生が恋しくなる。もじゃもじゃの眉、しわがれた声。先生なら、感情を交えずにきっぱり言うだろう。指の一本だ、手を丸ごと失うよりはマシではないか。でなければ、命を失うよりはいい。マクファーレン先生について、覚えておくべきことはなんだろう？　レンの頭のなかにある数取り器が、先生との約束の日がつきるまで、今日を含めて二日しかないと音を立てている。けれどレンはへとへとで、あまりにもくたびれていて、目を開けておくことさえままならない。看護婦がレンの体温を測っては、押し殺した声でなにやらしゃべっている。ウィリアムも日に二回、レンの様子を見にくる。「おまえはショックを受けているだけなんだ」その明るい声とは裏腹に、ウィリアムは険《けわ》しい目をしている。「体のほうが時間を必要とすることもあるから」

「見つかったの?」不安がまた、レンの心をむしばみはじめる。

「ナンディニのことかい? 心配するな。彼女はあの夜、きちんと家に帰っていたんだ」

レンは弱々しく首を振る。「ううん、ナンディニはまださまよってる。どこかにいるんだ」

ウィリアムが顔をこわばらせ、ふいに看護婦をわきへ呼ぶと、言葉を交わし、警告するように頭を振ってから病室を出て行く。低い体温がレンの血管を伝わっていく。急いで行かなければならない場所があるのだけれど、それがどこなのか、眠りに落ちるまでは、どうしても思い出すことができない。けれど、ぼくは旅の途中なんだ、ほかのすべては寄り道に過ぎないんだという気がしている。

レンは目を覚ますなり痛みを覚える。体温を測ってくれた看護婦の顔には、なんだか浮かない表情が浮かんでいる。レンは思い切って、包帯の巻かれた左腕を試すように動かしてみながら、ぼくはまだ働けるのかなと思う。靴を磨いたり、シャツにアイロンをかけたり、オムレツを作ったりできるのかな。先生に用無しだと思われたらどうなるんだろう? 仕事を欲しがっている男の子——ぼくよりも年上で、たくましくて、指の全部そろっている子がいくらだっているのに。レンはだれかと話ができたらと思う。けれど病室は空っぽで、周りには、白い繭《まゆ》のようなベッドがあるだけだ。

看護婦によると、アーロンが昨日、レンが眠っているあいだに来てくれたという。お土産の弁当箱には、レンの大好きなお汁粉が入っていた。あのパーティのあと、アーロンはひとりで家中の片付けをしたのかな？　目がしばしばして、骨にも痛みがある。行かなくちゃ、とレンは思う。でも、どこへ？

廊下から声がきこえてくる。またウィリアムだ。今日二回目の回診だけれど、うしろからだれかがついてくる。レンはあの忘れようもない、ゾクゾクするようなうなりを感じる。そこでがんばって体を起こす。あの人だ！　パーティにいたあの人が、白塗りの長い廊下を近づいてくる。猫の髭が震え、体のだるさも一気に消え失せる。けれどレンには、彼女の足取りが遅くなり、ためらっているのがわかる。どうしたんだろう？

ウィリアムが部屋に入ってくると、レンが珍しく体を起こしているのを見て笑顔になる。

「お客様を連れてきたぞ」

けれどウィリアムのうしろからレンのほうを見ているのは、あの青いドレスの人ではない。リディアだ。「こんにちは！」その声には、子どもとの接し方に自信がないのか、なんだか力が入り過ぎている。「本を持ってきたのよ」

リディアが本や雑誌を乗せた台車を押しているのを見て、レンは、リディアはいい人なのだとうしろめたい気持ちで思い直す。「午前中に子ども用の病室を回ったのだけれど、あなたがこちらにいるとは知らなくて」

ウィリアムがカルテをチェックし、包帯を調べるあいだ、レンの視線は、本の台車の上をたゆたっている。リディアが、テントウムシのロゴが入ったアルファベットの本を手に取り、「これはどう?」と声をかける。

レンが本を開いてみると、『Aは病院列車《Ambulance Train》のA』と書いてある。「ありがとう」レンはがっかりしているのが顔に出ないようにしながら、小さな声で言う。

「違う本にしてやってくれ、リディア」ウィリアムが静かに言う。「レンはきちんと読めるんだ」

「あら!」リディアが顔を赤くする。「ただ、今日はいい本があまりなくて」

レンは、ウィリアムにたしなめられてしまったリディアを見ながら気の毒に思う。けれどその瞳に煌《きら》めいている希望の光を見るかぎり、本人はちっとも気にしていないようだ。リディアはレンに、ジェーン・アイ《Eye》(エア(Eyre)の間違い)、とかいう女の人の名前のタイトルがついた本を差し出す。レンは、ジェーンというのはだれなんだろう? 目《アイ》をどうかしちゃったのかな、と思う。もう一冊、薄い本が台車から落ちそうになり、リディアが慌ててその本をつかむ。タイトルは『闇の奥』。「あらあら。この本はだめよ」

そこでレンは、あのチクチクした電波のようなものを捉える。また動き出し、ドアに近づいている。するとパーティで会ったあの人が、真剣な目で、レンを探している。ジーリンはレンを見つけるなり、その顔をパッと明るく輝かせる。

レンは幸せで胸がいっぱいだ。ジーリンが隣に座っている。青いドレスの代わりに、パリッとしたコットンの白いワンピースを着て。「無事でよかった」ジーリンが、水をコップに注ぎながら言う。ウィリアムとリディアは空っぽな病室の反対側にいて、リディアはそんな必要もないのに、台車の本を無駄に並べ直している。レンにも、その会話の断片がきこえてはいるのだけれど、全然意識には入ってこない。なにしろジーリンがベッドのそばの椅子に腰を下ろし、レンに笑顔を向けているのだから。

「痛みはひどいの？」

レンは、もう、すっかりよくなったんだと言ってジーリンを安心させたいのに、弱ってしまい、体に力が入らない。声も出なくて、あえぐのがやっとだ。ジーリンが、血の気のないレンの顔を、心配そうに見つめている。

「具合が悪そうね。看護婦さんを呼んでこようか？」

いやだ。ジーリンにはどこへも行ってほしくない。けれどレンは、あのぼんやりした灰色のベールが下りてくるのを感じる。レンをくるんで麻痺《まひ》させ、どこかへ連れ去ろうとしている。そのもうひとつの場所には、やりかけの仕事が残っているのだ。ジーリンが、これはまずいと、病室の反対側でなにやら話し込んでいるウィリアムとリディアに目を向ける。だがウィリアムのこわばった肩は、邪魔をするなと言っているかのようだ。

「看護婦さんを呼んでくる」ジーリンが、男の子のようにピョンと立ち上がる。病室の向こうでは、ウィリアムがハッと頭を動かし、ジーリンが突然出て行ったことに驚いたような顔をしている。

リディアが、ウィリアムのほうに顔を寄せる。窓際に立っているふたりは、ほんとうにお似合いだ。リディアの唇が動いている。何を言っているんだろう。レンにはよくわからないけれど、ウィリアムは明らかに顔をこわばらせ、口元を引き結んでいる。

「――知っているのよ、アイリスのこと」リディアの声がきこえてくる。

それはウィリアムが、手紙を書き続けている女の人の名前だ。爪を押しつけたら跡が残るような、やわらかなクリーム色をした厚手の紙につづられていくあの手紙。ウィリアムの顔には、迷惑そうな表情が浮かんでいる。

「いまここでする話じゃない」そう言って、顔を背ける。

「なら、いつならいいの？」リディアはウィリアムのあとを追いながら声を上げる。病室にいるのがレンだけになったので、警戒心が緩んでいるのだ。「わたしたち、あなたとわたしは似ているのよ」リディアが言う。その瞳を煌めかせているのが涙なのか、それとも何か別の感情なのか、レンには読み取ることができない。「助けになりたいの。お願い、わたしに頼ってちょうだい」

ウィリアムは作り笑顔を浮かべて見せる。「もう行かないと」

リディアは遠ざかっていくウィリアムの背中を見つめている。開いた窓から穏やかな風が入り、白いカーテンをはためかせる。廊下にある時計の音がきこえてくるほどに静かだ。リディアはぎこちない手つきで、空っぽのベッドのあいだを抜けながら、本の台車を押しはじめる。

レンのベッドのそばで足を止め、何か問いたげな様子をしたけれど、ジーリンが戻ってきたのを見て、動揺したように目を落とす。

リディアは横目でジーリンを見ながら声をかける。「ルイーズよね?」

短い間のあとに「ええ」と返事がある。

「アクトン先生とはどんなふうに知り合ったのかしら?」

「知り合いってほどじゃないんです。今朝、たまたま駅のそばで会って、車に乗せてもらったというだけで」

リディアはこのこたえに満足できなかったようで、次々と質問を投げかけていく。どこで働いているの? ご家族の生業《なりわい》は? 年はいくつ? ジーリンは、失礼にならないようにしながらも警戒している。

「どうしてそんなことをきくんですか?」

レンはめまいを覚えながら、弱まる視界のなかでふたりの横顔を見つめる。金髪の巻き毛と、前髪を短くした黒い髪。

「わたしはあなたの――お仕事に興味があるだけよ。何か困っていることがあったり、助けが必要だったりはしないかと思って」〝困っていること〟というところで、リディアの目が心配そうに鋭くなる。ジーリンは警戒を緩めずに、ダンスホールでアルバイトをしているけれど、とくに問題はない、とだけこたえる。

リディアは一瞬、値踏みするようにジーリンを見つめる。「とにかく、何か困ったことがあったらわたしに知らせてちょうだい。わたしはこの国の女性がもっと自立できるように、職探しを手伝えればと思っているの。男たちが受け入れさえすれば、いまどき、女性にできる仕事はたくさんあるんだから」

「ありがとう」リディアの言葉をきいて、心から感銘を受けたように、ジーリンの黒い瞳がやわらぐ。「やさしいんですね」

「わたしたち女性は、お互いに助け合わなくてはね。それで――ゴム農園では、若い女性たちを相手に健康教育を行なっているのよ」

「どんなことを教えているんですか?」ジーリンは興味を引かれているようだ。

「ほとんどは基本的な健康管理よ。女性に特有のね」ふたりがそこで、なんのことか理解し合ったような視線を交わす。「もし何か必要なものがあったら、遠慮なく言ってちょうだい。小さなことからでも、わたしなりになんとかできればと思っているから。ところで」リディアが声をひそめる。「アクトン先生には気をつけたほうがいいわ」

「どうしてですか?」

「つまり――その、あの人の周りでは奇妙なことが起こっているの。気づかなかった?」

ジーリンの顔に、好奇心が浮かぶ。「たとえばどんな?」

「彼とかかわった人たちが、次々と不運に見舞われているのよ。とくに、若い女性がね」

ウィリアムはスッと大きく息を吸う。胃が痛い。つるんとした磁器の表面を両手でつかみながら、白い洗面台の上に顔を突き出す。胃がひきつれ、カッと熱くなる。頭を持ち上げると、鏡に映った顔には血の気がなく、汗に濡れている。

なら、リディアはアイリスのことを知っているわけだ。その可能性を考えておくべきだった。いや、そんな気はしていたんだ。ふたりの相似にハッとした瞬間から。はとこのような遠い親戚なのかもしれないが、リディアの言葉も含めて、そんなことはどうでもいい。あまりにも不意をつかれたために、頭がまともに働かない。

とにかく、これからどうしたらいいんだろう？　リディアの望みはなんだ？　面倒なことになるな。リディアは仕切りたがりで、善意を振り回すのが好きだ。まさに、ぼくが嫌いなタイプの女そのものだ。ウィリアムは口元をぬぐう。もう一度顔を合わせる前に、リディアについての情報をできるだけ集めておかなければ。どんな理由があって、このマラヤに流れてきたのか。なにしろこの地に来て一年以上、結婚することも、仕事につくこともなく、ひたすらクラブでテニスをしたり、ボランティアをしながら過ごしているのだ。まずは敵を知らなければ、とウィリアムは思う。

それからふと、発作的な怒りに駆られて、リディアがいなくなってくれれば、と願う。

# 35

六月二十六日（金）
バトゥ・ガジャ

ほんの数日で、レンは怖いくらいに痩せてしまった。頬が落ちくぼみ、紙のような肌には青い血管が透けて見える。ひと言話すのさえ辛《つら》そうで、口からは、かすれた小さな声しか出てこない。それでもわたしの顔を見ると、レンは幸せそうな顔になる。

「あの指のことなんだけど」わたしはリディアが出て行くのを待って、ためらいながらも口にした。そんな話はしたくなかったのだけれど、レンが心配しているといけないので。「きちんと預かっているから」

レンの顔がひきつった。何かを怖がっているの？　それとも焦ってる？「あと二日しかない」レンがささやいた。「戻して。お墓に」

わたしはレンの言葉をきき取ろうとかがみ込んだ。レンの顔は青ざめ、目もどんより曇っている。

「どういうこと？」だが、レンにはわたしの言葉がきこえていなかった。すでにまぶたを閉じていて、ベッドに残された軽そうな華奢《きやしや》な体は、バッタの抜け殻にそっくりだった。一瞬、死んでしまったのではと怖くなり、レンの手に触ってみた。冷たい。けれど痩せた胸は、不規則ながらも上下している。看護婦も、レンの状態はよくないと言っていた。ただ、どこが悪いのか原因がはっきりしないので、とにかく疲れさせないようにしてほしいと。看護婦の言う通りだ。レンはどこかに、とても悪いところがあるのだ。

「ご親戚なの?」看護婦にきかれた。

「違いますけど。どうして?」わたしは不安になった。

看護婦が気まずそうに、わたしのうしろのほうに目をやった。「ほら、もしも親類の方を知っているなら、来てもらったほうがいいと思うから。いますぐに」

わたしは暗い気持ちで病室をあとにした。レンにききたいことが、まだたくさんあった。どうしてあの指が庭に埋められていたのか。どうして墓に埋めなければいけないのか。乱れた思いが、あの水中の影のように、頭のなかでうごめいている。ペイリンの回復状態をきいてみると、看護婦は首を横に振った。まだ意識を取り戻してさえいないという。それから看護婦はいぶかしそうな目でわたしを見た。どうして不幸にあった人たちと、いちいち知り合いなのかしらというように。

夕方が近づき、病院からは人が減りはじめている。リディアの不自然な警告が、頭に焼きついて離れなかった。ウィリアム・アクトンに近づくなだなんて、いったいどういうつもりなん

だろう？　まるで、人にきかれたら困るとでもいうように声をひそめていたけれど、いったい

何を心配しているのかしら？　リディアが運についても触れていたことで、わたしはふと、あ

のセールスマンを思い出した。人が運を持ち出すのは、運命を動かすことだってできるのだと、あ

自らの力を信じたい一心からではという気がする。賭博《とばく》師が縁起のいい数字に執着したり、色

のついた魚の鱗《うろこ》の数に合わせて宝くじを買ったりするのもそのためだ。結果、おそらくはろく

なことにならないのに。

　角を曲がった瞬間、そこが、最後にペイリンと言葉を交わした食堂の外であることに気づいた。このまま進むと、ペイリンがひどい事故にあった場所に出る。そう、ここだ。ペイリンは一番下まで、長い階段を真っ逆さまに落ちたのだ。細い階段の両側にしっかりした手すりがついているのを見て、わたしはシンの考察を思い出した。ペイリンが足を滑らせたのだとすれば、途中で止められなかった理由がわからない。つまり、突き飛ばされた可能性があるということだ。

　上のほうで何かが動くのを感じ、わたしは目を上げた。階段の上から、黒っぽい頭が突き出しているようにも見えたけれど、遅い午後の日差しに目がくらんだ。一瞬、白衣がひるがえるのが見えたので、シンがあの長い脚でわたしを探しにきたのかもしれないと思った。が、そのだれかは消えてしまった。もう行かないと。病院の横を近道するあいだも、屋根付きの通路に人影はなかった。すっかりおなじみになった保管室のドアの前を通りかかったとき、わたしはふと足を止めた。ひょっとしたら、あのセールスマンの持っていた指はまだここにあるんじゃ

ないかしら。レンから渡された指はそのコピーで、レンは虫のようにわいてきたのを、黒い土から掘り出したのかもしれない。そんなぞっとするような想像を働かせたせいで、わたしは確かめずにはいられなくなってしまった。ノブを回してみると、意外にも鍵はかかっていなかった。

なかは、最後にシンと出たときのままだ。踏み台を標本棚のほうに動かし、その上に乗った。腎臓の瓶、さらに頭がふたつあるネズミの瓶の奥に手を伸ばしながら、奥をのぞき込んでみる。ない。あのしなびて黒ずんだ指があったはずの場所には、何もなかった。つまり、悪夢さながらに増殖したわけではなかったということだ。ホッとした。踏み台を下りようとしたときに、保管室のドアが開いた。

Y・K・ウォンだった。驚くべきではなかったのかもしれない。なにしろこの男ときたら、悪夢のように、わたしの行く場所にはどこにでも現れるのだから。脈が速まるのを感じながら、わたしは息を止めた。ウォンは後ろ手で、慎重にドアを閉めた。

「何か探しものかい？」ウォンが言った。「たとえば指とか？」

「この棚には指なんかひとつもないけど」わたしは挑みかかるように言った。

「知ってるさ。ぼくも調べたんでね」ウォンが回り込むように近づいてくるのを、わたしは踏み台の上からじりじりと見守るしかなかった。「シンは、きみがメイフラワーで働いているのを知っているのかい？」

ということは、この前病院で出くわしたとき、うまく顔を隠したつもりがやはり気づかれていたわけだ。わたしは踏み台に乗っている自分が、間抜けなくらい無力に思えた。まるで首を吊られるのを、なすすべもなく待っているだけの哀れな生贄《いけにえ》みたいだ。

「話を戻そう」ウォンが笑顔を作ると、鋭い八重歯がちらりと見えた。「きみはあの指について嘘をついたはずだ。チャン・ユーチェンにはダンスホールにガールフレンドが何人かいたようだが、きみはそのひとりなのか？」

「違う——あの指は、たまたま拾っただけなの」

ウォンはまったく信じていないような顔で、また一歩、近づいた。「なら、ペイリンについてはどうなんだ？　きみが、ペイリンについてたずねているのを耳にしたもんでね。彼女から何かもらったのか？」

ペイリンはなんと言っていたっけ？　そう、あのセールスマンには病院に友だちがいて、彼女はそのだれかを嫌っていた。自分の物をおさえられてしまうのではと恐れていた。つまり、あのリストのことだろう。ペイリンとは別の手で、医者と患者の名前に加え、金額らしきものが書き込まれていた。わたしは踏み台に突っ立ったまま、もしもうしろに突き飛ばされたらどうなるだろうと思った。頭がパックリ割れてしまうかもしれない。ペイリンが、階段から落ちたみたいに。

体をひねりながら、うしろに腕を伸ばし、瓶を探った。ふたつ頭のネズミの瓶をつかみ、ウォンに投げつけた。腕にぶつかって割れ、臭い液体が飛び散った。ウォンが嫌悪の悲鳴を上げながら、体をふたつに折っている。わたしは人生で一番くらいのジャンプを決めて、ウォンの横をすり抜けようとしたけれど、手首をつかまれてしまった。息が切れて、叫ぶことさえできないまま、歯を食いしばって腕を強く引いた。ウォンが濡れた床に足を滑らせながら、ドアにぶち当たった。ウォンは一瞬立ち尽くし、覚悟を決めたように顔をこわばらせると、ノブを回し、外に出て鍵をかけてしまった。

「出して！」わたしはドアを叩きながら叫んだ。

ウォンがドアに口を寄せながら言った。「さっきの質問についてよく考えておくんだな。こたえが出たころに、また戻ってくる」


わたしは喉が嗄れるまで叫び続けたけれど、ウォンはとっくのむかしに、どこかに消えてしまっていた。金曜日の夜だ。週末のあいだは、入院患者を看る最低限のスタッフしか病院には残らない。わたしはパニックになりながら、窓を試してみた。全部高いところにあって、しかもほとんどはペンキが固まり、開かなくなっている。ひとつだけ開いているのは引き上げ窓で、天井につくような恰好で持ち上げられていた。長いフックに引っかけるタイプの窓だ。けれど、あれでは高過ぎる。

テーブルを窓際まで動かし、乗ってみた。まだ足りない。テーブルの上に、さらに踏み台を置いた。床に落ちたふたつ頭のネズミにはできるだけ目を向けないようにしたけれど、それでも飛び散ったホルマリン液が目にしみて、涙がにじんでくる。しばらくは、あのネズミが悪夢に出てくることになるだろう。踏み台がテーブルの上で怪しく揺れるものだから、怖くて下を見ることさえできなかった。窓から頭を突き出した。こうしていれば、だれかが気づいてくれるかもしれない。ただし下手に叫んで、ウォンが戻ってくるのも恐ろしかった。深呼吸をしてから、外に籠バッグを落とすと、窓に体を持ち上げた。体を横向きにしても、窓はまだ小さ過ぎた。わたしは地上から二メートル近い場所で、窓に突っかかったまま動けなくなってしまった。お願い、と心のなかで叫んだ。もう蒸しパンは食べないって約束するから。蝶番《ちょうつがい》に引っかかっていたスカートの破れる音がした。窓の上枠に背中をひっかかれながらも、なんとか体が抜けた。わたしは窓枠を必死につかんで、両足を垂らした。

手が滑り、ドスンと落ちた。足首に鋭い痛みが走り、壁にこすられた手がひりついた。角の向こうから、だれかの走ってくる音がする。ウォンだろうかと、わたしは体を硬くした。コー・ベンだった。その豚に似た、なつっこい顔を見たときにはホッとした。

「叫び声がきこえたから」コー・ベンが言った。「大丈夫かい?」

「足首をひねっちゃって」

ありがたいことにコー・ベンは、わたしがどうして窓から落ちるハメになったのかたずねるよりも、破れたスカートに気を取られている。わたしはコー・ベンをにらみ、慌ててスカートを引き下ろした。

「Y・K・ウォンとすれ違わなかった?」

「いや」コー・ベンが鋭い目つきになった。「あいつがどうかしたのかい?」

わたしはただ、手の震えが止まるまで、どこかにじっと座っていたかった。ウォンのことを報告するべきだろうか？　けれどあいつはきっと、単なるイタズラだったとか、わたしのほうから保管室に誘ったんだとか言い訳するだけだろう。ダンスホールで働いている事実が広まれば、わたしの言葉なんか信用してもらえなくなる。そもそもシンにバレたら大変だ。普段は冷静沈着なシンだけれど、爆発したときにはものすごいのだから。わたしは上の空でこたえた。

「あいつは、ある物を探しているのよ」

「ひょっとしてペイリンの物かい？　あの事故の直前に、きみが彼女と話しているのをたまたま見かけたもんだから」

「ペイリンは助けを必要としていたの」結局、うまくはいかなかったけれど。「Y・K・ウォンっていうのは、いったいどんな人なの？」

「扱いにくいやつだよ。病理学科のローリングズ先生にべったりでさ。先生の用をあれこれとこなしているんだ」

あのリストには、ローリングズの名前もあった。それでウォンは、保管室の鍵を持っているのかもしれない。わたしは顔をしかめ、考え込んだ。

「それで、ペイリンの荷物には何が入っていたんだい？」

この人をどこまで信用していいんだろう？　コー・ベンは、この病院の事情にだいぶ通じているようだけれど。わたしはゆっくりと口を開いた。「名前と数字のリストよ。だけど今日のことは、お願いだから、シンには言わないで。個人的なことだから」

コー・ベンは同情するように言った。「心配はいらないよ。ぼくを信じてくれ」

どうやら、ふたりだけの秘密ができたことを喜んでいるようだ。わたしはふと、コー・ベンが前に、頭蓋骨や人虎《じんこ》の話をしていたことを思い出し、こうきいてみた。「指にまつわる迷信って、何か知ってる？」

「そうだな、マレー人のあいだでは、指はそれぞれに個性があると言われてるよ。親指は、イブ・ジャリ・ハントゥ。母の指の意味を持つ。人差し指はジャリ・テルンジュクで、道を示す。中指はジャリと呼ばれ、ほかの指よりも長いことから、お化け指と呼ばれている。薬指は、指輪の指だ。ある地方では、名無し指とも呼ばれる。小指が一番賢いとされている」

それぞれの指に、小さな五人の人のような個性があるときいて、なんだか心がざわついてしまった。コー・ベンが横目でこちらを見ている。わたしが何かを隠していることに気づいているのだ。けれどコー・ベンは、子豚のような人なつっこい調子でこう言っただけだった。「ペイリンとは仲がいいんだ。助けになれたら嬉しいな。その名前のリストだけど――今度、見せてもらうことはできるかい？」

わたしはうなずいた。もしあのリストを読み解くことができれば、Y・K・ウォンに立ち向かうことだってできるかもしれない。

## 36

六月二十六日（金）
バトゥ・ガジャ

暑く息苦しい午後、レンは眠り続けている。感覚を奪い、押し流そうとする、霞《かすみ》のベールを払いのけようとしながら。なんとかして、向こうにある、もうひとつの場所に行かなくちゃ。明るく熱を帯びた、すべてがガラスのように澄んで、石のように鋭いあの場所へ。持てる力を振り絞り、気づくと、レンはそこにいる。色の抜けた背の高い草と、低い藪《やぶ》の茂み。この前来たときには、ここに虎がいた。けれどいまはどこにも見えない。レンはぬかるんだ地面に目をやる。何か大切なことがあったはずなんだけど。そう。ナンディニだ。ナンディニを見つけなくちゃ。

ウィリアムは、ナンディニがパーティの夜、無事に家に帰ったと言っていた。けれど、レンはそんなこと信じていない。ナンディニがいるのはバトゥ・ガジャじゃない。ここだ。それだけは間違いない。

妙に明るい、夢のような景色のなか、レンは、やわらかな土に残った足跡を追っていく。足跡は腰まである草のなか、左足を引きずって、遠くにちらちら見えはじめた駅のほうに向かっている。これはきっとナンディニの足跡なんだ。レンはそう思いながら心配になる。ナンディニの脚に手当てをした日から、なんとなく、彼女に対して責任があるような気がしているのだ。ナンディニのほうがずっと年上だというのに。そこでふと、マクファーレン先生が、レンのことを心配して言った言葉を思い出す。そのやさしさが、おまえの命取りになるかもしれんぞ、レン。だけど、そんなことはないよね？

レンが粘り強く追い続けていくうちに、主《ぬし》が弱っているのか、足跡が右へ左へと揺れはじめる。猫の髭がピクついて、はっきりとある方角を捉えて震えているけれど、そこには空のように巨大でうつろな壁があるだけだ。あの向こうには、イーがいる。

レンは、あたりを鮮やかに照らしている光に目を細めながら進む。駅が着実に近づいてくる。その方角には、イーとのあいだを隔てている壁も見える。なぜだか、あの青いドレスの人が頭に浮かぶ。名前は――ジーリンだっけ？　頭のなかで、思いが浮かんでは消えていく。ウィリアムと踊っていたジーリン。レンを見た瞬間に、大きく見開かれた彼女の目。暗い屋敷のなかを駆けずり回り、ナンディニの姿が見えないか、窓の外を確認したこと。けれど窓の向こうには青ざめた冷たい化け物がいて、窓からこちらをのぞき込んでいるのかも。恋人に裏切られ、復讐に燃えている長い髪の女。それから最後に、あの轟音《ごうおん》と、宵闇《よいやみ》に閃《ひらめ》いた光――けれど、それ以上のことは何も思い出せない。得体の知れない期待に震えているような、日差しにあふれたこの明るい場所こそが、いまのレンにとっては現実なのだ。

足跡に誘われるようにして、レンはワックスを塗ったような濃い緑の葉の茂みを回る。泡を思わせる花。セイヨウキョウチクトウだ。この木をすごく嫌っていた人がいたはずなのに、レンはだれだか思い出せない。中国系のおじいさんだ。両手をエプロンでぬぐいながら、こんな木は伐ってしまったほうがいいのにと文句を言っている。けれどまばたきをした瞬間、その記憶は消えている。

茂みを回り込もうとしたところで、レンは何かにつまずき、あやうく転びそうになる。女の人が地面に座り込んで、左の足首をもんでいる。もつれた長い黒髪の下から女の人が顔を上げるのを見て、レンはすっかり動揺してしまう。ナンディニじゃないぞ。見たこともない人だ。

ふたりは黙ったまま、しばらく見つめ合う。女の人は中国系で、色が白く、なんだか兎に似ている。目の隅が桃色に染まっているから、泣いていたんだろうか。女の人がよろよろ立ち上がる。レンよりも、ほんの少し背が高いだけの小柄な人だ。「あなたはだれ?」

「レン」

女がまじまじとレンを見つめている。「本物の人間なの?」

「うん」

突然、女がレンの肘をつかむ。その手が氷のように冷たくて、レンは思わず叫び声を上げる。「温かい」女がかがみ込んで、自分の足首をつかむ。「うまく歩けないのよ。捻挫《ねんざ》しちゃったのね」女が顔をしかめて体を起こすのを見ながら、レンはなんかヘンだぞと思う。女は足を引きずっているだけでなく、片腕が妙な具合に曲がっているし、肩の角度もおかしい。まるで、糸の切れた操り人形みたいに壊れて見える。

「痛むの？」レンがたずねる。

「別に。わたしは看護婦なのよ」女が言う。「たぶん腕を骨折したか、肩を脱臼したんだと思う」

「覚えてないの？」

「落ちたのよ」女が顔をしかめる。「頭がすごく痛いの。とにかく、あの列車にさえ乗ればすっかりよくなるから。あなただってそうよ」

レンはそう言われて視線を落とし、自分も怪我をしていることに気づく。左腕と脇腹に、包帯が巻かれている。どうしてだろう？ 思い出さなければという気はするのだけれど、どうしても思い出せない。セイヨウキョウチクトウの茂みを回ると、目の前に、駅がはっきり見えてくる。女の人も駅を見て元気が出てきたようだ。

「いったい、どこから来たの？」女の人が言う。

「わからない」レンは振り返ってみるけれど、見えるのは波打っている草だけだ。

「さあ」女の人が言う。「行かなくちゃ」

# 37

六月二十六日（金）
ファリム／イポー

わたしは動揺したまま、ファリムへのバスに乗った。目を閉じるだけで、Y・K・ウォンのゆがんだ顎と、保管室にわたしを閉じ込めた瞬間の、狡猾《こうかつ》そうな目が脳裏に蘇《よみがえ》ってくる。わたしが保管室にいないことに気づいたとき、ウォンはどんな顔をしたかしら？　近いうちに、またあいつとやり合うことになるだろう。怖じ気づいちゃだめ。わたしはそう自分を励ましながら、こぶしを握って、わき上がる不安を静めようとした。

その夜は、母さんを手伝いながら静かな時を過ごした。母さんの華奢《きゃしゃ》な体を見ながら、レンのことを思った。いまにも死にかけているのではと、心配でたまらない。あの灰色にくすんでいた顔を思い出すと、つい怖くなってしまう。レンはまるで魂が抜けてしまったかのように、目を固く閉じていた。あの子のために、何かしてあげられることはないかしら？

「心配いらないわ」母さんが言った。「大丈夫。彼はあなたが好きなんだから」

思わず心臓が跳ねた。けれどもちろん、母さんはロバートの話をしているのだ。わたしは適当に、ロバートがいかに親切かという母さんの話をきき流した。

「そうね」わたしはうなずきながら言った。なにしろ近いうちに、そのロバートの親切に頼るつもりでいるのだから。恥ずかしさで胸がいっぱいになった。わたしに借金を頼まれれば、ロバートはきっと断らないだろう。けれどそれは、鶏のスープをもらうのとはわけが違う。ここのところおかしなことばかり起こるので、わたしは不安のあまり病気になりそうだった。ところでレンは『あと二日しかない』と言っていたけれど、あれはどういう意味なんだろう?


翌朝、わたしは静かに家を出て、イポーに戻った。母さんには、タムさんを手伝ってドレスを一着仕上げなければならないからと言っておいた。「急ぎの注文なの」ほんとうはママとの約束で、最後にもう一度だけメイフラワーで働くことになっていたのだ。

タムさんの店に戻ったときには、昼時を過ぎていた。「あら、戻ったのね!」タムさんは、前置きもなしに言った。「週末はファリムで過ごすのかと思っていたのに」

「友だちを手伝う約束があって」わたしはうしろめたく思いながらもそう言った。

ありがたいことに、タムさんは自分のほうが話をしたい一心で、どうでもいいようだった。

「ごきょうだいが会いにきたわよ。若い男の方と一緒に」

「どんな人でした?」

「この前の晩、あなたを車で送ってくれた人よ。ロバートだったかしら?」

なんだってロバートとシンが? おかしな組み合わせだ。とくに仲がいいわけでもないのに。

「最初にごきょうだいがいらしてね。帰ろうとしたところに、ロバートがやってきたのよ。どちらにも、あなたは実家に戻っていると言っておいたわ」

「用件は言っていました?」

「いいえ。でもごきょうだいのほうは、だれかに会う必要があるようなことを言っていたわ」

タムさんが、少し身を寄せてきた。「ロバートとはお付き合いするつもりなの?」

「単なる友だちです」

タムさんは信じていない顔だ。しかたがない。ロバートとあの堂々たる大きな車は、どうしたって目を引く。わたしのような立場にいる女性なら、たいていは有頂天になるだろう。

「用事が早く済んだら、今夜はファリムに戻るかもしれません」わたしは言った。

「わかったわ」タムさんは陽気に手を振りながらわたしを見送った。寝泊まりのできる場所がふたつあるとこれが便利だ——どちらかにいる、と言い訳することができる。計画をやり遂げるには、少なくとも一日か二日は必要になるだろう。


メイフラワーの裏手の薄暗い廊下でママがわたしを止め、手に封筒を押しつけてきた。なにやらたっぷりと入っていそうな音がする。「例のパーティの金が出たんでね。キオンが、あの赤毛のドクターのところまで行って払ってもらったのさ。あんたの取り分と、これまでの未払い分が入ってるから。もう片付けは済んだのかい?」

「だいたいは」

更衣室には予備のドレスが置いてあるので、今日はそれを着るつもりだった。破れたり何かをこぼしたりしたときの用心に、みんな一着は持っているのだ。わたしはなんだか暗い気分で、剝がれかけたミントグリーンの壁を見ながら長い廊下を急いだ。更衣室では、ホイが頰に紅をはたいているところだった。土曜日のホイは、昼から夜までずっと働くシフトになっている。

「今日入るの？」ホイは驚いた顔だ。

「ママに助っ人を頼まれて」わたしはワンピースを脱ごうと四苦八苦しながらこたえた。

「ほら、手伝ってあげる」ホイが慣れた手つきでフックをはずしてくれた。辞めることを話さなければならない。けれどいまはそのときではないと思った。準備にバタバタしながら言うことではないと。

土曜日の午後に出るのははじめてだった。混んでいて、楽団が演奏するのもジョゲットのような地元の踊りの曲が多かった。陽気な音楽に、束の間とはいえ、心配事も忘れられた。実際、わたしは楽しんでいた。客のなかには、知っている顔こそなかったけれど。きっと、なつかしく思う日が来るだろう。ワックスの塗られた床、楽団員の汗ばんだ顔。ミュージシャンたちとは、ダンスをしながらそばを通るたびに笑顔でうなずいて見せるほど、すっかり顔なじみになっている。煙草と汗の匂い。脛《すね》の痛み。辛辣《しんらつ》で愉快なホイのコメント。わたしはぽっちゃりした役人との踊りを終えると、ダンスホステス用の仕切りの向こうにするりと戻りながら、なんだか残念になってきた。やっぱり、辞めるべきではないのかも。

土曜日の女の子たちとはシフトが違うので、知っている子はほとんどいない。けれど、アンナがいた。顔を合わせるのは、あのパーティの夜以来だ。

「たったいま、いいものを見ちゃった」アンナはいつも、どこか眠たげで重たそうな空気をまとっているのだけれど、今日はその大きな体がいっそう肉感的に見えた。

「なに？」

「とびっきりのハンサム。店の外で友だちを待っているんですって。もし店に入るんだったら、わたしと踊るように約束させちゃった」

ほかの女の子たちはクスクス笑ったが、わたしはどこか上の空だった。

「〝とびっきりの〟ハンサムってどれくらいなの？　あなたはいつもそう言うんだから」

「だけど、ほんとうなのよ！　シンガポールか香港の俳優でもおかしくないくらい」

みんな目を丸くして見せたが、わたしも含め、興味を引かれてはいた。熱狂的な女性ファンから、ラブレターや手料理や現金などを山のように贈られるチャイニーズオペラのスターは多い。とにかく、俳優でもおかしくないようなハンサムといったら、わたしにはひとりしか思い浮かばなかった。シンだ。ぞっとした。ひょっとしたら、ほんとにシンだったりして？

「背が高くて、肩のあたりとか、細くしまった腰とかも素敵なの」アンナが言った。「鼻と頰骨が高くて、中国北部の顔立ちね」

カミアリの群れが背中を這いずり回っているみたいに、不安はますます大きくなった。

「ほら、あの人よ！」

胃がひっくり返った。やっぱりシンだ――ロバートとY・K・ウォンも一緒だ。ウォンが先頭に立ち、人混みをかき分けながら近づいてくる。細く顎の長い顔をこわばらせ、ひとつひとつ、女の子たちの顔を確かめている。ウォンと目が合った。わたしは何ひとつ、扇子さえ持っていなくて、ウォンの勝ち誇った目から顔を隠すこともできないまま座っていた。まるで売り物のように、数字のついた大きなバラ飾りを胸につけたまま。パニックで固まった足を、なんとか動かそうとした。三人が近づくにつれて、低いざわめきが広がっていく。ウォンだけなら大丈夫だ。ロバートとシンにさえ見つからなければ。逃げるのよ！

わたしは息を呑んで立ち上がると、よろめきながら、驚きに叫んでいる女の子たちのあいだを抜けようとした。ウォンに手首をつかまれた。「探していたんだ」

ウォンの向こうに、ショックを浮かべたロバートの顔が見えた。シンに目を向けることはできなかった。ロバートは白目がすっかり見えるほど目を丸くしながら口を開いた。それから閉じ、もう一度開いて言った。「ジーリン――ここで働いているのかい？」

わたしはみじめにうなだれた。

「ほんとうにこんな場所で？　娼婦みたいな仕事を？」

いかにも信じられないという声だった。その大きな声に、わたしは顔をひっぱたかれた気がした。悪夢でも見ているかのように、時がゆっくりになった。シンの顎がこわばり、肩が動いた。いけない。継父がキレるときにそっくりだ。画面の乱れた飛び飛びのニュース映画でも見ているかのように、これから起きることがわかった。シンはロバートの口元を殴り、歯と鼻を折る怪我を負わせ、刑務所送りになるだろう。それもみんな、わたしがバカな真似をしたせいなんだ。

わたしはロバートの前に身を投げ出した。こぶしが頭の横をかすめ、耳がじーんとなった。それでもシンは、最後の瞬間に力を緩めたようだ。わたしはロバートの腕のなかに倒れ込んだ。悲鳴が上がり、大騒ぎになった。楽団が、ひるんだかのようにトランペットの不協和音を響かせてから、気を取り直して演奏を再開した。シンが、両手でわたしの顔を包み込んで言った。

「このバカ」

ホイがハーピー（女面鳥身の神話上の生き物）のような金切り声を上げた。「いったいどういうつもり？」

「いいのよ」わたしはあえぎながら立ち上がった。「きょうだいなの」

わたしはシンをぐいっと引いた。夢中なあまり、耳の痛みも感じなかった。用心棒たちが近づいてくる。店の隅には、ママがいまにも雷を落としそうな顔で立っている。

「ジーリン！」ロバートが叫んだけれど、わたしはシンの手をつかんだまま走り続けた。みんなは驚いた顔で、〝おっ〟とか〝うわ〟っとか声を上げ、ポカンと口を開けながらよけていく。うしろからはキオンが迫り、踊っていたカップルにぶつかって、あやまりながら、また近づいてきた。〈プライベート〉と書かれたドアからミントグリーンの廊下に出ると、更衣室のドアを乱暴に開け、バッグをつかんだ——あの指が入っている！

追ってくるキオンの怒声が廊下に反響した。わたしたちは裏口から、ダンスホールの裏手に延びる未舗装の道に出ると、悪魔にでも追われているかのように無我夢中で走り続けた。

# 38

六月二十七日（土）
イポー／タイピン

何もかもおしまいだと思った。わたしとシンは、何かに憑かれて子どもに戻ったかのように走り続けた。まるでふたりとも十歳で、近所の木からマンゴーを盗んだのを見つかってしまったかのように。通りを次々と抜け、これ以上は走れないと壁に手をついて、荒い息をつきながら体をふたつに折ったときには、もう、どこにいるのかさえわからなくなっていた。

「追ってくるやつなんていないじゃないか」シンが言った。

キオンは裏口から顔を突き出し、「ルイーズ！　いったいどうしたんだ？」と叫んだけれど、それ以上、追ってこようとはしなかった。おそらくは足を止めて、きちんと事情を説明すれば、面倒なことにはならなかったと思う。なんたってキオンは理性的だ。客同士のもめごとなんて珍しくもないし、そもそも怪我をしたのはわたしだけだった。

「痛くないか？」シンは、痣《あざ》になっていないかを確かめながら言った。「ジーリンを殴るつもりじゃなかったんだ」

「大丈夫だから」わたしはシンの手を振り払った。

「そりゃ大丈夫だろうさ」シンは乾いた声で言った。「一キロ近くもあのスピードで走れるんだから大丈夫に決まってる。ところで、どうしてあんなに走ったんだ？」

恥ずかしさに頬が赤くなった。「耐えられなくて。ロバートのあの顔。それに、三人そろって現れるなんて」耳の奥にはまだ、『娼婦みたい』という言葉が鳴り響いている。

シンは雑に塗られた漆喰《しっくい》の壁に背中を預け、座り込んだ。ふたりとも、母さんからうるさいほど言われていた。真昼間の通りに座り込むのは、物乞いか酔っ払いかアヘン中毒者だけだと。けれど周りには人気《ひとけ》もないことだし、わたしも一緒に腰を下ろすことにした。

「どうして、ロバートの前に飛び出したりしたんだよ？」

「シンがロバートを殴ろうとしたからよ」

「当然だ。クソッタレが」

わたしは顔をしかめた。「わたしにも怒ってるの？」

「どう思うんだ？」シンがじいっとわたしを見つめた。

わたしは歩道の亀裂に目を据えた。なんだかキンタ川の地図みたいだ。「ほかにどうしようもなくて。稼ぎのいい仕事が必要だったから。だけど、娼婦なんかじゃない」恋に落ちたかもしれない継きょうだいを相手に、こんな話をしなければならないなんて。こうなったら、人生最悪の出来事として日記にでもつけておこうかな、と思った。五十年後には楽しめるかもしれない。けれど、いまは絶対に無理だ。

「わかってるよ。あの手の店は、女の子の扱いには気をつけるもんだ」

「どうして知ってるの?」わたしは顔をしかめ、まつげの下からシンを見上げた。

「ダンスホールになら行ったことがあるからさ。シンガポールにもたくさんある」

わたしはふと激しい苛立ちに駆られ、シンの目がまともに見られなくなった。「だったら、隠そうとしてこんなに心配するんじゃなかった」

シンが、わたしの顔を軽く持ち上げた。「おれのことを心配していたのか?」

近過ぎる。こんなに近くで、さりげなく触《ふ》れられたら、警戒心がほどけてしまう。わたしはぐいっと体を引いた。「シンだけじゃない」わたしは言った。「母さんやタムさん。もちろんロバートもね。ロバートから見たら、わたしはもう堕落した女だもの」

シンの声は冷たかった。「ジーリンの処女を疑うようなら、ロバートはよほどのアホだな」

わたしは恥ずかしさのあまり、どこに目をやったらいいのかわからなかった。耳はじんじんするし、顔は燃えるように熱い。シンがわたしの純潔を少しも疑っていないことは嬉しかった。純潔は女性にとって、とても大切なものだから。けれどシンの態度ときたら。あまりにも偉そうなので、わたしはひっぱたいてやりたくなった。「シンには関係ないでしょ」わたしはピシャリと言って、ひょいと立ち上がった。

シンがわたしの腕をつかみ、また座らせた。「いいや、あるね」シンは歯噛みしながら言った。「いやなんだよ。あんな仕事はしてほしくない。愚かなことだし、危険でもある。これまで何もなかったとしても、それは——運がよかっただけだ」

「どうしようもなかったのよ！」説教されるなんてまっぴらだった。自分は心配事もなく、シンガポールで大学生活を満喫しているだけのくせに。わたしは膝に顔を埋めた。

シンがわたしの頭に、振り払われるのを恐れるかのように、そっと手を置いた。「どうして手紙で、金が必要だと知らせてくれなかったんだ？」

「返事もないのに、どうしてそんなことができるっていうのよ？」

「それは――」シンは唇を噛んだ。その理由が――ほかの女であれ、わたしの知らない世界であれ――言いたくないのだということだけはわかったので、わたしもあえて突っ込まなかった。

「この手のことをしてるんじゃないかって予感はあったんだ」

「どういう意味よ」わたしの声はくぐもっていた。

シンは首を振った。「怪しげな仕事だよ。流産のあと、母さんから、麻雀《マージャン》の借金のことをきいたんだ。母さんは、ジーリンが仕立て仕事の稼ぎを回してくれてると言っていたけど、そんなに稼げっこないのはわかっていたから」

「今日はそれでダンスホールに来たってわけ？」

「いや。あの店のことは全然知らなかった。Y・K・ウォンに連れていかれたんだ」

わたしは体を起こした。「どうして？」

「さあな。あいつ、ジーリンのことを、遠まわしにあれこれきいてくるんだよ。あと、病理学科の保管室から標本が紛失していることに気づいているかどうかもきかれた。もちろん、知らぬ存ぜぬを決め込んだけどな。標本を数え終わっていないからと言っておいた」

ならウォンは、わたしを保管室に閉じ込めたことまでは話していないんだ。あいつはシンをダンスホールに連れてくることで、わたしに圧力をかけようとしたんだろうか？　主婦らしき女の人が近くの門から出てきて、こちらを横目でにらんだ。土曜日の午後だ。健全な若者であれば、こんな歩道に座り込んでいるのは不自然だった。わたしたちはぶらぶらと歩きはじめた。大通りにさえ出れば、バス停を見つけられるはずだ。シンはたぶん、そこからバトゥ・ガジャに戻るだろう。そう思ったら、なんだか妙に寂しくなってしまった。

「それから、人虎《じんこ》の指について何かきいたことはあるかともきかれた」

「え？」

「どうやら、あの病院のコレクションには、人虎の指があるらしいな」

ふと、あのパーティの夜のことが頭に浮かび、レンが見せた奇妙な反応のことを思い出した。レンは虎の出現を知ったとたん、闇のなかへ駆け出したのだ。わたしは顔をしかめた。「それだったら、保管室の掃除をした日に、コー・ベンからもきいたけど」

「Y・K・ウォンによると、人虎の指を欲しがる連中がいるらしい」

バス停に着いた。ほかにも人がいたので、切断された指や人虎の話をするわけにはいかなかった。わたしは考え込んだ。ウォンは、病理学科の標本をひそかに売りさばいているのだろうか？　闇市では、虎の目から取れる固い石や、ヤギやオオトカゲのおなかから取れる胃石が法外な値段で売れるという話をきいたことがある。大きな幸運をもたらすとか、好きな人を振り向かせる力があるとか、敵に死をもたらす魔力があるとか信じられているのだ。わたしはふと、どういうわけか自分の元に戻ってきてしまった、あのしなびて黒ずんだ指を思い出した。こうしているあいだにも、ハンドバッグのなかでコトコト音を立てている。

「シン」わたしはバッグを開け、シンに指が見えるようにした。

シンが目を見開いた。「どこでそれを？」

そこにバスがやってきた。運良く席がふたつ空いていたので、腰を下ろすと、走り出したバスのなかで顚末《てんまつ》を説明した。それこそすべてを。例の夢のこと、レンのこと、川の向こうにいるレンの死んだ双子のきょうだいイーのこと。ほかの人にきかれるとまずいので、シンに顔を寄せ、小さな声で語った。このときのことは、きっと一生忘れないだろう。焼けつくような午後の日差しのなか、ほこりっぽい風が吹き付けていた。前に座っている女の人の膝の上から、砕いたカフェライムリーフの香りが漂ってきた。シンは窓の外に目を向けて鋭い横顔を見せながら、真剣にわたしの話をきいてくれた。わたしは、いつまでもこうしてシンの顔を見ていたいと思った。


運のいいことに、バスがたまたま、街を横切る途中でイポー駅を通った。帝国主義的な白と金の華やかな建物が午後の日差しに輝いている。

「送るよ」わたしは、明るい顔を作りながら言った。

「で、自分はどこに行くつもりだ？」

わたしはハンドバッグを持っている手に力を込めた。「タムさんの店に戻る」

「嘘つけ」シンはあっさり言った。「ほんとの話、どこに行くつもりなんだ?」

ごまかしても無駄だと思った。「タイピンに。午後に一本、列車があるはずだから」タムさんの店に戻る気にはとてもなれなかった。怒りに顔を赤くしたロバートが、いつ現れたっておかしくはないのだから。万が一、反省してあやまりにくるようならますます厄介だ。それに、わたしには、やると約束したことがあった。

驚いたことに、シンは黙ってわたしを見つめてからこう言った。「いくら持ってる?」

じつのところ、結構な額を持っていた。例のパーティの分に加え、これまでの未払い分まで合わせてもらっていたのだから。

「おれも持ってるから。行くぞ」シンは長い脚でタイル敷きの床を蹴りながら、さっさと歩きはじめた。「墓荒らしへ出発だ」


切符を買ったシンに向かって、わたしはむっとしながら、何も死体を掘り返すわけじゃないんだよ、と言った。ある物を返しに行くんだから、どちらかと言えば〝墓戻し〟だと。シンは、どちらでも同じようなものだと言った。この気持ちをどう説明したらいいんだろう。頼まれたことをやりさえすれば、レンが死なずに済むのではないか。わたしには、そんな切羽詰まった思いがあった。

「イーによると、秩序がめちゃくちゃになってるって。それを直す必要があるのよ」

「秩序ってなんだ?」

「物事が、そうあるべき道筋よ。たとえば礼式のようなもの」わたしは顔をしかめながら、儒教について知っていることを思い出そうとした。

「幻覚を見ただけだとは思わないのか？」

今度は北行きの列車に乗った。やはり固い木の座席が並ぶ三等車だったけれど、それでもなんだかわくわくした。わたしは機関車が好きなのだ。

「だとしても、ほかにどうしろと？　それに、夢やイーについてはどう説明がつくわけ？」

「イーは、ジーリンがすでに知っていることを口にしたに過ぎないんだよ」シンがやっきになって言った。「自分自身と会話をするようなもんだ」

「なら、レンについてはどう？　ちょっと大人びているだけで、ほんとうにイーとそっくりなのよ。それにレンは、あの夜、きちんとわたしに気づいていた」

「偶然さ。中国系の子どもってのは、みんな同じに見えるからな」

「マクファーレン先生と、その指は？　わたしたち五人とその名前をはじめ、すべてがぴったりはまるのよ――それをどう説明できるっていうの？」

シンは肩をすくめた。「できないな」

「レンは死んでしまうかもしれないんだし、少なくとも、あの子の願いを叶えてあげたいの」

思わずブルリと体が震えた。『それは、レンのご主人の問題だ』というイーの言葉が頭のなかでこだました。闇。枯れ葉の音。新聞によると、農園では頭のない女の死体が見つかったという。レンの主人というのはだれ、というよりなんなのか、正体がわからない。

「それで、ペイリンの袋に入っていた親指についてはどうする？」

「ローリングズ先生に知らせたほうがいいと思う。だれか、おそらくはY・K・ウォンが、標本を売りさばいている可能性についてもね」

シンが低い声ですごんだ。「あいつめ、今度会ったら殺してやる。ジーリンを保管室なんかに閉じ込めやがって」

「だめよ！」わたしは警戒しながら、ちらりとシンに目をやった。「ただ、報告すればいいの。ウォンが人虎の指とか、ほかのなんだかんだをお守りとして売りさばいているのだとすれば、あのセールスマンのポケットに指が入っていたことにも納得がいくし。ペイリンによると、あの病院にはひとり、彼の友だちがいたらしいの。ペイリンはその人にいい感情を持っていなかった」

「ペイリンの袋に入っていた、ほかのものはどうするんだ？」

それに関しては、もっと難しかった。あれは脅迫に使われたんだろうか。何か、仲間割れのようなことがあったのかもしれない。わたしの頭のなかでは、指でできたぼんやりしたイメージが、ゆっくり動きながら、新しい形を見せはじめていた。五本の指が、きいたことのない旋律を奏でている。それが葬送の歌のように思えて、なんだかいやな予感がした。

ペイリンの袋に入っていたリストには、J・マクファーレンの名前の横に、タイピン／カムンティンと書かれていた。レンが闇に向かって飛び出した夜に言っていたのは、このマクファーレンという人のことに違いない。レンは墓についても触れていたから、きっと死んでいるのだろう。

タイピンは静かな小さい町だ。ペラ州の州都なのだが、近々その名誉はイポーに移ると噂されている。カムンティンの場所まではよくわからなかったけれど、たとえばイポーに対するファリムのように、タイピンの周りにできた衛星のような村のひとつだろう。マクファーレンという外国人の医者がそのあたりで死んだのだとすれば、埋葬される場所はひとつしかない。聖公会墓地だ。

この推測を口にすると、シンが黙ってうなずいたので、わたしはかえって不安になってしまった。この衝動的な小旅行に関しては、どういうわけか妙にきき分けがいい。

「明日は仕事なの？」イポーからタイピンまでは列車で約六十五キロ。だが、線路がくねっているうえに、チェモーやクアラカンサーにも停車するので、結構な時間がかかる。この分だと、向こうに着くのは夕方の五時過ぎになりそうだ。帰りの列車が八時だから、墓地を訪ねる時間は充分にある。とはいえ、シンのことが心配ではあった。

「明日のシフトは午後からなんだ」シンは目を閉じながら言った。「もう話すのはやめだ。考えたいことがある」

そんなことを言って、単に眠りたいだけのような気もしたけれど、わたしはシンをほうっておくことにした。列車は揺れながらゆっくり進み、木々の緑がえんえんと、窓の外をぼやけながら流れていく。窓から吹き込むそよ風が、頭のなかに張っていた蜘蛛《くも》の巣を払ってくれた。

レン、とわたしは思った。まだ生きてるの？　イーは、自分があの岸に残っているかぎりは、レンを自分の側に引き寄せられることに気づいたと言っていた。つまり死者の世界にだ。バッグのなかでカタコト音を立てているしなびて黒ずんだ指にも、やはり、何かを強く引き寄せる力があるのかもしれない。レンは約束を守らなければという思いに駆り立てられて、虎の潜んでいる闇に飛び出していった。でなければ、撃たれて命を落とすように誘い出されたのかもしれない。

わたしにできるのは、レンに託された使命を果たすため、あの指を埋めることだけだ。そうすれば少なくともひとつは、レンを死の世界へと引き寄せる糸を断つことができるだろう。けれど、もうひとつの絆は強過ぎるだけに、どうなるのかが恐ろしかった。機関車が音を立てて進み、密林が夢のようにうしろへと流れていくなか、わたしはまぶたを閉じた。

何かをすり潰すような音がした。ハッと目を覚ましたところで、列車が震えながら止まった。「よく眠れたか？」シンが面白そうに見ていた。よく眠れたのはいいのだけれど、シンの肩にもたれかかっていることに気づいて恥ずかしくなった。乗客たちが、頭上の棚から荷物を下ろしはじめている。荷物がないのは、わたしたちふたりくらいのものだった。

「自分だってぐっすり寝てたくせに」わたしは列車を降りるのに苦労しながら言った。「それとも〝考え事〟をしてたってわけ？」

シンはおかしくないくらいご機嫌だった。「いや、考え事は済んだ。ところで、ダンスホールにいたあの女はだれなんだ？　おれの髪を引き抜こうとした子がいたろ？」

「友だちのホイよ」わたしは言った。

わたしは、シンが興味を見せたことに不安を覚えた。お願いだから、シン。ホイだけはやめて。これまでのところ、シンがわたしの親友と付き合ったことは一度もない。シンは、たとえ言い寄られても相手にしようとしなかった。ミンに夢中だったころなら付き合ってくれても全然構わなかったのだけれど、いまはもう違う。


タイピン駅の駅舎は、屋根の低い素敵な建物だった。バトゥ・ガジャの駅と同じようなコロニアル様式の建物で、切妻があり、大きな軒が影を落としている。タイピンは石灰岩の丘のふもとに位置する豊かな盆地で、マラヤのなかでもとくに雨の多い土地である点と、マクスウェル・ヒルに近いことでも知られている。マクスウェル・ヒルは丘にある小さなリゾート地で、新婚旅行にも人気だ。とりあえず、わたしには縁がなさそうだけれど。なにしろ、近々ロバート・チウ夫人になる見込みは消え失せたようなものだから。

シンが言った。「どうして顔をしかめているんだ?」

「ロバートよ」わたしは言った。「彼とはもう終わりだなって」

「それがそんなに気になるのか?」

「お金を借りようと思っていたの。母さんの借金を返すために」

シンが足を止めた。「あいつに頼むのはやめろ。金がいるんなら、おれが少し持っているから」苛立った様子で、シンはまた歩きはじめた。

「そもそも、どうして今日、ロバートが一緒だったわけ？」わたしは走ってあとを追いながら言った。

「あいつは、ジーリンに会おうとタムさんの店に来て、それからずっとついてきたんだ。追い払おうとはしたんだけど、しつこくて」

「ロバートにはどのみち気づかれてたと思う。それにもうだいぶ前に、あなたとは無理だと言ってあるわけだし」

「〝だいぶ前〟ってのはどういう意味だ？」

しまった。ミンから、ロバートに告白されたことは黙っているように言われたことを忘れていた。「シンが、医学校に行く前よ」

「どうして言わなかったんだよ？」

「ミンには言ったもん」わたしは言い訳するように言った。

どういうわけか、シンはますます苛立って見えたが、それ以上は何も言わなかった。そもそも、何が気になるっていうんだろう？ 先週は、わたしに結婚したほうがいいようなことを言っていたくせに。シンの横を黙って歩きながら、わたしはまたしても口喧嘩になってしまったことに落ち込んでいた。

切符売場の人によると、聖公会墓地は二キロほど離れた植物園の近くにあるという。シンが駅のそばで何軒か店を回り、茶色の紙袋を手に戻ってきた。わたしはついていかなかった。なにしろ、メイフラワーで着ていた予備のドレスを着たままなのだ。カナリア色のスリップドレスだから、マレー連邦鉄道で旅をするよりは、パーティにふさわしい恰好だ。

「何を買ったの？」

シンが紙袋を開けて見せた。新品のスコップが入っていた。ほかにも——歯ブラシ、絆創膏《ばんそうこう》、何かの平らな包み。わたしは、いったいどうしてこんなものを買ったのかとたずねた。

「スコップだけ買ったら怪しまれるかと思って。何を掘り返すつもりなんだと不審に思われたら困るだろ」

「常々、シンには犯罪者の資質があると思っていたのよね」

シンが笑い、気まずい雰囲気もかき消えた。近くの軽食堂でササッと腹ごしらえをすることになったけれど、わたしとしては、すぐにでも墓地に向かいたかった。そもそも、マクファーレンという人が、墓地に埋葬されていなかったらどうしよう？　けれどシンは、何かをおなかに入れてからでなければ行かないし、わたしにも食べておくべきだと言い張った。

「それに時間も遅いほうがいい。人も少ないはずだから」シンは、チャークイティオの皿をきれいに平らげながら言った。モヤシ、卵、ザルガイなどと炒めた麵《めん》料理だ。

「雨が降ってきたらどうするのよ」

シンは肩をすくめた。「今回の件は、自分の思いつきだってことを忘れるなよ」

シンの黒い瞳がわたしの目を捉えた。こらえようとしても、やはり顔の赤らむのがわかった。こんなふうに見つめられたら、なんだかクラクラしてしまう。シンの目に宿ったどこか奇妙な閃《ひらめ》きに、わたしは胸が詰まり、深い穴に落ちていくような気がした。シンの視線が、ゆっくりわたしの首を滑り、喉のあいだのくぼみで止まった。カナリア色のドレスは、これみよがしなくらい体に張りついている。バイアスカット。タムさんによると、新しい手法で、着ている人のスタイルを際立たせる裁ち方なのだそうだ。わたしは気づくと、両腕を胸の前で交差させていた。

「仕事のときには、いつもそんな恰好なのか?」シンが言った。

「違う」わたしは、これはいつも着ているドレスではなく、予備のものなのだと話した。シンは、わたしのつかえがちな説明をききながら、何を考えているのかよくわからないような目つきで、ずっとわたしを見つめていた。あまりにもまっすぐな視線なので、見られているというより、触られているような気分になった。「気に入らないの?」

「気に入った。たいていの男は気に入るさ」シンが顔を背けたので、その表情までは見えなかった。

「どうせシンガポールの女性たちは、もっと素敵なドレスを着ているんでしょ」わたしは、冗談にしてしまいたくてこう言った。

「ジーリンみたいな女性はひとりもいない」

わたしは突然、ふたりの座っている距離感がものすごく近いことを意識してしまった。小さな丸い大理石の天板の下で、ふたりの脚が交差している。もしその気になれば、テーブルの下で手を伸ばし、シンのももに触れることだってできる。その手を上に滑らせて、固い筋肉の動きを感じることも。けれどその代わりに、わたしは両手をテーブルの上に置き、じっとシンを見つめた。

「シン――」わたしは言った。

「なんだよ?」

「面倒なことに巻き込んじゃってごめん。わたしがシンにとって、もっといいきょうだいだったらよかったんだけどね」こう言いながら、なんだか無性に哀しくなってしまった。

「ほんとにそう思ってるのか?」シンが、とんがった険《けわ》しい顔になった。

「うん、思ってる」

「思わなくていい。おれだって、ジーリンにとっていいきょうだいとは言えないからな」

シンはふいに立ち上がると、勘定を済ませた。

# 39

六月二十七日（土）
バトゥ・ガジャ

ウィリアムにはやることが増えている。しかもそれは世間話のなかから情報を引きずり出すという、彼にとっては苦手な作業でもある。それでもあえてそうするのは、愛情に餓《かつ》えたリディアの執拗《しつよう》さと、心の高ぶりに煌《きら》めいていたあの瞳が頭に焼きついているからだ。話があるの。リディアは病室でそう言った。いったい何をたくらんでいるんだ？　むざむざ罠にはまることのないように、奇襲に備えておかなければ。

ウィリアムはまず、レスリーから当たることにする。たいていの噂は、彼が出所なのだから。「リディアだって？」病院の食堂で休憩を共にしているときに、レスリーが、パイナップルのスライスから目を上げて言う。「ようやく彼女に興味を持ちはじめたか。きみたちはじつにお似合いだと、ずっと思っていたんだ」

ウィリアムは、顔をしかめないようにこらえる。なるほど、そう思っているのは、リディアだけではないようだ。「リディアはどうしてここへ来たんだ？」

「結婚相手を探しにじゃないのか？」

「彼女なら、相手に困るようなことはないはずだが」リディアは魅力的だし、男の数ならば、マラヤの小さな町よりもロンドンのほうがはるかに多い。しかもデリーや香港とは違って、ここにいては行政府の出世頭を捕まえられる可能性もないのだ。

レスリーが鼻をこすっている。「じつは、彼女がイギリスを出たにあたっては、ちょっとした噂があるんだ。婚約がだめになり――相手は亡くなったらしい」

「死因は？」

「溺れたんだ。ボートの事故で」

本来なら同情すべきところだ。けれどリディアの熱意や、わたしたちは似ている、と言ったときの口調などを思い出すと、ウィリアムの心はざわついてしまう。もっと何かあるはずだ。間違いない。

次に当たったのは、リディアの母親と仲がいい、農場主の妻のひとりだ。土曜日の午前中、彼女が中国系のコックを連れて、せわしなく買い物をしているところに出くわしたふりをすればいい。ウィリアムは買い物の様子をうかがいながら、どうやら彼女はコックにだまされているようだと思う。いくらなんでも勘定が高過ぎる。

「可哀そうに、リディアは大変な思いをしたのよ」彼女は家計簿に金額をつけながら言う。

「婚約者があんなことになるなんて」

「ぼくの知っている方かもしれないな」ウィリアムは、ぬけぬけと言ってのける。「名前はアンドリューズではないですか?」

「いいえ。グラフトンさんという方よ。学者風の紳士で――彼女のご両親も気に入っていたのに」

「溺れたんですか?」

「あら、違うわ。心臓発作だったのよ。よりにもよって列車のなかで。どうやら、お体がだいぶ悪かったようね。ご家族はさぞかし気落ちされたと思うわ」それから半時間も世間話に付き合ったけれど、それ以上の情報は引き出せずに終わる。

ウィリアムが最後に話をきくことにしたのはローリングズだ。

「リディアの態度が、なんだか厚かましくなってきてね。ぼくに話があるというんだ。なんの話だか、こちらには見当もつかない」ウィリアムとしては餌をぶら下げたつもりなのだけれど、ローリングズは妙にぼんやりしている。おそらくは、湿ったブランケットのようにまとわりついてくる、息苦しい暑さのせいだろう。

「まあ、彼女はずっときみに関心を持っているからな。彼女がここに来た当初、きみが、彼女の知っているアクトンと同じ男だろうかときかれたことがあるんだ」

そこに、アイリスとのつながりがあるのかもしれない。つまり、リディアはぼくのことを以前から知っていたわけだ。ぼくのことを嗅ぎ回っているんだろうか? そう思ったとたん、首のうしろがカッと熱くなる。何様のつもりなんだ。ウィリアムはそんな思いを嚙み殺しながら、にこやかに言う。「どういうことだろう。共通の知り合いでもいるのかもしれないな」

「やさしくしてやれよ」ローリングズが言う。「彼女にはいくらか救世主妄想があるようだが、それもあくまで善意からなんだ。仕事の内容もいい。病院にも、彼女のボランティア活動に対して謝礼を出したほうがいいとは言ってあるんだがね」

そう、リディアはよくがんばっている。素人ながら、なんとかしてウィリアムに近づこうとしている。問題は、そこから何を得ようとしているかだ。

「そもそも、彼女はどうしてマラヤに?」

「ああそれなら、ひどい男と婚約してしまい、逃げてきたのさ。妻が彼女の親類を知っているんだが――やはり、ひどい相手だったと言っていたそうだ」

そういえばローリングズには妻がいるのだ。子どもを連れてイギリスに戻っているので、ウィリアムとしてはつい忘れがちになるのだが。とにかく、リディアに関して集めた情報は、どうにもつじつまが合わない。婚約者を失ったことだけは確かなようだが、それぞれの話は矛盾している。

もっといろいろきいてみたいのだが、ローリングズはほかのことに気を取られている。

「地元の使用人を信用しているかい?」ローリングズがふいにそうたずねる。

ウィリアムは笑う。「信用しちゃいないさ」ただしウィリアムも、アーロンにはある種の敬意を払っている。それから、もちろんレンがいる。あの子にはまだ回復の兆しがないままだ。いや、いまは考えないほうがいい。

ウィリアムは話題をリディアに戻そうとする。「リディアは、その相手と面倒なことにでもなったのか？」

「口論の最中に襲われかけたらしい。気の毒に。それであんなに張り詰めているんだろう」

では、リディアは犠牲者だったのか。面白いことに、ウィリアムはそう知ったとたん、リディアに対する見方が変わるのを感じる。それにしても、どうしてぼくに興味を持つんだろう？いったい何を知っているんだ？　ウィリアムは素早く思考をめぐらせる。アンビーカは、リディアの父親の経営するゴム農園で働いていた。慈善家ぶったおせっかい焼きなリディアのことだ、アンビーカの存在を知っていたとしても不思議ではない。アル中の夫のことで、相談に乗っていた可能性さえある。それにリディアは、アイリスのことを知っていると言っていた。さらにまずい。アンビーカやナンディニは、ちょっとかかわりを持った地元の女に過ぎない。だがアイリスにまつわる噂はウィリアムにつきまとい、そのせいでイギリスにもいられなくなったのだ。

ウィリアムはスッと息を吸う。リディアは、ぼくが懸命にアイリスを救おうとした話でも耳にしたのだろうか？　ウィリアムも深く恥じてはいたけれど、いまさら撤回するわけにもいかない。それに、ほとんどの人はその話を信じてくれている。たいていのときは、ウィリアム自身も信じている。ただし、あの夢を見るときだけは違う。夢のなかでは、アイリスが川沿いに立っている。川藻で汚れ、重たくなったスカートから水を滴らせながら。骨ばった白い額には、細い髪が張りついている。

あのルイーズを車に乗せたとき、彼女はなんと言っていたっけ？　そう、彼女も川の夢を見るのだと言っていた。物語がつむがれていくように。ウィリアムは、そんな夢を望んではいない。アイリスの夢の続きなど、決して見たいとは思わない。

# 40

## 六月二十七日（土）
## タイピン

諸聖徒教会の聖公会墓地までは、三輪自転車を捕まえた。感じのいい、低地の町を走るのは楽しかった。コロニアル様式の白い建物、店舗兼の住宅などが見え、大きなアンサナの木は、いっぱいにつけた金色の花をまるでシャワーのように揺らしていた。午後の空を飲み込んだ灰色の厚い雲が、バラックの前に広がる草原《くさはら》に、不気味なまでに鮮やかな緑の影を落としている。わたしは衝動的に三輪自転車を止めてもらうと、白と紫の菊の花束を買った。故人のために花を買うのは、今月二度目だ。

到着すると、三輪自動車の支払いはシンにまかせて、マクファーレンの墓を探そうと墓地に入った。教会は鋭角の屋根がついた大きな木造建築で、ゴシック様式のアーチには彫刻が施されている。墓は、天使の彫刻で飾られていたり、箱形の石に細かい装飾が施されていたり、非常に凝ったものもあれば、シンプルに十字架だけのものもある。並べ方に特別な順序などはなさそうだ。わたしはまた別の区画を調べてみることにした。

シンが、刈り込まれた草の上を近づいてきた。「見つけたか？」

「まだ」

あたりにはだれもいなかった。鳥の鳴き声さえなく、圧倒的な静寂《せいじゃく》に支配されている。大きなお椀のような灰色の空が、全世界に雨が降るぞと告げているかのようだ。

「じつは、ロバートが情報をくれたんだ――おまえ、あいつにあのリストを見せたんだってな」シンが、短く言葉を切ってから続けた。「それであいつはジーリンを探していたんだ」

「どうしていままで黙っていたのよ」

「ロバートのことでは傷心中かと思ってな。だけど、あれだけ食べられれば大丈夫だろ」

わたしは目を丸くして見せた。「それで、ロバートは何を見つけたの？」

「ジョン・マクファーレンという医者がタイピンのあたりにいたのは確からしい。二十年ほど前から、マラヤに貢献してきた年寄りなんだ。その前にはビルマにいた。バトゥ・ガジャ地方病院とも――時折必要のあるときに呼び出されるとか――ゆるいつながりがあった。妻も家族も持たず、ちょっとした変わり者だったようだな。病理学科の記録にもあったように、五年前に、指を一本寄贈している。アクトンと一緒に、上流の地方を旅してまわったあとのことだ」

「それで、タイピンでは何を？」

「彼がいたのはタイピンじゃない。もっと田舎だ。近くの村のどれかだろう」

「カムンティン」わたしはすぐに言った。「あのリストにはそう書いてあった」

「このあたりで開業医をしながら、半ば隠居したような生活を送っていた。スコットランドに戻るつもりはないと言っていたそうだ。故郷を離れて四十年。向こうには我の強い女きょうだいを三人残しているらしい。それで全部だ」

「え？　もっとあるはずなんだけど」

レンが〝ぼくのご主人〟と言ったとき、その声には盲目的な忠誠がにじんでいて、わたしの背筋には冷たいものが走った。レンのほんとうの主人は――ウィリアム・アクトン？　それとも、レンがひたすら言いつけを守ろうとしている、そのマクファーレンという医者なのかしら？

「ロバートの手に入れた情報は、確実なところではこれで全部だ。ほかに、なにやら気になる噂があるらしいんだが、だれかを中傷するような真似はしたくないからとかぐだぐだ言いやがって。我らがロバートは、つくづくいい子ちゃんだよな」

「ロバートはまっとうな人よ」

「まっとう過ぎるから、アツアツのジャガイモにでも触ったみたいに、おまえをポイしたってわけだ」シンの声は辛辣《しんらつ》だった。

わたしはこたえなかった。墓を見つけたのだ。うっすら草に囲まれていて、まだ新しい。墓石に鋭く刻まれた文字も、まるで昨日彫られたかのようだ。

ジョン・アレクサンダー・マクファーレン
一八六二年六月十五日―一九三一年五月十日

わたしは体を硬くしながら、日にちを数えた。レンは昨日、あと二日しかないとささやいていた。それを逆算すると、今日はマクファーレンの死からちょうど四十九日目に当たっている。母さんからきいたことがあった。死後の魂は、四十九日のあいだはこの世をさまよいながら、生前に犯した罪を振り返ることになるのだと。

「死因はなんだったの?」わたしが言った。

「マラリアだったようだ。何年も、発症しては治してを繰り返していたらしい」

花立ても差し込む隙間もなかったので、わたしは墓の前に花を置いた。むき出しの地面に置かれた花は、葉をむしり取られた長い茎をさらし、妙に無防備で寂しげに見える。その墓には、ひとつおかしなところがあった。木の棒が一本、斜めに突き立てられているのだ。長さが十五センチほどの、箒《ほうき》の柄のような棒だ。故意に立てられたものとしか思えないので、あえて触ろうとはしなかった。けれど、こんなものは見たことがない。

「スコップを貸して」わたしが言うと、シンが警戒するようにかぶりを振った。「どうして?」それからわたしにも、タミル人のおばあさんが見えた。薄くなった髪をおだんごにひっつめ、焦げ茶のサロンを着ている。こちらに近づきながら、なにやら叫んでいた。「追い払いたいのかな?」

わたしたちは一歩墓から離れたけれど、おばあさんはどんどん近づいてくる。結局、手を振って歓迎しているのだとわかった。墓地を訪れる人は多くないのだろう。だれかが来たことを喜んでいるのだ。

「待って、ちょい待って《ティンガル・ヤ・ティンガル》！」おばあさんはマレー語で言った。「まあまあ、慌てんで。お花に水はいるかね？」墓守の母親だった。息子は留守にしているらしい。「雨が降るね」おばあさんは空を見上げながら言った。「どうしてまた、こんな遅くに来たのかね？　お友だちの墓参りかい？　それともご両親の？」

　わたしが返事に困っていると、シンがにっこりしながらこうたずねた。「この人をご存じでしたか？」

　驚いたことに、おばあさんはコクリとうなずいた。「このあたりで、この白人《オラン・プテ》さんを知らない人はいないで。住んでいたのは、カムンティンの奥だけれど。うちの甥っ子も、白癬《はくせん》を診てもらったことがある。死んじまうなんて、ほんとに残念だよ。わたしよりも若かったっていうのに」

　おばあさんは足を引きずりながら、花にやる水をくみに行った。地面に置かれた花が気になるようだったので、わたしはもう一度花を集めて手に取った。おばあさんはジャムの瓶を手に戻ってきた。「ところで、どこから来たのかね？」

「イポーです」シンがこたえた。「医学校で勉強をしているもので。マクファーレン先生が亡くなったことを知り、残念に思ったものですから」

「じゃあ、あの人の教え子さんか。あの人は、しばらく前から具合が悪くてね。じつのところ、頭がどうかしちまったと噂してる連中もいた。家政婦が出てったあとは、中国系の男の子とふたりっきりになっちまって」

わたしはそこでハッとした。「その子の名前はレンでしょうか？」

「さあ。まだ幼い使用人だったとしか。せいぜい十か十一だ。いい子だったよ。家政婦がいなくなってからは、家のなかのことを全部ひとりでやっていた。それもあの先生が相手では、決して楽じゃなかったはずだ。葬式でも見かけたよ。呆然としちまって、必死に泣くまいとしていたね。可哀そうに。あの子を知っているのかい？」

「はい、親戚なんです」わたしがゆっくりこたえると、シンがちらりとわたしを見た。

「先生の最期はどんなだったんでしょう？」シンが言った。

おばあさんは墓石に目を据えた。例の刺された棒のほうをちらちら見ながら、最後にチッと舌打ちをして引き抜いた。思っていたよりもずっと長い。百二十センチくらいの箒の柄で、先を杭のように尖らせてある。

おばあさんは汚いものでも扱うように棒を投げ捨てた。「あの人は前から変わっていたが、それでもただの白人《オラン・プテ》さんに過ぎんかった。猟師の持ち込む、珍しい動物なんかに金を払ったりしてね。だが、親切な人だったよ。ただで診てもらった人もようけいる。ところが最後のころにはなんだかおかしな具合になっちまってね。だれも会いには行かなくなった」おばあさんは、話ができるのを喜んでいるようだ。「なんたって死ぬ前には、わざわざ警察に行って、あれやこれや犯した罪を吐き出したっていうんだから」

「どんな罪ですか？」

「そう、たとえば牛を盗んだとか、家畜を殺したとかだね。このあたりでは、犬でさえ盗まれることがあるから。家のそばに鎖でつないでおいたってだめなのさ。それから、行方がわからなくなっちまったふたりの女は、自分が殺したというんだよ。ふたりとも、近くの農園でゴムの汁を集める仕事をしていたんだけどね」

わたしは驚きながらシンにちらりと目をやった。シンだって、こんな話をきくことになるとは思っていなかったはずだ。

「それで、警察は逮捕したんですか？」

「家に帰したよ。あの人は、頭がちょっとおかしくなっていたんだ。なにやら、発作もときどき起こしていたようだしね」おばあさんは怒ったような顔になった。「それもこれも、みんな虎の仕業《しわざ》さ。人食い虎がいるんだよ。あちこちで見たって人がいるからね。新聞には出ていなかったかい？」

「それは怖いですね」シンがいかにも共感したように言うと、おばあさんの顔がほころんだ。

「よぼよぼになって狩りのできなくなった雄らしいよ。とにかく、もういなくなったから」

「捕まえたんですか？」

「いいや。罠は張ったし、呪術師《バワン》まで使って誘い出そうとしたんだけれども。結局、どこかに消えちまった。ちょうど、この老先生が亡くなったころだったよ」

ふと、先週、バトゥ・ガジャの庭に出た虎のことを思い出した。あれは人食いで、数週間前には農園の労働者が襲われているという。関係はないはずなのに、首の骨を折って死んだセールスマンのことが頭に浮かんで、あの人はひょっとすると、真っ暗な夜、何かに追いかけられて溝に落ちたのかもしれないという気がした。けれどそれでは、あまりに突拍子もない。なにしろタイピンからバトゥ・ガジャまでは百キロくらいある。虎の行動範囲が、そこまで広いなんてこともあるのだろうか。

「その棒はなんのためのものなんですか?」シンが、おばあさんの引き抜いた箒の柄を指差して言った。

おばあさんは困ったような顔になった。「愚かな迷信だよ。ときどき刺さっていてね。まったく、ここいらの人間ときたら。息子が見つけるたびに抜いているんだ。故人に対して失礼だからね」

「でも、どうしてそんなことを?」

「老先生が亡くなって二、三日たったころ、人だか動物だかが墓を掘り返そうとしたんだよ。息子が、墓のすぐそばに穴を見つけたのさ。子どもか動物が、ひと晩じゅう掘り続けたような穴だったそうだ。だけど遺体までは届かなかった。なにしろここでは深いところに埋めるからね。息子は徹夜で幾晩か見張ることにしたんだけれど、同じことは二度と起こらなかった。その話を知ると、ここいらの人間は、老先生が墓から出たがっているんだと言いはじめたのさ。バカバカしい。あの穴を見たら、いっそ何かが入ろうとしたんであって、出ようとしたんじゃないことくらいわかるってのに！　それでも時折、死人が出てこないようにと、墓に杭を立てていく連中がいるのさ。わたし自身は、そんなこと心配しちゃいない。なんたって聖公会の信者なんだから」おばあさんは誇らしげに言った。

日が陰りはじめていた。灰色の空が、重たくのしかかっている。おばあさんにうろうろされていたら、墓に指を埋めることなんてできっこない。夜にもう一度、戻ってくるしかないのかも。そう思うと、不安で胸がいっぱいになった。

シンが言った。「公衆トイレはありますか?」

「集会室がまだ開いてるよ。これから閉めるところだけれども」

「行ってきて」わたしは慌てて言った。「わたしは墓碑銘を読んでいるから」

ふたりの姿が見えなくなると、わたしは膝をついて、やわらかい土をスコップで掘り返した。シンが、スコップを買おうと思いついてくれてよかった! 墓地の土は、この地方の名前の由来にもなっている錫《すず》を含んだ赤土だ。おばあさんが抜いた棒の刺さっていた場所を掘ることにした。そこならもう土が緩んでいる。急がなくちゃ! 脈が速まるのを感じながら、わたしは大急ぎで掘った。おばあさんがいまにも戻ってくるのではないかとヒヤヒヤしながら。しかも、簡単には見つからない深さまで掘らなければならない。墓に棒を刺しに来る人たちがいるのであればなおさらだ。

穴が腕の長さくらいになったところで、わたしは小瓶を取り出した。なんだかこれまでよりも冷たく、重たくなったように感じた。今日はちょうど、マクファーレン先生が死んでから四十九日目。レンの願いがなんだったにせよ、ちゃんと間に合ったのかしら? 目の隅で影が動いた。そよ風に木の枝が揺れたのだ。わたしはハッと我に返ると、行動に移った。セールスマンのポケットから取ったあの指を、穴の底に落とした。

# 41

六月二十七日(土)
バトゥ・ガジャ

レンは、かすかな足跡を追いながら歩いている。足跡は、丈高い草のなかを、虎の縦縞のようにゆらゆらくねっている。病院のベッドのことがなんとなく記憶にあるのだけれど、それも次第に薄らいでしまう。いまの現実は、日差しと風と、色の白い小柄な女の人がいるこの世界なのだ。レンが、草むらに座っているのを見つけた女の人。その人は、レンが足を止めて周りに目をやるたびに、早く早くと急き立ててくる。

「列車に乗り遅れたら大変だから」彼女は言う。

レンは眉間にシワを寄せる。「次のはないの?」

彼女が横目でレンを見る。「さあね。いいから早く!」

レンは、あちこちが壊れているみたいな彼女の動きを見て顔をしかめる。一歩進むたびに足を引きずり、肩も片方がゆがんでいる。あんな怪我をしていたら、ほんとうは歩けっこないのに。そう思うのだけれど、口にはしない。また肘をつかまれるのが怖いのだ。あの、氷のように冷たくて骨ばった手。それでもレンは、彼女が気の毒で、ひとりで行かせる気にはとてもなれない。おまけに草むらや藪《やぶ》のどこかには、虎が一頭潜んでいるのだ。ときどきちらりと、そのしなやかな縞々の体が見える。虎はレンを導こうとしているのか、それとも追い払おうとしているのか。レンの脳裏にふと、ある老人の姿が蘇《よみがえ》る。外国人で、森のなかをさまよっている。恐怖と哀れみと愛情、そして暗い孤独が胸にわき上がるのを感じながら、レンはうつむき、黙々と歩き続ける。

ふたりが目指しているのは、遠くに見えている駅だ。いったいどれくらい歩き続けているんだろう——数か月なのか、数日なのか、数分なのか。とうとう着いた。驚くほどバトゥ・ガジャの駅にそっくりだ。低い駅舎が長く延びていて、奥行きのある軒が、雨や日差しを防いでいる。木のベンチがいくつかあって、大きな丸い時計も見える。大きな蒸気機関車が、静かに音を立てながら待っている。駅には人が渦巻いているけれど、レンが視線を向けるたびに、その姿はちらちらしながら消えてしまう。目の隅で、ぼんやりとしか見ることができないのだ。子どもの影がプラットホームを走っていき、母親の手をつかむと、母親はその手をしっかり握り返しながら、一緒に列車へと乗り込んでいく。その温かい仕草を見て、レンはふと、うらやましいなと思う。

「急いで!」女がレンを急き立てる。

「どこに行くの?」

女は動揺し、苛立っているみたいだ。「とにかく乗って!」

「ぼく、あなたの名前も知らないのに」その瞬間、レンの胸にハッと疑念が浮かぶ。どうしてこんな見ず知らずの女の人について列車に乗らなくちゃいけないいんだろう？　それに――だれかを探してたんじゃなかったっけ？　レンはなんとか思い出そうとする。そう、ナンディニだ。

「一緒には行けない。探している人がいるから」

「バカ言わないで！　わたしの名前はペイリンよ」女は言った。「看護婦なの。だからあなたは、わたしについてこなくちゃいけないのよ」けれどそのしかめた顔を見るかぎり、ペイリン自身にもその理屈がわかっていないようだ。

「せっかくだけど、いいです」レンはあくまで礼儀正しい。

「まったくもう！　なんてバカなガキなの！　来なさい――ひとりで行くのはいやなのよ」ペイリンがいかにも哀れっぽい顔をするものだから、なんだか彼女のほうが子どものように思えて、レンは心が揺れてしまう。

「わかったよ」レンはそう言いながら、列車の扉の上部に手を触れる。その瞬間、目の前が揺れるほどの深い震えが体を貫いて、とたんに周りの人たちが見えるようになる。座席についている人、立っている人、列車に乗り込もうとしている人など、みんなの姿がはっきり見える。けれど降りようとする人はだれもいないし、荷物を持っている人もいない。

レンが列車に乗り込むと、そこにはナンディニがいて、なにやら物思いにふけりながら、ハート形の顔を窓の外に向けている。レンはすっかり嬉しくなってしまい、するするとその隣の席に近づいていく。「こんにちは！」

けれど驚いたことに、ナンディニは怯えているようだ。「こんなところで何してるの？」

「ナンディニを探していたんだよ」

「だめよ、そんなの！　ついてきちゃだめ！」

レンはナンディニの巻き毛と、可愛らしいふっくらした顔をじっと見つめる。せっかく会えたのに、どうして喜んでくれないんだろう？

「さあ、こっちにいらっしゃい」看護婦のペイリンが、自分の隣の席を叩いている。「わたしの隣に座るのよ」

レンはかぶりを振る。ゆがんだ肩で足を引きずりながら歩く青ざめたペイリンよりも、ナンディニの隣のほうがいい。実際、見れば見るほど、ペイリンが恐ろしくなってくる。レンが慌ててナンディニの隣に駆け寄ると、ナンディニは心配そうな顔で首を振って見せる。「お願いだから降りて。もうすぐドアが閉まっちゃうわ」

線路そのものが、生き物のようになっている。イーがこの線路の向こうにいる。それだけは間違いない。ナンディニとペイリンが、押し殺した声でなにやら激しく言い合っている。ナンディニはレンを降ろしたがっているけれど、ペイリンも頑固で、この子が望むなら乗せてやるべきだと譲らない。ペイリンがレンをつかもうと手を伸ばした瞬間、ナンディニが怒りに息を詰まらせる。

「この子に触らないで！」ナンディニが嚙みつくように言う。

「なによ？　それにもう触っちゃったし」その通りだ。さっきペイリンにつかまれた場所は、冷たくなり、感覚を失っている。

ふたりが言い合いを続けているので、レンはどんどん辛《つら》くなってくる。「ぼく、ここにいたい」レンの言葉をきいて、ナンディニが表情をやわらげる。

「わかったわ」ナンディニが言う。「なら、一緒に行こうね」

レンは目を閉じて、これでいいんだと自分に言いきかせる。これでイーに会えるんだ。

そこでピクリと、電気のような震えが起こる。哀しみと血に彩られた静かな寂しさ――レンに、暗闇をさまよう老主人を思い出させてはここまで連れてきたもの――が、その瞬間に、かき消える。猫の髭がビンビン動いている。髪の毛が逆立ち、皮膚が張り詰める。あの病院にいたとき以来、こんなに強い信号を感じるのははじめてだ。映像が目の前に浮かび上がる。若い女の人がスコップで掘っている。ガラスの小瓶が、穴のなかへと落ちていく。その穴が広がり、墓になる。あれは何――だれ？　レンは自分の心臓が激しく音を立てていることに、この奇妙な地に来てからはじめて気づく。突然、ぼくはこんな列車には乗りたくないんだ、と悟る。ナンディニともそうだけれど、あの冷たい手とゆがんだ体をした、小さなペイリンとは絶対にいやだ。

けれどドアが閉まりはじめている。遠くのほうから、ひとつひとつ閉まる音が近づいてくる。バン。バン。線路の向こうにイーのいることを示すかすかな信号が、レンに重くのしかかり、押さえつけ、全身の神経をひきつらせる。

「どうしたの？」ナンディニが叫ぶ。

バン。隣の車両のドアが、目には見えない車掌でもいるかのように勢いよく閉ざされて、レンのいる車両のドアも、いまにも閉まりそうな具合に震えている。レンは無我夢中で、決死のダイブを決める。耳元で空《くう》を切る音がして、閉まろうとするドアが肌をこする。あたりは明るい。あまりにも明る過ぎて、レンは涙がこぼれ落ちるままに、目を細めながら顔をしかめる。

だれかが床にモップをかけている。モップの水を絞るヒュッという音や、バケツのカタカタいう音がきこえる。レンはベッドに寝ている。それから、病院にいるんだと思い出す。胸が激しく上下して、心臓もドキドキしている。ぼくは、列車のドアから飛び降りたんじゃなかったっけ？　レンはここにもいるけれど、あそこにもいる。まるで、ふたつの場所が部分的に重なり合っているかのようだ。まぶたを閉じれば、ナンディニの驚いた顔、ペイリンの漂白されたような顔に浮かんだ冷ややかな笑みが見える。いやだ、あの人のことは考えたくない。

「目が覚めたんだな？」レンを見下ろしているのは、小柄でたくましい男の人だ。片手にはモップを握っている。レンは痛々しく目をパチパチさせながら、なんとか体を起こそうとする。口のなかがカラカラだ。用務員が、なまぬるい水をグラスに注ぎながら、広東語で言う。「看護婦さんを呼ぼうか？」

レンはかぶりを振る。「今日は何曜日？」

「土曜日だ」

廊下からバタバタ音がきこえたかと思うと、看護婦がドアから顔を突き出し、深刻な様子で用務員を呼び寄せる。「手を貸してもらえる?」

用務員は看護婦について部屋を出て行くけれど、そのふたりの声が、隣の部屋からきこえてくる。

「——遺体安置所に運ぶのかい?」

「ええ。ご家族にはもう連絡をしてあるから」

何分かすると用務員が、動揺した顔で戻ってくる。レンの目にも、開いたままのドアから、車輪付きの担架《たんか》が運び出されるのがちらりと見える。だれかが横たわっているけれど、その体には、すっぽりと白いシーツがかけられている。「あれはだれ?」

「別の患者さんだよ」

担架からは二本の白い足が突き出している。女の人の細い足。ピクリとも動かないその足を見て、レンの胃がひきつれる。

「顔にまでシーツがかけられているのはどうして?」レンが言う。「死んじゃったの?」

用務員はためらってから、つぶやくように言う。「人間にはだれにでも、出発のときがあるんだ」

出発のとき。その言葉に、レンは頭が混乱しはじめる。「知ってる人?」

「この病院の看護婦だったんだ」

レンのおなかに、いやな感じが広がっていく。あの小さな足。垂れている左足のおかしな角度。レンは必死にベッドから這い出そうとする。あの人の顔を確かめなくちゃ! けれど脇腹が痛みによじれてしまう。苦しそうな叫び声を上げたレンを、用務員が慌てて押さえ込む。

「どうしたっていうんだ?」

「あの人を知ってる気がするんだ。お願い、顔を見させて!」

騒ぎをききつけた看護婦が、部屋に引き返してきて言う。「どうしたの?」

「この子が、彼女を知っているっていうんだ」

看護婦は口元を引き結び、頭を横に振る。「そんなわけないわ!」それから看護婦は、レンが何か不気味なことでもしたかのように、動揺と非難の混じった目でレンをちらりと見る。

担架が遠ざかるのを見ながらレンは泣きたくなるけれど、力の入らない指で枕をつかみながらなんとかこらえる。「あの人の名前は?」

「ペイリンだ」

今度こそ、レンはほんとうに泣きはじめる。ペイリンという小柄な看護婦のためにではなく、ナンディニのために。ナンディニがどこに行ったのか、いまではははっきりとわかっていたから。

# 42

六月二十七日（土）
タイピン

マクファーレンの墓に掘った穴にあのしなびた指の小瓶を落としたところで、シンの声がきこえてきた。近づいているのを知らせるかのように、わざと声を大きくしている。わたしは必死に穴を埋め戻し、墓から少し離れた。シンとおばあさんが角から姿を見せると、わたしは手を振って、スコップをバッグに押し込みながら合流した。

「見たかったものは見られたのかい？」おばあさんが言った。

シンがわたしの手を握りながら言った。「はい。もう行かないと」おばあさんに時間を割いてくれた礼を言い、わたしたちはそそくさと墓地をあとにした。

「どうしたっていうのよ？」わたしは、シンの早足に合わせて息を切らしながら言った。「なんで手なんか握るわけ？」

こたえる代わりに、シンは手をひっくり返して見せた。赤土の筋がついている。

「おばあさんにも気づかれたかな？」

「そうでないことを願うしかないな。膝にも少しついてるぞ」

わたしは下のほうにさっと目をやった。このところ、ちょっと遠出をするたびに、泥やほこりにまみれている。病理学科保管室の蜘蛛《くも》の巣とほこりにはじまり、レンの血ときて、今度はこれだ。それも、だれかの墓を掘り返した土だなんて。

「埋めたのか?」

「ばっちりよ」わたしは小さな声で言った。

厳《いか》めしい雲が夕日を隠しながら、空を濁《にご》った青に染めている。黄昏《たそがれ》が震えながら降りてきた。息をすると、喉の奥に湿気を感じる。

「いま何時?」あのおばあさんの話にきき入ってしまって、教会の時計を確かめるのをすっかり忘れていた。

シンが腕時計に目を落とした。「七時四十分だ」

イポーまでの最終列車は八時。駅まではまだ二キロ近くある。心配になってあたりに目をやったけれど、通りには人気《ひとけ》がなく、三輪自転車も見えない。

シンが空を見上げながら口を開いた。「これはきっと――」

空が開いて大きな雨粒が落ちてきたかと思うと、ほこりっぽい道路に、ペチャンコになったオタマジャクシのような跡がついた。

「走るぞ!」

イギリスの小説を読んでいると、じとつくヒース（がなんであれ）のなかを、ハンチング帽とインバネスコートだけで雨を受けながら、長々と歩き続けるシーンがよく出てくるけれど、正直、うまく想像できたためしがない。熱帯地方の雨は、それこそバスタブをひっくり返したような雨だ。一気にドッと降るので、数分もしたらずぶ濡れになってしまう。考えている余裕なんかない。雨にあったら、やり過ごせる場所を探すのみだ。だからわたしたちは走った。

　店舗兼住宅の並んでいる場所が遠くに見えたので、その店先にある、屋根付きのカキリマ《ファイブフットウェイ》を目指し、あえぎながら走った。軒からは、シーツのようになった雨水が音を立てて落ちては、土の道を泥に変えている。

「どうする？」五分ほど雨宿りしたところで、わたしが言った。土砂降りが収まりそうな気配はない。時間は刻々と過ぎていく。八時に間に合うことなんかできるんだろうか。

「走るか」シンが言った。

　そのひと言で、わたしたちは猛烈なダッシュをはじめた。花鉢から花鉢へと飛ぶ虫のように、雨をしのげそうな場所を見つけてはジグザグに走った。ところどころに店の立ち並ぶ区画があったり、大きなレインツリーがあったりしたけれど、それもほとんど役には立たなかった。乗り遅れてしまうのではという焦りと闘いながらも、心のどこかではもうわかっていた。列車は、わたしたちをおいていってしまうだろう。靴が濡れて滑り、二度も足首をひねりそうになった。

「大丈夫か？」シンが言った。

　わたしは木に片手を当てて体を支えた。「うん」そうこたえながら、歯を食いしばった。これしきのことで弱音を吐くなんて、わたしらしくない。サバサバしているほうがシンとうまくいくのであれば、そのままの自分でいないと。

シンは、わたしのおでこのあたりをじっと見つめていた。「もう少しだから」シンが言った。「すぐそこだ」

まだだいぶあるはずだ。わたしは、シンの腕時計にちらりと目をやった。七時五十五分。間に合いっこない。

「この前渡した指輪はまだ持ってるか?」

わたしは、どうしてそんなことを突然持ち出すんだろうと不思議に思いながらシンを見つめた。もっと早く返すべきだった。わたしは気まずさを覚えながら、ハンカチを開いて見せた。

「はめるんだ」シンが言った。

「どうして?」

シンが苛立った顔になった。「いいからはめて、ついてこい」

いくつかの建物の前を通り過ぎたところで、シンが足を止め、看板にちらりと目を上げた。それからなかに入っていった。小さなホテルだった。ホテルになんか、一度も泊まったことがない。タイピンにはずっと前に母さんと来たことがあるけれど、そのときは叔母さんの家に泊めてもらった。険《けわ》しい顔をした叔母さんで、母さんとは違い、がっしりした骨格を先祖から受け継いでいた。あの叔母さんは、まだこの町に住んでいるのかな? わたしが男の人と一緒にホテルに入るところを見たら、いったいどう思うだろう? 男の人といっても、継きょうだいではあるのだけれど。

ダンスホールの同僚たちから、ホテルには気をつけるように警告されていた。ホテルでは男と会わないこと。ロビーでさえだめだという。男はそうやって、軽い女とそうでない女を選別にかけるのだ。それなのにわたしは、ホテルに足を踏み入れようとしている。見るからにくたびれたホテルだ。だけど今日は事情が事情だし、相手はシンなんだから。別に大丈夫よね？

なかは陰気でじめっとしていた。ひとつきりの電灯に照らされたフロントで、シンが記帳をしている。フロントに立っていた年配の女性が、射抜くような視線をわたしに向けた。「荷物はないんですか？」

「帰りの列車に乗り遅れてしまって」シンが軽い口調で言った。「ひと晩だけお願いします」

フロント係はシンを見てから、またわたしに目を戻した。わたしは、列車に乗り遅れるのなんてよくあることだとでもいうように、できるだけ平静を保とうとした。それにしても、どうしてシンはこんなに手馴れているんだろう？　女の人を連れて何度も来たことがあるんだろうか？　シンの背中に目をやると、フロント係の、訳知り顔な目とぶつかってしまった。

「リーご夫妻ね」フロント係が帳簿を見ながら言った。「新婚さんですか？」

「いいえ」シンが言った。「結婚してから結構たつんですよ」シンがさりげなくわたしに腕を回し、指輪が見えるようにした。

「お食事はどうなさいますか？」

シンがわたしに目を向けた。「お茶とトーストだけお願いします」

「お部屋にお持ちいたします」フロント係が大きな体を押し出すようにして向こうから出てくると、わたしたちの前に立って、くたびれた階段を上りはじめた。「ついてましたね。バスルーム付きの部屋は、最後の一室だったんですよ」

ほとんど家具のない小さな部屋だった。花の図柄のステンドグラスを使ったルーバー窓が、雨に濡れた玄関側の通りに面している。けれどわたしが見つめているのはそこからの景色ではなく、ベッドだった。固そうな高い枕が並び、薄いコットンのブランケットがシワなく広げられ、きれいにベッドメイクされている。ダブルベッドだ。いったい何を予想していたんだろう？　ツインベッドがあるとでも？

「シン」わたしはフロント係が部屋を出て行くなり口を開いた。「どうしてきょうだいだと言わなかったのよ？」

「別々に部屋を取るような予算がなかったからだよ。それに、おれたちは全然似ていないんだ。きょうだいだなんて言ったらかえって怪しまれる」もっともだった。けれど、逸らされたシンの顔には、緊張しているらしき気配が見て取れた。こんなシンは見たことがなくて、ますます気おくれを感じた。だからこそ、ここははしゃいで見せるにかぎると思った。

「ホテルに泊まるのってはじめてなんだ」わたしは明るく言った。

返事はなかった。前にも泊まったことがあるのかときくわけにもいかなかった。あるのはわかり切っていたからだ。だけど、どんな理由で泊まったんだろう？　考え過ぎだとは思っても、やはり女の人とホテルで会っているところを想像してしまう。情熱的な若い女性や、洗練された大人の女性と。だとしても、わたしには関係ないはずでしょ？

「バスルームで汚れを落としてくる」わたしは言った。

驚いたことに、シンは茶色い買い物袋に手を突っ込むと、男物の新しいシャツを取り出した。シンプルな白い綿シャツ。平らにぴっちりと畳まれ、襟にはボール紙が入り、ピンも刺さったままだ。

「ほら」シンがシャツからピンをはずして差し出した。「これを着ろよ」

「シンは大丈夫なの？」

シンの服だってずぶ濡れなのだ。けれどシンは首を横に振った。「いいから」

タイル敷きの小さな箱のようなバスルームに入ると、シャツを渡された理由にも納得がいった。小さな鏡に目を向けたとたん、濡れたドレスが体に張りついているのがわかって、恥ずかしさに凍りついてしまった。なるほど、シンがわたしのおでこばかりを見ていたわけだ。身震いしながらドレスを脱ぐと、ごわごわした薄いコットンのタオルで体を拭き、男物のシャツを着た。体の線こそ見えなくなったけれど、こちらのほうがよほど挑発的な恰好に思えた。どうしたらいいのかわからないまま、部屋に出て行く勇気が出るまで、しばらくバスルームのなかでぐずぐずしていた。けれど、ようやくそっとドアを開けてみると、シンは部屋にいなかった。

ルームサービスのトレイがベッドに置かれている。わたしはお茶を飲み、トーストをあらかた平らげると、シンが薬局で買った歯ブラシで歯を磨いた。それからベッドにもぐり込み、電気を消した。バカみたいとは思ったけれど、失望の涙が目にこみ上げてきた。いったい何を考えていたの？　シンが今度こそモーションをかけてくるとでも？　そんなことにはなりっこない。シンがわたしのことを好きなのは——単刀直入で、裏表がなくて、サバサバしているからで——そんなのはどれも、小説のヒロインが備えているような魅力ではない。ホームズにとってのワトソンみたいな、相棒役といったところがせいぜいだ。わたしは固い枕の下に顔を押し込み、声を立てずに泣いた。

ドアが開くのがわかって、わたしは体を硬くした。廊下からの光のなかに、シンのシルエットが浮かび上がっている。シンが静かにドアを閉め、バスルームを使いはじめた。ここは寝たふりをするのが一番だ。わたしは歯を食いしばりながら、泣いていたことは絶対に気づかれないようにしなくちゃと気持ちを固めた。そう思うより早くシンがバスルームから出てきて、するりと隣に入ってきた。

雨の音は弱まったけれど、まだしつこく降り続いている。屋根を流れ落ちる水の音もきこえてくる。シンが体を横たえると、ベッドがきしんだ。わたしは息を止めた。心臓がバクバクものすごい音を立てているので、シンにもきこえてしまうのではと不安になった。

「寝たのか？」その声があまりにもやさしいので、わたしは胸がつぶれそうになった。こんな声を使うなんてフェアじゃない。息を吐いた瞬間、喉が詰まってすすり泣きが漏れてしまった。

「なんだよ？　泣いてるのか？」シンがガバッと体を起こした。

シンが枕を取り去ってしまったので、もう隠そうにも隠しようがなかった。雨粒のついた窓から差し込む街灯の明かりで、わたしは乱れた髪と、涙に濡れた顔を見られてしまった。

「ロバートのせいなのか?」

ほんとバカなんだから。わたしは顔をこすりながら思った。ロバートのことなんかどうだっていいのに。そこでシンが覆いかぶさってきた。シャツを着ていないのを見て、わたしはまた、あの妙な感覚に襲われた。シンに近づかれると、決まってこんなふうに胸がうずいて、息が苦しくなってしまう。わたしはギュッと目を閉じた。

「ほんとにあいつのことが好きなのか? あいつにそんな価値はないぞ」

「ロバートのせいで泣いてるわけじゃないから」

「じゃあ、なんなんだよ? どこか痛いのか?」

あまりにもバカバカしいので、笑ったらいいのか泣いたらいいのかわからなくなってきた。とにかくシンは、わたしのそばに半裸の状態で体を起こしている。わたしにはこう言うのが精一杯だった。「いったいどこに行ってたの?」

「考え事をしていたんだ」シンが、底の知れない黒い瞳でわたしを見つめている。思わず胃がギュッとなった。こんなふうに仰向けの姿勢のまま上から覆いかぶされていたら、嘘なんかつけっこない。あまりにも不利だ。シンの腕や胸の引き締まった筋肉が、窓からの薄明かりに美しく浮かび上がっている。

わたしはなんとか体を起こそうとした。「また考え事? いったいなんなのよ?」

「何年もずっと待ち続けてきたんだ。もうこれ以上は無理だ」シンが、シャツの下に手を入れてわたしの腰をつかんだ。シンの喉元のくぼみが、ドキドキ脈打っている。シンがどこか不安そうな、問いかけるような目でわたしを見ている。息ができなかった。

「ロバートにキスはされたのか？」

わたしは口をきくことができないまま、うなずいた。

シンの顔に怒りが閃《ひらめ》いた。「ふん、おれのほうがうまいんだ」

続けて下品な台詞《せりふ》でもきかされるんだろうと思っていたのに、シンは黙ったままわたしの首のうしろに手を当てると、そのままキスをしてきた。

脚から力が抜け、何かがゆっくり体の中心へと広がっていくのを感じた。熱くて、とろけてしまいそうだ。シンのやわらかな唇が、激しくわたしの唇をなぞり、こじ開けていく。わたしはシンの鼓動をききながら、シンの手が腰から上のほうへと滑るのを感じてハッとした。「シン！」短く息を吸いながら声を上げたけれど、シンのキスはますます激しくなった。唇や首にキスを浴びせながら、じれったそうにわたしのシャツを引っ張っている。こういうのを望んではいたのだけれど、展開が早過ぎるうえに、シンの欲望が性急過ぎて、なんだか怖くなってきた。「待って！」わたしはシンとベッドに横たわりながら、息を切らしていた。

「なんでだよ？」シンがシャツのボタンをはずそうとしている。

「なんでって、だめだよ。こんなことしちゃいけない」そう言いながらも思いが乱れてしまい、気づくとシンの体に腕を回していた。

「いや、するべきなんだ。でないと、おれのものにならない」シンがまたわたしの首に顔を埋め、両手でわたしの胸を包み込んだ。電流のようなものが体を貫き、わたしはあえぎながら、シンの手を叩いて払った。

「わたしは前からずっとシンのものだよ。だからお願い、やめて」

「いいや、違うね」シンは体を起こしながら、顔に落ちた黒い髪をかき上げた。「ジーリンがこんな目でおれを見てくれるようになったのは、せいぜいひと月前からだ。それまではずっと――ミンだったじゃないか！」

　頬がカッと熱くなるのを感じながら、わたしは言葉を失っていた。

「だけどもしも相手がミンなら、おれも喜んであきらめるつもりでいた。だがロバートみたいなやつには渡すもんか」シンが辛辣《しんらつ》な声で言った。

「シン」わたしはシンの顔に触れながら言った。「わたしのことなんか、嫌いなんだと思ってたのに」

「嫌いなわけないだろ。おれにはずっとジーリンしかいなかったんだ」

「だったら、女の子をとっかえひっかえしていたのはどういうわけ？」思わず口調が険《けわ》しくなった。「なんで付き合ったりしたのよ？」

「ジーリンを忘れるために決まってるじゃないか、バカだな」

　シンの唇が、ゆっくり熱っぽく胸のあいだをなぞっていく。あられもなくうめき声が漏れてしまい、わたしはギュッと唇を嚙んだ。丹念で、執拗《しつよう》なキス。巧みな手で愛撫されていると、欲望が高まり、胸が怪しくうずいてしまう。耳鳴りがして、肌が燃える。そしてまた、好奇心と恐怖と、耐えがたいときめきの交じり合った、奇妙な感覚に飲み込まれていく。こんなシンはじめてだ。このしなやかなたくましい体をした大人の男は、もう、わたしの知っていたあの少年ではない。わたしは、こんな自分も知らなかった。わたしのなかには、シンの肌に歯を立て、指を吸い、彼を飲み込んでしまいたいと思っている自分がいる。わたしが背中に指を食い込ませると、シンが喜びと勝利に恍惚《こうこつ》としながら小さくうめいた。シンが、膝でわたしの脚を開かせようとした。ももには、何か熱くいきりたったものが押し当てられている。わたしはそこで、シンは本気なんだと悟った。

「待ってってば！」欲望をこらえて、わたしはシンを突き飛ばした。

「言っただろ」シンの瞳は、熱くてやさしかった。「おれのものにするんだ」

「こんなことに、おれのものも彼のものもないでしょ！」わたしは体を起こすと、シャツのボタンを首元まで留めた。まだ鼓動は速いし、頭もふわふわしたままだ。シンはどさりと仰向けになると、片腕で顔を覆った。

「処女を失えば、ロバートはおまえと結婚しようだなんて思わなくなる」シンの声はくぐもっていた。

「それでこんなことを？」わたしはカッとなった。「どっちにしろ、ロバートはわたしと結婚なんかしないわよ。どうせそんなにモテないし！」

「おまえはバカか？　これまでずっと、ジーリンに惚れた連中を追い払うのに、おれがどれだけ苦労したと思ってるんだ？」

「なんですって？」

「乾物屋のアーヒンだろ、おれと学校が一緒だったセンファだろ。そうそう、隣に住んでた算数の家庭教師もそうだった」シンは指を折って数えながら言った。

わたしは腹立ちのあまり、枕でシンを叩いた。「なにそれ、あの算数の先生とうまくいったかもしれないってこと?」わたしはある年の夏、ミンのように眼鏡をかけ、髪を分けているという理由で、その先生に夢中になったことがあるのだ。「このろくでなし! あんたなんか、自分勝手なろくでなしよ!」

シンがわたしの腕をつかみ、自分の上に引き倒した。

「どうすればよかったっていうんだよ? ジーリンは決しておれを見てくれなかった。それに、それくらいであきらめちまうんなら、そもそも付き合う価値のない男ってことさ」

近い。顔が十五センチと離れていない。心臓が暴れ、小さくあえぐようにしか呼吸ができない。なんとか怖い顔を作ろうとするのだけれど、クラクラするような幸福感が全身にしみわたっていく。

「おれが嫌いなのか?」シンがまた、あの半分怯えたような顔になった。こんなシンは見たことがなかった。わたしたちふたりのあいだでは、いつだってシンのほうが冷静だったから。わたしは思わず赤くなってしまった。シンも気づいたらしく、こう続けた。「嫌いじゃないんなら、おれのものになってくれ」それからまたキスをはじめた。

言うなりになって、この鈍い痛みに飲み込まれてしまうほうが簡単だった。わたしは両腕をシンに回し、背中の筋肉に手を滑らせた。シンが体を転がして、わたしの上になった。警告音が頭のなかで鳴り響き、母さんの教えが一気に蘇《よみがえ》ってきた。わたしはいったい何をしているの？

「だめ！」思い切り突き飛ばしたので、シンがベッドから落ちた。

「妊娠を心配してるのか？」シンは膝をつき、わたしを見上げた。雨の降る外からの薄明かりが、ルーバー窓の隙間から差し込んでいる。シンときたら、ありえないほど美しかった。「それなら大丈夫だから。薬局で、あるものを買っておいたんだ」

「なら、最初からこうするつもりだったってこと？」

「もちろんさ」シンが言った。「考え事をしていると言ったじゃないか」

「それで今日、ついてきたの？」

「そうだ」

わたしはひっぱたいてやりたくなった。「じゃあ、指を埋めるのを手伝うとか言ってたのは、全部嘘だったわけ？」

「指のことなんて、どうでもよかった。おれはただ、ジーリンと一緒にいたかったんだ」

「それなら、いつだって一緒にいられるじゃない」わたしは言った。「何も嘘をつく必要はないはずでしょ」

「いや、おれは父さんに約束したんだ」シンは、しまったというように言葉を切った。

「何を約束したの？」いやな予感が胸に広がった。あのゆがんだ青い影、鶏小屋のそばの暗がり、おかしな具合に垂れたシンの腕が脳裏に蘇った。「教えてくれなかったら、絶対に許さない！　いったいあの夜、何があったの？」

どっと疲れたような、感情の抜けた低い声でシンが言った。「父さんはおれに、おまえのジーリンを見る目つきがおかしいことには気づいているぞと忠告しながら癇癪《かんしゃく》を起こしたんだ。それで喧嘩になって、腕の骨を折られた。おれはあのときに、ジーリンには手を出さないと約束したんだ。少なくとも、あの家のなかではな。その代わりに父さんにも、ジーリンには手を上げないと約束させた」シンはため息をついた。「これで全部だ」

わたしは、シンの頭にそっと手を置いた。ずっとこんなふうにしてみたかった。「わたしたちはどうすればいいの？」わたしはやさしく言った。

シンがわたしのふところに顔をうずめ、腰に両腕を回してきた。「そばで寝させてくれ。今夜は一緒に」

わたしは考え込んだ。「わかった。だけど寝るだけだからね。ほかのことはなし」

シンは片眉を持ち上げて見せたけれど、黙ってベッドに戻ると、わたしの体を抱き寄せた。鳥が羽をついばんでいるような、甘い痛みに心が乱れ、胸が苦しくなる。子ども時代の情景が、ページをめくるように蘇ってくる。何度も喧嘩をし、張り合ってきたことも。わたしのほうがようやくシンに追いついたのか、それともシンが冷静に粘り強く勝負を進め、わたしを捕えることに成功したのか。わたしは横向きになり、雨の音とシンの寝息をききながら、我ながら愚かしいほどの幸福感に包まれていた。

# 43

六月二十八日（日）
バトゥ・ガジャ

その日曜の夕べ、ウィリアムがコットンのシャツとサロン姿でくつろいでいると、電話の音が、ひんやりした静かなベランダに響きわたる。あたりの空気は、ねばついて重い。雨の予兆だ。ウィリアムは籐の椅子に身を横たえている。グラスを傾けるたびに、氷が軽やかな音を立てる。むかし、凍った湖のほとりを散歩しながら、割れた氷がぶつかり合う音をきいたことがある。鐘の音みたい、とアイリスは言った。可愛らしい顔を、寒さで桃色に染めながら。アイリスが、ほかの女性とキスをしたといってウィリアムの不実を責めるようになったのは、その直後だ。ウィリアムにもいろいろと欠点はあるが、アイリスを裏切ったことなど一度もなかったのに。何かの誤解だよ。ウィリアムはアイリスにそう言った。「だってこの目で見たんだもの」アイリスの声は冷ややかだ。「ピアスン家でのパーティで」その夜は確かに、廊下の暗がりに隠れ、大きな振り子時計の見守るなかでキスをした。けれどその相手はアイリスその人だったはず。なんて皮肉だ。友だちに囲まれ、楽しい一日を過ごすなかで、突然アイリスに対する愛情の発作に駆られた結果がこれだ。この不当な責めを思い出したとたん、ウィリアムの胸には怒りがわき上がる。アイリスの神経症と、楽しいときをぶち壊しにする見事なまでの才能にはうんざりだった。けれどそれは、別のとき、別の世界の記憶に過ぎない。ウィリアムはウイスキーの冷たいグラスを額に当てたまま、空っぽな屋敷に響きわたる電話の音をきき続けている。

八回目のコールで、アーロンが受話器を取る。レンがいれば走っていって、もっと早く取るだろうに。それからアーロンがベランダに出てくる。

「女の方でさ、トゥアン」

予想通りだ、とウィリアムは思う。結局今日は教会に行かなかったから、リディアとしては、話をする機会を失ったというわけだ。ウィリアムはひとつ大きく息をする。「もしもし」

リディアの声は、回線に入る雑音を差し引いても、小さくて揺れている。「ウィリアム？　リディアだけれど。明日の朝早くに、病院で会えないかしら？」

「早くってどれくらいかな？」ウィリアムは苛立ちながら警戒する。「ほかのときではだめなのかい？」

また回線がはぜる。「アイリスについて話が――」

強い風にサロンの薄いコットン生地がはためき、足首を叩く。雨の匂いがする。

「なんだって？」ウィリアムは声を張り上げる。

「明日の朝七時に。西洋棟で」

稲妻《いなずま》のねじれた閃光《せんこう》が走ったかと思うと、電話は切れている。ウィリアムは電話を見つめる。では、明日の朝ということか。あんなに音が悪くても、リディアの声には勝ち誇ったような響きが感じられた。そう思った瞬間、ウィリアムの喉には苦いものがせり上がる。素人探偵みたいに嗅ぎ回りやがって、ほかには何をたくらんでいるんだ？　それから固く目を閉じると、自分の味方らしき邪悪な力に向かって呼びかける。どうか、もう一度ぼくを助けてくださいと。


月曜日の朝、ウィリアムは六時には起きて着替えを済ませている。ひと晩じゅう続いた嵐もやみ、水浸しになった芝や、軒から落ちる雫《しずく》に、かろうじてそのあとが見えるばかりだ。アーロンが、形ばかりの朝食を準備する。トーストと、トマトソースのベイクドビーンズ。卵はない。どちらにしろウィリアムは胃の調子が悪くて食べられそうにないが、それでもレンの繊細《せんさい》なオムレツを恋しく思う。この屋敷全体がレンを恋しがっている。影をあちこちに落としながら、がらんと、陰鬱《いんうつ》な空気を漂わせている。アーロンがぶっきらぼうに言う。「あの子はいつ帰ってこられるんで？」

「今日、様子を見てくるよ」

レンの衰弱が極端なうえに不可解なので、ウィリアムは病院に行ってみたらすでに死んでいるのではと、不安に胸がふさがる。けれどそんなことを、アーロンに言うわけにはいかない。なにしろアーロンは迷信深いのだから。

日の出を前に、曲がりくねる道はまだ闇に包まれている。オースティンのヘッドライトに、病院に着いたところでますます強くなる。リディアの望みはなんだ？　いやな予感は、病院はまだ静かだ。それでも人々がこれから動き出しそうな、なんともいえない気配をはらんでいる。六時四十五分。まだ少し早い。
影が飛び散っては、藪《やぶ》や木立に溶けていく。水平線のあたりには乳白色の光がにじみはじめているが、

病院の建物は、熱帯地方によく見られるハーフティンバー様式で、風変わりながら魅力がある。黒っぽく見える大きな西洋棟の管理事務所に向かいながら、ウィリアムはちらりと目を上げる。低い建物で構成されている庭園のような病院においては、数少ない二階建ての建物だ。リディアはきっと、このあたりにいるはず。本能に導かれるようにして、ウィリアムは角を曲がる。いた。あの明るい色の髪は、遠くからでも見間違えようがない。

リディアは、建物の横に広がる濡れた草地に立って、顎のゆがんだ中国系の若者のほうに顔を向けている。白衣を見るかぎり、夜勤明けのオーダリーだろう。けれど、ふたりの顔が緊張にこわばっているのを見て、ウィリアムは警戒する。薄暗いこともあり、向こうはウィリアムが近づいていることに気づいていないようだ。

「――わたしには関係ないわ」リディアが言う。「ローリングズ先生に話せばいいことじゃないの」

相手の男が口を開いたけれど、その言葉をきく前に、何かが落ちてくる。それは影のように閃《ひらめ》いたかと思うと、勢いよく、男の頭を打ち砕く。男がバタリと、力なく崩れ落ちる。ウィリアムは駆け寄って膝をつくけれど、手の施しようがないことを確かめるにはひと目で充分だ。

なにしろ頭が割れているのだから。両手やシャツには、なんだかもわからないものが飛び散っている。血と脳の、鉄を帯びた匂いがあたりを満たす。だれかが甲高い、ヒステリックな声で叫んでいる。どこから落ちてきたのかはともかく、破片を見れば、何が落ちてきたのかは明らかだ。重たいテラコッタの屋根瓦《がわら》。管理棟、通路、病棟の屋根に使われているものだ。ウィリアムは上のほうを仰ぎ見る。とくに気になるところはない。ただし二階の窓が開いている。屋根にも、壊れたようなところは見えない。

まったくひどい事件だ、とウィリアムは思う。外傷や血には慣れているぼくでさえこうなのだから、リディアのショックはどれほどだろう。リディアはブルブル震え、泣きながら、現場から連れ去られていく。警察が到着して、聴き取りをはじめる。それから屋根に上がり、瓦が二枚、なくなっているのを発見する。けれどそれが昨夜の嵐のせいなのか、数か月前からそうだったのかは、だれにもはっきり言うことができない。

「屋根は修理中だったようだな」巡査部長が隅に積まれていた瓦を指差しながら言う。「下手をすればあなたに当たっていたかもしれませんぞ、先生」

「それを言うなら、ついていたのはリディア・トンプソンさんですよ」そう、リディアが死んでいてもおかしくはなかった。なにしろ、ほんの二歩のところに立っていた男が、スイカのように頭を割られてしまったのだから。

「被害者のことはご存じで?」巡査部長が言う。「ウォン・ユンキオン。Y・K・ウォンの通称でも知られていました。二十三歳です」

「確か彼は、ローリングズ先生の元で用を務めていたのではないかと」そこでウィリアムはリディアの言葉を思い出す。ローリングズ先生に話せばいいことじゃないの。いったいなんだったんだろう？

「今日は休みを取られては？」

ウィリアムはかぶりを振る。「診なければならない患者がいるので」

ようやく解放されたあとで、いまさらながらに、ウィリアムは自分の手が震えていることに気づく。足にも力が入らない。ぞっとするような痛ましい事故だとは思いつつ、ウィリアムはどこかに違和感を覚えたまま振り払うことができずにいる。影のような物が落ちてきた瞬間、直感が、悲劇の到来を告げていた。死体を見てとっさに頭に浮かんだのは、この男が死ぬはずではなかった、という思いだ。死ぬのはリディアだったはずなのに。ウィリアムは、胸が悪くなるような罪悪感を覚えながらも、そう思わずにはいられない。何か邪悪な力が味方をし、出来事の順序を変え、説明のつかない変化を加えながら、自分を窮地から救っている。けれどそのパターンには、どこかに妙なところがある。ウィリアムはオフィスへと戻りながら、めまいと吐き気に襲われる。それともぼくが、物事をおかしな角度から眺めているのだろうか？

ウィリアムは足を止める。いや、やはり何かがおかしい。早朝の薄闇のなかで、影が自分の視界を横切った瞬間、何かが意識に入ってきた。そこでウィリアムはきびすを返すと、警察のいる場所へと引き返すことにする。

# 44

六月二十八日（日）
タイピン／ファリム

わたしは固い枕の置かれたダブルベッドに横たわっていた。頭をシンの胸に預け、このまま、永遠に時が止まってしまえばいいのにと思いながら。朝になり、雨はやんでいた。すっきりと晴れて、明るく、静かだ。シンはまだ眠っている。

闇は消えていた。あの長細い、錫《すず》鉱石の仲買店を兼ねた住居で共にしてきた年月が、何か、ほかのものに変わってしまった気がする。けれどそれがなんなのかは、自分でもよくわからなかった。わかっているのは、生まれてこのかた、こんなに幸せだったことはないということだけ。危険なほどの幸福感。わたしはシンの鎖骨《さこつ》にキスをした。肌が温かくて、少ししょっぱい。

いきなり不安になって、上半身を起こした。シャツのボタンは留まっているし、下着も元のままだ。バスルームに入ると、黒いシミの散った鏡で、まじまじと自分の顔を見つめた。恋の魔法による劇的な変化などは見られなかったけれど、昨夜、シンに押し倒されたときのことを思い出すと、頬がピンクに染まった。シンにあのまま押し切られていたら、きっと抵抗し切れなかったはず。そう思ってから、わたしはそんな自分を厳しく叱った。これからどうすればいいんだろう？　わたしたちふたりに、簡単な道などあるはずはなかった。

部屋に戻ると、シンはまだ寝ていた。その上に覆いかぶさるようにして長いまつげに見とれていると、シンに腰のあたりを抱き寄せられた。息のできない数分が続いた。「列車に乗らなくちゃ」わたしは自分に強いて、シンを振りほどいた。

「どうして拒もうとばっかりするんだよ？」

「正しくないと思うからよ」

「後悔するぞ」シンが言った。「こんなふうにふたりきりになるのが簡単じゃないのはわかってるのか？　別の町に行って、だれもおれたちを知らないホテルを見つけるなんて、そうそうできることじゃないんだぞ」

冗談かと思いきや、シンはどこまでも真剣な顔だ。それからわたしのシャツのボタンをはずし、喉元に唇を押し当ててきた。息ができない。肌をなぞっているシンの手に、抵抗なんてできっこない。巧みな愛撫に、脚からは力が抜け、おなかがギュッと締めつけられる。

「だめよ！」わたしはあえいだ。

シンが顔を真っ赤にしながら言った。「ジーリン、頼むから」これまでにはきいたことのないような、しゃがれた声だった。「頼むよ、いいだろ」

シンが何を欲しがっているのかはわかっていた。心臓が怪しく跳ねた。けれど、いましてしまったら、順序を変え、間違ったやり方をすることになる。わたしはみじめに声を振り絞った。

「ごめん。だめだよ。もう少し待ってほしいの」

シンはいきなり立ち上がると、バスルームに入った。水の流れる音がしたまま、シンは長いこと出てこなかった。わたしはシンのぬくもりの残っている場所に頭を置いた。なんだかみじめだった。シンに、本気じゃないと思われてしまったかも。たとえばフォンランは、喜んで自分を差し出そうとしていた。シンの付き合ってきた女の子たちのことを思うと、胸が痛くなった。あんなキス、どこで覚えたんだろう？　ほかにはどんなことをしてきたの？　だけどヤキモチは焼かないこと、とわたしは自分に言いきかせた。そういうのは好きじゃない。たとえいつか捨てられることになっても、すがりついて泣いたりは絶対にしない。

バスルームから出てきたとき、シンはいつものシンに戻っていた。黒髪が艶やかに濡れ、腕には昨晩吊るしておいた黄色いドレスを掛けている。「このドレスと、そのシャツを取引だ」

シンが冗談めかして言った。

「昨日着てたシャツはどうしたのよ？　まだ乾いてないの？」

「ジーリンの着ていたシャツを着たいんだ」

わたしは赤くなった。驚いたことに、シンも赤くなっていた。わたしはバスルームに入って着替えると、それまで着ていたシャツをシンに渡した。昨日おろしたばかりなのに、着たまま寝たせいでしわくちゃになっている。あとは何を話したらいいのかもわからないまま、一階に下りてチェックアウトをした。昨晩と同じフロント係が、わたしたちをじろりと見た。

「昨晩、あなたがたの部屋で物音がしたようだけれど」

「ええ」シンが言った。「ぼくがベッドから落ちたんです」

フロント係が口元を引き結んだ。わたしはヒステリックにクスクス笑い出しそうになり、シンの手をつかみながら必死にこらえた。それからわたしたちは、タイピンを去った。石灰岩の丘の狭間にある、雨が多くてロマンティックな町。いつかまた、シンと一緒に戻ってきたいな、と思った。今度は何もかも、きちんとした形にして。


わたしは母さんの具合を確認するため、ファリムに寄ることにした。シンは病院での仕事があるのでバトゥ・ガジャへ向かった。「家では気をつけろよ」わたしたちは列車のなかでも、こっそり手を握り合っていた。人前でべたべたするのはよくない。それでも、人目を盗むようにして、二度ほどキスをされた。わたしは幸せいっぱいで、それこそバカみたいにニヤニヤしっぱなしだったけれど、シンのほうも似たり寄ったりだった。

「秘密ならちゃんと守れるよ」わたしは言った。

シンがこたえる代わりに、唇をわたしの耳に当てた。「ほらみろ」シンがささやいた。「真っ赤になってるぞ」

認めたくはなかったけれど、シンの言う通りだった。「おれのものにするんだ」というシンの言葉を思い出した。男はみんな、女に対してそういう力を持つのだろうか。肌に触れ、愛撫と甘い言葉で、自分の意思に従わせることができるんだろうか。なんだか気に食わない。けれど、そうとはかぎらないはずだ。なにしろロバートとのキスの結果ときたら、それこそ惨憺《さんたん》たるものだったのだから。

「シン」わたしはおもむろに口を開いた。「ほかにも彼女がいるの？」

「いるもんか」

「だったら、この指輪はだれにあげるつもりなのよ？」

「ジーリンにだよ。実際に渡したじゃないか」

わたしはあっけにとられてしまった。確かに婦長の前で渡されはしたけれど、あれはてっきりお芝居だと思っていた。シンが、決まりの悪そうな顔になった。「もっとちゃんと渡したかったんだけどな――あんな形じゃなく」

「てっきり、シンガポールに恋人がいるのかと思ってた。コー・ベンもそう言ってたし」

「シンガポールにいるときにはイポーに恋人がいることにして、こっちにいるときには逆のことを言ってるんだ。でないと面倒なんだよ。周りが恋人はいないのかとうるさいし、下手をするとハメようとする女もいるからな。だけどおれはずっと、ジーリンしか見ていなかったんだ」

わたしはなんだかクラクラした。「わたしのために指輪を買ったの？」

シンはこたえる代わりに、わたしの手のひらにキスをした。「試してみる価値はあると思ったんだ。とくに、ミンがほかの女と婚約したからにはな」

「でも、サイズが全然違う」

「ジーリンはよく食うだろ。てっきりもっと太っていると思ったんだ」

シンが指をからませてきて、わたしは思わず噴き出してしまった。こんなに幸せだなんて、なんだか間違っているような気がした。わたしはふと、レンに出会った瞬間、その顔が、まるでわたしに会うのをずっと待っていたかのようにパッと明るくなったのを思い出した。そこで心に影が差した。「レンのことが心配なの。様子を確認しておいてくれる？　ペイリンについてもお願い。あの事故から回復したかどうか調べておいてほしいの」

イポーの駅に着くと、離れたくない一心でぐずぐずしているわたしを見て、シンが言った。「行けよ。でないと、おれが一緒に降りたくなる」シンがドアのところで、人目も気にせずに激しくキスをしてきた。それから座席に戻った。わたしが列車の窓に手を当てると、シンも向こうから手を当ててくれた。わたしは指輪のはまっている中指を見つめた。お化け指、またはジャリ・ハントゥ。コー・ベンは中指をそう呼んでいたっけ。シンがコツコツ窓を叩いた。ハッと我に返りながら、シンと目を合わせた。シンが、行けよ、というように首を振っている。わたしは最後にちらりとシンを見てから、その場を離れた。

ファリムに着くころにはお昼になっていて、白い日差しがまぶしかった。わたしはぼうっとしながら店舗兼の住居に近づいた。なかは暗くてひんやりしている。しばらくは、ロバートがそこに立っていることにさえ気づかなかった。母さんと継父も一緒だ。

わたしは凍りついた。こっそり部屋に上がるつもりだったのに、こんなふうに集まっているところに出くわしてしまうなんて。

「どこに行っていたの、ジーリン？」母さんが、不安そうな目でカナリア色のドレスを見つめている。残念ながら、どこをどう見たってパーティ用のドレスにしか見えないはずだ。

「え？　どうかしたの？」できるだけ冷静な口調を保とうとはしたけれど、首の血管がドクドク脈打っている。ロバートはどこまで話したんだろう？

「ロバートから、タムさんの店にはいなかったときいたわよ」

だったら、そんなには話していないようだ。わたしはちらりとロバートに目をやった。すっかり動揺していて、見る影もない。なんだかひと晩家を空けたのが、わたしではなく、自分のほうだというみたいに。継父は何も言わなかったけれど、その執拗《しつよう》で静かな視線がかえって恐ろしかった。

「友だちのホイと一緒だったの。ホイのことは覚えてるでしょ？」

母さんは、ホイに会ったことなんかない。わたしは母さんが、合図に気づいてくれることを祈るしかなかった。母さんは継父をサッと横目で見ると、驚いたことにこう言った。「あら、そうだったの。もっと早く気づいているべきだったわ。さあ、では、お昼の支度をしましょうね」

母さんはほかにもなんだかんだと口実をつけながら、継父を連れてなかに引っ込もうとした。継父は最後にギロリと、細くした目でわたしをにらんでから消えた。

ふたりがいなくなると、ロバートが言った。「話があるんだ」

ロバートの断固とした目つきが気になったけれど、この店を出て、少し一緒に散歩をするしかなさそうだった。わたしたちは黙ったまま、とぼとぼと歩いた。焼けつくような昼の日差しが、頭をあぶっている。めまいと渇きを覚え、胸は緊張に張り詰めていた。

「いつからあそこで働いているんだい？」とうとうロバートが口を開いた。

「数か月前から」

「いろいろきいて回ったんだけど」ロバートが気まずそうに言った。「かなりきちんとしたダンスホールみたいだね。だとしても、いい仕事ではない。それは自分でもわかっているんだろ？」

もちろんわかっていたけれど、どちらにしろロバートは、長々と回りくどい説教をはじめた。心の底から、こんな人、どこかに消えてしまえばいいと思った。何も言わずに、使用人と車とヨーロッパ旅行の世界に戻ればいいのにと。けれどわたしには、ロバートを敵に回す余裕なんかなかった。

「ねえ」わたしはようやく口を開いた。「メイフラワーで、わたしがどんなことをしてると思ってるの？」

「男たちと踊る仕事さ。お金をもらって」ロバートが目を合わせようとしないのを見て、あれこれ、口にはできないようなことを想像しているのがわかった。

「そう。わたしは――ダンスのインストラクターなの」わたしは言った。「働いていたのは週に二回。ただし、もっと稼げるのがわかっていても、コールアウトに応じたことはないの」

コールアウトときいても目をパチクリさせなかったのを見て、わたしはロバートがその言葉を知っているのだと気づき、なんだか意外な気がした。何度か使ったことさえあるのかもしれない。

「お金がいるのかい？」

シンの言葉が頭のなかで鳴り響いた——あいつに頼むのはやめろ——だから、わたしは言った。「それはわたしの問題だから。それに、もうあそこは辞めたの」

ロバートが唇を噛んだ。「ぼくを頼ってほしいんだ、ジーリン。それに昨日だって、シンに殴られそうになったとき、ぼくをかばってくれたじゃないか」

「シンが面倒に巻き込まれそうでいやだったのよ」わたしはロバートのためではないことをほのめかしたつもりだったのだけれど、ロバートは全然気づいてくれなかった。

「シンが暴力を振るうなんて驚いたよ。大丈夫だった？」

自分だってシンの目の前でわたしを娼婦呼ばわりしたくせに。そう言いたいのを、なんとかこらえた。「大丈夫よ。もういいかな。着替えたいから」

この言葉でロバートは、わたしのドレスが昨日のものと同じであることに気づいてしまった。わたしは自分を蹴飛ばしたくなった。わざわざ墓穴《ぼけつ》を掘るなんて。

「昨日の夜はシンと一緒だったのかい？　いったいふたりでどこにいたの？」

まずい。「友だちのところに泊まったと言ったでしょ」

わたしは背を向けた。けれど、ロバートには弱味を握られてしまった。万が一継父にあの仕事の件を知られたら、ひどいことにもなりかねない。「もう、会わないほうがいいと思うの」

わたしはできるだけ失礼にならないように気をつけた。「心配してくれてありがとう。だけど、ひとりでなんとかできるから」

「だけど、力になりたいんだ」ロバートが、すぐうしろをついてきた。「きみには助けが必要なんだよ」

逃げ出したくてじりじりしながら、足を速めた。ロバートが、わたしの救世主のつもりでいるのだと気づいて目の前が暗くなった。自分なら、不幸な生き方と暴力的なきょうだいから救ってやれるとでも思っているのだろう。こんなに追い詰められていなければ、いっそ笑えるのに。ロバートに肘をつかまれ、わたしはその場に凍りついた。通りの真ん中だ。自転車や通行人も行き来している。さすがにこんなところでおかしな真似はしないだろう。わたしの顔に恐怖の色が現れていたのか、ロバートは気まずそうに手を離した。

「きみのためを思っているだけなんだ」ロバートが言った。

それからもう一度、道を誤ると大変なことになるとか、若い女性としてもっと気をつけなくてはとか、しどろもどろな説教を繰り返してから、ロバートはようやく帰ってくれた。とはいえ、問題はまだ残っていた。


店に戻ると、二階の住居スペースから大声がきこえてきた。心配になって階段を駆け上がると、途中で下りてくる継父とすれ違った。継父はこちらを見ようともせずに、カンカンになった様子でそばをかすめていった。居間に入ると、母さんは籐椅子に腰を下ろし、目を閉じたまま、こめかみを両手で押さえていた。

「何があったの？」変わったところがないか慌てて母さんの体を確かめたけれど、とくに怪我などはしていないようだ。「わたしと関係があるの？」

「いいえ、違うのよ」母さんが弱々しい笑みを浮かべた。それから声を落として言った。「それにしても、ほんとの話、昨日の夜はどこにいたの、ジーリン？」

とっさに、シンとの仲や、互いに思い合っていることを打ち明けてしまおうかとも思ったけれど、心のどこかに、やめたほうがいいと警告する自分がいた。「友だちのホイのところにいたって言ったでしょ」わたしは言った。「おしゃれな友だちがいるって話したのを覚えてない？」

母さんがホイのファッションに興味を持つかと思って、前に話したことがあったのだ。けれど、母さんはだまされなかった。黙ってうなずいて見せたものの、目がまだ疑っている。ロバートが余計なことをするからいけないのよ！　おまけにこんな、ちゃらちゃらした体に張りつくような黄色いドレスを着てどこかから帰ってきたのだから、怪しまれて当然だ。だけどシンは、このドレスを着たわたしにキスをしてくれた。似合うと言ってくれた。それだけでもお気に入りの一着になるのは間違いないけれど、これからはこのドレスを見るたびに、やましい気持ちにもなるだろう。母さんのそばにいると、いつだって罪の意識が強くなる。おずおずとそっととがめるものだから、ついつい心をほだされてしまう。

「ロバートとの仲は大丈夫なの？」

「もう会わないことにしたから」変な期待は、できるだけ早いうちになくしておいたほうがいい。

「どうして？　あんなにいい人なのに」

「合わないのよ」動揺したような母さんの顔を見ながら、わたしは続けた。「お願いだから、もうその話はしないで」

「シンのせいなの？」

わたしは凍りついた。「シンには関係ないでしょ？」

「シンはどういうわけか、ロバートを嫌っているようだから」

「シンには嫌いな人が多いから」わたしは軽い口調で言った。

「いいえ、ミンのことは好きよ。それにあなたのこともね。母さんは、つくづくあなたにきょうだいがいてよかったと思っているの。たとえ口喧嘩はしてもね。家族ってほんとうに大切だから。もう少し年を取ったら、あなたにもきっとわかるわ」

そこで母さんは黙り込んだ。流産したこと、生まれてこなかった子どもたちのことを思っているのだろうか。わたしはイーを思い出し、ゾクリとした。イーはまだあの死者の地にある駅で、双子のきょうだいが死ぬのをじっと待ち続けているのだろうか。

「母さん」わたしはゆっくりと口を開いた。こんなことを打ち明けたら、あとでものすごく後悔するかもしれないと思いながら。「話があるの」

# 45

六月二十九日（月）
バトゥ・ガジャ

またしても大変な事故が起こったという知らせが、邪悪な風のように、病院を駆け巡る。バトゥ・ガジャ地方病院においては、死など珍しいものではない。死神は毎日のように廊下を歩き回っては、老人や病人を連れていく。けれどペイリンが死んだそばから、あの事故だ。職員たちが得体の知れない恐怖に襲われて、ひそひそと言葉を交わすのも無理はない。

この病院には復讐に駆られた幽霊がいるのだという噂が、職員のあいだに広まりはじめている。ペイリンが階段を落ちたのは、その幽霊を目にしたせいなのだと。オーダリーのY・K・ウォンがその朝、落ちてきた瓦《かわら》に打たれて死んだのも、幽霊が屋根の上を歩いているのを見てしまったからなのだ。

「どうして屋根の上に？」レンがたずねる。どうやら、今日のうちに退院できそうだ。地元の医者も、レンを診ながら、まったく驚くような回復ぶりだと声を上げる。一日でこれほど劇的によくなるとは信じがたいが、子どもにはそういうところがあるからなと。

「そんなことは考えなくていいから」チン先生は、以前、レンに指がなくなったことを気まずそうに伝えてくれた先生なのだけれど、レンの肘を診ながら、白い部分があるのに気づいて顔をしかめる。ちょうど、あの燃えるように明るい夢のような場所で、色白の看護婦ペイリンにつかまれたところだ。右手の指で触れたとたん、レンはそこがうずくのを感じる。猫の髭も強くなって、まるで黄昏《たそがれ》の道への扉に手をかけ、開こうとしているかのようだ。その扉の向こうには、白く冷たい生き物たちがうごめいている。レンは吸血幽霊《ポンティアナック》をはじめ、夜に現れるという、怒れる幽霊女たちの話を思い出す。長い黒髪の幽霊たち。そういう幽霊は、決して扉のこちら側に入れてはいけない。長い爪で扉をひっかくのがきこえても、哀しげな甘い声で呼ばれても、知恵や秘密を授けると言われても絶対にだめだ。けれどこちらからちょこっとだけ出かけて、彼らと話をしてみるというのはどうなんだろう。

医者にその肘の部分を触られても、レンは痛みどころか、何も感じない。その白い痣《あざ》は、見えない手がそこをつかんでいるような形をしていて、なんだか不気味だ。「前に見たときにはなかったはずなんだが」医者がつぶやくけれど、レンは口をつぐんでいる。レンにはわかっているのだ。この痣は、ペイリンをあの列車に置き去りにした代償なのだと。

「とにかく、今日中に退院できるぞ」

おそらくは、その日の仕事が終わったところで、ウィリアムが連れて帰ることになるのだろう。少なくとも、レンはそう思っている。

チン先生が、気になることがありそうな顔でちらりとレンを見やる。「アクトン先生が早退していないか、確認したほうがよさそうだな。なにしろ先生は今朝――例の事故現場に居合わせたそうだから」

看護婦が「先生なら、まだお仕事をされてますよ」と口を挟んで、医者と意味深な視線を交わす。

「リディアさんは?」

その瞬間、開いていた扉から、リディア本人が入ってくる。唇が真っ青だし、事務室で横になっていたらしく、片側の髪がぺたんとつぶれている。

「わたしに何か?」自分の名前を耳にして、リディアが言う。「できることでも?」

「まあ! あなたは事故を目撃したそうじゃないの」看護婦が言う。「さぞかし恐ろしかったでしょうに」

「ええ。父がもうすぐ迎えにきてくれることになっているの。とても自分では運転できそうにないから」リディアはそう言って顔をゆがめる。医者と看護婦は、リディアの外国人らしい気骨に半ば感心しながら、同情するようにうなずいて見せる。リディアの肩には、だれかから借りたコットンの薄いショールがかかっているけれど、ブラウスに飛び散った赤茶のシミは隠し切れていない。それを見つめているうちに、レンは猫の髭がうごめくのを感じる。死がリディアのブラウスを覆い、スカートにも飛び散っているのを感じて、レンは恐怖のめまいに襲われる。とはいえいまのリディアは顔色こそ悪いけれど、ピリピリしたエネルギーに満ちあふれている。

リディアが近づいてきて、レンのそばに腰を下ろす。「まあ、すっかり元気そうじゃないの！」

「はい」レンは視線を落とす。みんなには、この人についている血が見えないのかな？　ほんのちょっぴり、数か所にはねているだけだもんな。けれどレンは目には見えない触角のようなもので、リディアにねっとりまとわりついた、灰色の蜘蛛《くも》の巣のようなものも感じ取っている。あれはなんなんだろう？　よくわからない。とにかくレンは、リディアに不自然な親しみを見せられても、思わず身を縮めることしかできない。リディアの小さくなった瞳孔《どうこう》には、何か、勇気のようなものが浮かんでいる——それとも恐怖か、興奮だろうか。

「あなたにこれを渡しにきたの」リディアがハンドバッグから何かを取り出す。「お友だちのルイーズとは、また会うことがあるかしら？」

レンは一瞬、混乱する——ルイーズ？　それから、あの青いドレスの人には、もうひとつ別の名前があるのだと思い出す。どうこたえたらいいのかわからないまま、レンはうなずく。

「これを渡してもらえる？」

レンはギクリとする。ガラスの小瓶。あのしなびた指の入っていたものにそっくりだ。ただし中身は、紅茶色の液体。ここは病院だし、リディアはボランティアとして働いているのだから、同じような容れ物を持っていても不思議ではない。

「これは？」

「胃のお薬よ。この前、彼女にあげると約束したの」リディアは言う。

レンは、リディアとジーリンが話していたことを思い出す。何か、月に一度、女性にだけ起こる不公平な病気のことだった。レンは素直に小瓶をポケットにしまいながら、マクファーレン先生の薬に関する教えを思い出して言う。「服用量を貼っておかなくて大丈夫ですか？」

「胃が痛くなったら、全部飲むように言ってちょうだい。効き目の穏やかな飲み薬で、わたし自身も飲んでいるのよ。だけど、ほかの人に言ってはだめよ——彼女が恥ずかしく思うだろうから」リディアはにっこりしながら立ち上がる。

レンはそのうしろ姿を見送りながら、どうしてほかの人には、リディアの背中にくっついているものが見えないんだろうと不思議になる。その経帷子《きょうかたびら》や繭《まゆ》を思わせるものからは、細かい繊維のようなものがどこからともなくつむぎ出されている。リディアは今朝、死神の手をすり抜けたらしい。けれどレンの見るかぎり、無傷というわけでもなさそうだ。

## 46

六月二十八日（日）
ファリム

それでなくてもやつれていた母さんの顔は、わたしの話をきき終えると、ますます青ざめてしまった。母さんは長いこと、目を閉じたまま開こうとしなかった。

「だけど、ほんとうにダンスをしていただけなのよ。何もおかしなことはしてない」

わたしは、ダンスホールで働いていたことを打ち明けたのだ。なにしろ、ロバートにいつバラされてもおかしくはない。継父の反応をどうこうすることはできないけれど、万が一のとき、母さんに心の準備ができていたほうが、少しはマシなはずだ。

「だからほかの人から何かきいても、ショックを受けることはないから。そもそもたぶん、そんなことにはならないと思うけど」わたしはせいぜい自信があるようなふりをしながら言った。

「もちろん、タムさんも知らない」

どうしてそんなバカなことをとガミガミ叱られるのを覚悟していたのに、母さんは哀しそうな顔をしただけだった。「母さんの借金のためにそんなことを？」

わたしはためらったけれど、否定しても無駄だと思った。「もう辞めたのよ。だから心配しなくて大丈夫」

母さんの顔がゆがんだ。「あなたを巻き込むべきじゃなかった――もう、そんなことは絶対にしないでちょうだい。お金のことは、わたしからお父さんに話すことにします」

「カンカンになるわ！　それに、シンが助けてくれるって」

「余計な心配をさせたくないの。あなたたちの問題ではないんだから」母さんが唇を噛んだ。

「ロバートはそれを知って――会うのをやめると？」

「違う。わたしのほうがいやなのよ」

「でもどうして？　とてもいい人じゃないの、ジーリン、なにしろそんな――」

「よくないわ。ロバートのことなんかなんとも思っていないんだから」

「愛情なんてあとからついてくるものよ！」母さんは、思わず声が大きくなったことに気づいて口をつぐんだ。それから声をおさえて、説得を続けた。「このチャンスを逃さないで、ジーリン。それこそ人生がすっかり変わってしまうのよ。ロバートを逃したら、一生後悔することになるわ！」

母さんから、こんなにもきっぱりとした率直な言葉をきくのははじめてで、わたしはショックを受けながらもかぶりを振った。「その選択肢は、わたしにとって存在しないの」

「だったら作りなさい。プライドなんか捨てるのよ！」

プライドにはなんの関係もないのだけれど、ほんとうの理由を話すわけにもいかない。

「ほかにだれかいるの？」母さんが鋭い声で言った。

わたしはためらった。「うん」

「だれなの？」

「ミン」わたしはひそかに母さんの顔をうかがった。そんなにもロバートを義理の息子にしたいんだろうか？

「ああ、ミンね」母さんはホッとしたようにため息をついた。「それなら結婚できないことはわかっているでしょ？　ミンには婚約者がいるんだから」母さんが相変わらず、探るような目でわたしを見ている。疑っているんだろうか？

わたしと母さんは、警戒するように互いをちらちら見ながら夕食の席についた。母さんが借金について継父に打ち明けるつもりでいることを考えると、胸が恐怖でいっぱいになった。ところが母さんにとっては、わたしがロバートとの結婚を逃すことのほうが、はるかに気がかりなようなのだ。顔を見れば、母さんがまだ疑っているのがわかる。ミンのことが忘れられないというわたしの言葉を、頭から鵜呑みにしたわけではないのだ。けれど継父がいるのだから、そんな話はひと言だってできるわけがない。継父が脅迫的なまでに押し黙っているなか、わたしたちは皿の料理を突ついた。それこそナイフで切れそうなほど重苦しい雰囲気だった。わたしは空っぽのままのシンの席をついつい見てしまい、母さんと目が合うと、うしろめたい気持ちでうつむくしかなかった。だめだ。こんなふうでは、すぐにバレてしまう。だからわたしは、できるだけ早く朝が来ることを願いながら、さっさとベッドに入った。

朝は来ずに、夢を見た。あのいつもイーに会う日差しの明るい場所ではなくて、また別の、奇妙な場所だ。たぶん、ここ何日か、心配ばかりしているせいだろう。乗換駅で、たくさんのプラットホームや通路や階段があって、地下から線路同士を行き来できるようになっている。イポー駅のイメージを反転させたような雰囲気だ。イポー駅は白くて広々としているけれど、この駅は暗くてせせこましくて薄汚れている。夕暮れが迫り、あたりは青ざめながら静まり返っている。混み合っているのに、音はきこえてこない。幽霊のような人影が、あちこちをせわしなく行き交っている。わたしにわかっているのは、急いで列車を選ばなければ、乗り遅れてしまうということだけだ。

周りにいる人たちの姿はぼんやりしている。目を凝らすと煙のように消えてしまうのに、目を逸らすとまた現れて、何か重要な仕事にでも向かうかのようにうごめいている。わたしはプラットホームの端まで行くと、線路を見つめた。ゆがんだはしごのように、どこまでも延びている。両方を向いた矢印の表示が出ていて、フル、ヒリールと書かれている。マレー語で、上流、下流の意味だから、駅の表示としてはヘンだ。下流《ヒリール》と書かれた方角に行けばイーに会えるような気がしたけれど、一瞬でそんな考えは振り払った。とはいえ、ここでイーを呼べば、また音もなく、あのどこかぞっとするような形で突然姿を現すのではないかという気がした。

煤《すす》っぽい煙をプラットホームの上にたなびかせながら、列車がゴトゴト近づいてきた。人々が急いで乗り込んでいく。わたしは乗るか乗らないか、すぐに決めないと一生ここを離れられなくなるのではと不安に駆られながらためらった。痩せたおじいさんがひとり――明るい色の瞳に灰色の短い髭、外国人だ――プラットホームをこちらに近づいてくる。黒っぽいスーツの端がぼんやりしていて、深まりつつある夕暮れに溶けてしまいそうだ。おじいさんが、わたしの下げている旅行用の籠バッグを指差しながら、なにやら口を動かした。

「なんですか？」わたしは言った。

やはり音はしない。まるでボリュームを切ったラジオのようだ。けれどおじいさんが、大きく慎重に唇を動かしているのを見て、わたしに何か言いたいことがあるのだとわかった。

**戻しなさい。**そう言うように唇を動かしながら、おじいさんがわたしの籠バッグのほうにうなずいて見せた。するとわたしは夢の不思議さで、おじいさんが残った指――ペイリンの袋に入っていた親指のことを言っているのだとわかった。

「どこへ？　病院に？」

おじいさんはただにっこりとして見せた。**ほんとうにありがとう。**そう言うように唇を動かしてから、わたしのそばを抜け、列車に乗り込んでいく。

「待って！」わたしはおじいさんのあとを追って走りながら叫んだ。

おじいさんが振り返り、礼節を感じさせる、やわらかな視線でわたしを見た。わたしはおじいさんの目を見つめた。淡い色の瞳。猫の目のように、瞳孔《どうこう》が縦に細い。わたしはギョッとして、一歩あとずさった。

おじいさんがお辞儀をした。**もう行くよ。**それからおじいさんは、謝罪と感謝を表すように両手を合わせて見せた。指は十本ともそろっている。煤っぽい煙と蒸気が上がった。汽笛が鳴り響き、線路の震える深い音がして、世界が灰色に染まった。

列車の汽笛は、いつしか窓の外を行ったり来たりしているカラスのしゃがれ声に変わっていた。両手を目に押し当てながら、上流と下流を表すマレー語のフルとヒリールには、〝はじまりと終わり〟の意味もあることを思い出した。朝の静けさのなかで体を起こした。あれは単なる夢よ。それとも違うのかな？　どういう形であれ、死者と話をしたいと思ったことなど一度もなかった。

戻しなさい。あのおじいさんはそう言った。朝の涼しさに身震いしながら、わたしは旅行用の籠バッグに近づいた。コー・ベンに見せるつもりでいる名前のリストと一緒に、これまたペイリンの謎の袋に入っていた切断された親指がしまってある。今日はバトゥ・ガジャに行って、病理学科の保管室の標本のなかにこの指を戻してこよう。それで何もかも、終わりになるといいのだけれど。

けれど母さんには別のことを言った。「イポーに戻るね」

母さんは何も言わずにうなずいたけれど、いかにも疑っているような目つきだ。まだロバートのことを心配しているらしい。なんにしろロバートにもう一度会う気はなかった。会いたいのは――シンだけ。さっきの夢についても話しておかなくちゃ。それから、夢に出てきた外国人のおじいさんの左手に指が五本そろっていたのを思い出し、マクファーレンの墓に指を埋めたのはやはり正しかったのだと思った。

八時半にはバトゥ・ガジャの病院に着いた。人が増えるにはまだ少し早いにもかかわらず、正面入り口の前に人が集まっている。

「何かあったんですか?」わたしは中国風の黄色いスーツを着たおばさんに声をかけた。

「事故があって、警察が入れてくれないのよ。予約があるのにね。それに気の毒だけれど、どっちにしろもう死んでしまったわけだし」

わたしはハッとしながら震えた。「死んだってだれが?」

「ここで働いていた若い男の人。オーダリーだってきいたけど」

シン! わたしは恐怖に駆け出した。「通して、お願い!」

護衛に立っていたマレー人の警官のほうへ必死になって人混みをかき分けるうちに、苛立ったようなざわめきが、同情と興味を含んだものに変わっていった。

「きょうだいが、ここでオーダリーをしていて」わたしは息を切らしながら言った。「亡くなった人の名前はわかりますか?」

「そこまではわからないんだが、家族なら連れていってあげよう。西洋棟だから、こっちからだ」

口がカラカラになるのを感じながら、警官のあとについて走った。これまでには通ったことのない場所を横切っていく。ハーフティンバー様式の二階建ての建物の角を曲がり、人の集まっているところに近づいた。だれもが屋根のほうに目を上げていたが、それから建物のそばの草地に視線を移した。

「ここだ」うなずいて見せた警官の視線の先では、背の高いシク教徒の警官が帳面をしまおうとしていた。「シン警部、この子が、犠牲者が自分のきょうだいかどうか確認したいそうです」

「きょうだいの名前は？」警部が琥珀《こはく》色の瞳で、貫くようにわたしを見た。

「リー・シン」わたしは息を止めながら言った。「この病院でオーダリーをしています」

警部は帳面にちらりと目を落とした。「違うな。亡くなったのはウォン・ユンキオンだ」

思わず膝から力が抜けた。よかった！　けれど、その名前には、なんだかきき覚えがあるような。「もしかして、Y・K・ウォンのことですか？」

「知っているのかい？」

なんてこたえたらいいんだろう？　わたしがためらっていると、そばをだれかがかすめた。

「警部。ちょっとお話が」ウィリアム・アクトンだった。何時間も寝ていないみたいに、目が充血し、顔もやつれている。

警部が振り返った。ふたりには、わたしなんか見えてさえいないようだった。

「何かな、アクトン先生。てっきり、帰宅されたものと思っていましたよ」

「診なくてはいけない患者がいるもので。とにかく、思い出したことがあるんです」

「先生の口述によると、屋根から落ちてきた瓦が、ウォン氏の頭を直撃したとあるが」

「ええ。だが、屋根からではなかった」

わたしたちはとっさに上のほうを見上げた。

「突然のことだったので最初は気づかなかったんだが。屋根からにしては、高さが足りなかった」

「どういう意味かな？」

「つまり、影のようなものが落ちてくるのが見えて。けれどそれは二階からで、屋根からではなかったと思う」

沈黙が降りた。「それはかなり重大な発言ですぞ、アクトン先生。つまり何者かが二階の窓から瓦を落としたと。そういうことかね？」

わたしは建物を見ながら、確かに可能だと思った。優美な窓は高さがあり、外に向かって大きく開いている。アクトンがためらってから言った。「おそらくは」

「誓ってそう言えますか？　まだ暗かったはずだが」

「誓ってというわけではないが」アクトンは顔をこすった。「そう思います」

「思うというだけでは弱いな」ふたりのあいだに敵意が閃《ひらめ》いた。この人たちは、前にも会ったことがあるのだろうか。

「こちらとしては、知っていることをお話ししているだけなので」

「なるほど。では二階に上がって調べてみるとするか」警部が滑らかな口調で言った。「だが、事故当時には鍵がかかっていたようだ。この建物には、確か管理事務所が入っているんでしたね？」

「ええ。だが、鍵を持っている職員はたくさんいます」

「ありがとう、アクトン先生。覚えておくことにしますよ」

ウィリアム・アクトンは、ためらってからきびすを返した。警部がわたしのことなど忘れていることを願いながら、わたしはアクトンのあとを追った。何があったのか、詳しい話をききたかった。Y・K・ウォンはどうして死んだのだろう？

「ルイーズ」追いついたわたしを見て、アクトンが言った。「どうしてきみは、いつもそう、予期せぬときに現れるんだい？」

わたしはただたどしく、きょうだいがいるんだと説明をはじめたが、アクトンはまともにきいていなかった。「病理学科の保管室できみにはじめて会ったあとに、小柄な看護婦が階段から落ちたんだ。彼女がこの週末、亡くなったのは知っているのかい？」

わたしはぞっとしながらかぶりを振った。

「きみは、ナンディニが行方不明になった夜のパーティにも来ていた。そして今度は今日だ。ひょっとするときみは死の天使なのかい、ルイーズ？」

「まさか！」

「だがきみは、ぼくの夢に出てくる川のことも知っていた。最近、死んだはずの人を見かけたことは？」

わたしがシンと一緒にマクファーレンの墓を掘り返したことを、この男が知っているはずはない。鼓動が怪しく跳ねていた。アクトンの顔に冷たい笑みが浮かんだ。「すまない。今日はひどい気分なんだ。今度どこかで一杯やらないか――いくら払えば、きみをコールアウトできるんだい？」

わたしは不意をつかれ、自然と浮かんだこわばった笑みを顔に張りつかせることしかできなかった。ダンスホールで身につけた、うつろなプロの顔だ。この男にとっては、わたしなんかちょっとした気晴らしの対象でしかないんだ。けれど話を合わせることはできるし、わたしにはききたい質問があった。「ほんとうに、二階から何かが落ちてくるのが見えたの？」

「信じないのか？」

「いいえ、信じるわ」わたしは真剣な口調で言った。「直感って大切だと思う」

アクトンはため息をついた。「だれかが二階にいたのかもしれない。だとしても、なんだって屋根瓦《がわら》を窓から投げたりするんだろう」

そう、どうしてだろう？　そこでふと、シンが『今度会ったら殺してやる』と言っていたことを思い出した。ウォンがわたしを保管室に閉じ込めたことを知り、カッとなったのだ。でも、シンがそんなことをするはずない――それともありえる？　わたしはシンの静かな怒りと、ずっと恐れ続けてきた継父の闇を思った。

「大丈夫かい、ルイーズ？」アクトンが言った。わたしたちは足を止めていたので、通りかかる人たちの視線を集めはじめていた。

「Y・K・ウォン、つまり事故で死んだ人のことは知っていたの？」わたしはそう言いながら思った。ウォンとは何度か不可解な衝突があったことを、警部に話しておいたほうがいいかもしれない。それとも、かえって厄介なことになるだろうか？

「知っていたというほどではないが、見かけたことはあるな」アクトンは顎をこすった。かさついた肌が灰色にくすんでいる。「ある意味、彼の死がここまで奇妙でなかったら。何か、もっともな説明がつけばいいいんだが」

「どういうこと？」

アクトンが神経を尖らせた様子で顔をゆがめた。「単なる思いつきさ。ふとおかしなことが頭に浮かんだんだ。きみは、物事の流れが、自分に都合よく変わり過ぎていると思ったことはないか？」

思わず胃がよじれた。それこそあの人気《ひとけ》のない駅で、イーが言っていたことそのままだ。わたしたちのうちの五番目は、物事の流れを変えている。何もかもが、おかしくなりつつある。

「まるで運命のほうが、あなたに合わせてくれているみたいに？」

当てずっぽうではあったけれど、アクトンは驚いた顔になり、苦々しい声で笑った。「つくづくとんでもない子だよ、ルイーズ。だが、きみにはわかっているんだな。ひょっとするとぼくは、前世できみを知っていたのかもしれない」

そのとき、コー・ベンが背後から現れてギョッとした。いったいどこからきいていたんだろう。けれどコー・ベンは、こう言っただけだった。「婦長が先生に会いたがっています」

「わかった」アクトンが周りにちらりと目をやった。「ここにいてくれ」アクトンはわたしにそう声をかけてから、隣の建物へと向かった。

その言葉に従うつもりはなかったけれど、あたりを確かめるために数分だけ待った。コー・ベンがそばでぐずぐずしている。「アクトン先生と話したりして、いったいなんだったんだい？」

「事故の件で警察と話をしているときに、たまたまあの先生と出くわしたのよ」

「警察？　指の標本がなくなっていることは報告したの？」

「いいえ。したほうがよかったかな？」

コー・ベンが横目でわたしを見た。なんだかピリピリしていて、いつもの陽気な彼ではない。友だちの死に、すっかり動揺しているようだ。「ペイリンの袋に入っていたリストは持ってきた？　ほら、ぼくがチェックしてあげると言ったろ？」わたしがバッグを探っていると、コー・ベンが続けた。「ところでアクトン先生が、二階にだれかがいたとか言ってたのはどういうことなのかな？」

「人影が見えたみたいね」

「それで警察にも話したと？」

「警察のほうでは、あんまり信用していなかったみたいだけど」わたしがリストを出すと、コー・ベンが肩のうしろから熱心にのぞき込んできた。

「なるほど、これはY・K・ウォンが指を売りさばいていた証拠になるな」コー・ベンが言った。「全部、あいつがかかわっていた患者ばかりだ」

「どうして知っているの？」

コー・ベンが肩をすくめた。「ぼくはあらゆることに目配りをしているのさ。病院にいる人たちは、基本的に不安を抱えていて、精神的にももろくなっているだろ。だから何か、お守りのようなものを欲しがっていることが多いんだよ。たとえば、この男は、根っからのギャンブラーだった」コー・ベンが、わたしの手にしているリストを指差しながら言った。「この手の連中は、お守りとあらばどんなものにだって飛びつくんだ。ブルンオントンの巣を手に入れようと熱狂したやつらのことは覚えていないかな?」

ブルンオントンは小さな鳥で、高いところや近づきにくい場所に、周りからは目立たないようにして巣を作る。もしもブルンオントンが米びつに巣を作ったら、その家には大変な幸運が訪れると言われている。しばらく前に、その巣を求めるマニアにより値段が高騰。状態のいい巣には十海峡ドル、下手をすると二十五海峡ドルという高値がつくことさえあった。小さな巣を見つけるのに比べたら、病理学科の標本を売るほうがはるかに楽そうだ。

「でもウォンは、迷信深い人を丸め込んで、お守りを売りさばくようなタイプには見えなかったけど」頭が固そうで、人付き合いも下手そうだったしと思いながら、わたしは顔をしかめた。

「このリストはローリングズ先生か、でなければアクトン先生に渡したほうがいいと思うの」

「なんのために? あいつは死んじまったんだぞ」

「標本はまだなくなったままだから、シンが疑われるのはいやなのよ。なんたって、あの保管室を最後に整理したのはシンなんだから」

何かがコー・ベンの顔をよぎった。「ぼくがやっておいてあげるよ」コー・ベンが、リストのほうに手を伸ばした。

わたしはコー・ベンを見つめながら、なんてバカだったんだろうと思った。ずっとなんらかのパターンがあるはずだと頭を悩ませてきたのに、こんなことを見落としていたなんて。どうして、もう少し注意を払うことができなかったんだろう？

「大丈夫だから」わたしはじりっとあとずさった。残念ながら、通路に人影はなかった。

「どこに行くんだい？」コー・ベンが微笑《ほほえ》んでいる。こわばった、怒りを含んだ笑みだ。

「シンが待ってるの」わたしは嘘をついた。

「それは残念」コー・ベンがわたしの腕をつかんでねじり、背中のほうに押しつけた。脇腹に突かれたような痛みが走った。「叫んだら、もう一度刺す」コー・ベンが耳元でささやいた。

わたしはパニックになった。コー・ベンの左手に握られているのは、見えないけれど、何かすごく鋭利なものだ。

「歩き続けろ」コー・ベンがささやいた。わたしたちは不気味な抱擁でも交わしているかのように進んだ。コー・ベンの右腕に、がっちり両肩を抱え込まれている。わたしは必死に目をキョロキョロさせた。

「あのリストが欲しいの？　だったらあげるから」

こたえる代わりに、コー・ベンはまた刃物を突き立て、ワンピースの脇腹のあたりを切り裂いた。わたしたちは通路から外に出て、湿った草の上を歩きはじめた。やはりだれもいない。どうすることもできないまま、離れの建物のほうへ連れていかれた。

「気づいちまったとは残念だ」コー・ベンが何気ない口調で言った。「こんなことはしたくなかったんだけどな。どこでぼくを疑ったんだい？」

かぶりを振ると、またコー・ベンが刺してきて、涙が顔をつたい落ちた。「正直に話せ」コー・ベンが言った。

「あなたは、ペイリンとは仲がよかったと言ってたでしょ。だけど彼女は、男の友だちはひとりもいないと言っていた。少なくとも、あの袋を取ってきてほしいと頼めるような友だちはいなかった」

「それだけかい？」わたしたちはまだ歩き続けていた。離れには入らずに、そのうしろへと向かった。できるだけ歩みを遅らせようとするのだけれど、コー・ベンにぐいぐい引っ張られてしまう。

「ペイリンによると、あのセールスマンには彼女の嫌っている友だちがいたの。てっきりウォンだと思い込んでいたけれど、あれは最初から、あなたのことだったのね」そういえばペイリンは、はじめてシンと会った瞬間、真っ青になっていた。シンは、彼女の嫌いな人の友だちだからと。

「ああ、ウォンのやつは厄介だった。なんとか証拠を見つけてローリングズにチクろうとしていたんだ。まったく癇《かん》に障るやつだったよ」

「体の一部を売るなんて、そんなことをするだけの価値があるわけ？」わたしは必死の思いであたりに目をやった。病院の本館から、こんなに遠ざかってしまうなんて！

「順調なあいだは充分にあったね。だがあのチャン・ユーチェンのバカが、よりにもよって、ダンスホールなんかで指をなくしやがって。まだ小瓶に入ったままだったから、出どころがこの病院だとわかっちまうじゃないか。あの指の標本番号は一六八で、あいつは縁起がいいからと手放さなかったんだ」

数。わたしは暗澹《あんたん》たる気持ちになった。すべては数のせいだったなんて。

「しかもまだまだ商売を手伝ってくれるものと思っていたら、とんでもない、ぼくを強請《ゆす》りはじめやがった。あいつの女も同類さ」

「それで、階段からペイリンを突き落としたの？」

「ほんとのとこ、あれはきみのせいなんだぞ。食堂のすぐ外で、ユーチェンの隠した荷物のことをペチャクチャしゃべってただろ。それをきいて、ユーチェンがぼくを強請るために用意した証拠のことだとわかったのさ」

可哀そうに。気の毒なペイリン。彼女はただ、ラブレターを取り戻したいだけだったのに。

「それで、あの女には死んでもらったほうがいいと思ったのさ」

そういえば、ペイリンの事故騒ぎがあったなかで、コー・ベンだけが普通に食事をしていたっけ。いま思えば、普通にしようとするあまり、驚いたふりをするのを忘れていたのだろう。

わたしは気分が悪くなった。

「シンはどこまで知っているんだ？」コー・ベンが言った。

「ほとんど知らない」わたしはできるだけ被害を小さくしようと、言葉を選んだ。「だけど、疑ってはいる」

「ったく、すっかり片付いたと思っていたのに。リストを寄越せ。標本の瓶もだ――バッグからリストを出すときに見えたんだ」

おとなしく、親指の標本も一緒に差し出すしかなかった。「あのセールスマンを殺したのもあなたなの？」

「違う。あいつが溝に落ちてくれたのは、単なる幸運だ」コー・ベンは、なにやら考えているように顔をしかめた。パニックで頭がガンガンして、胸が苦しい。コー・ベンは、背は高くないけれど、わたしよりもはるかに体重がある。戦って勝つには、不意をつくしかないだろう。ドアがバタンと開き、わたしはコー・ベンに引きずられるようにして、使われている気配のない階段を上がった。

「今朝、ウォンには何があったの？　それもたまたまだったってわけ？」わたしは、少しでも時間稼ぎになればと思いながら言った。

意外にも、コー・ベンは食いついてきた。そのごく普通の会話でもするような口調が、かえって恐ろしく感じられた。「あのリディア・トンプソンというイギリス女と、会う約束をしているのを耳にしたんだ。それも、指の標本の件だった。あの女が何かを知っているとでも思ったのかね？　ウォンときたら、つくづく頭の固いバカ野郎だったよ。とにかく、あいつはどんどん危険になりつつあった。それでふたりが話しているあいだに二階に行って、隅に積んであった瓦を取ると、あいつの頭の上に落としたんだ」

「もしもリディアに当たっていたら?」

「関係ないね。シンプルなのが一番だ」

階段の一番上まで来ると、またドアを開けた。日差しがまぶしい。ドアの向こうは、歩けるような平らな屋根になっていた。「物を乾かすのに使われるんだ」コー・ベンが明るい声で言った。「この病院には、二階建ての建物がほとんどないからな」

その瞬間、わたしはコー・ベンの意図をはっきり悟った。なるほど、脇腹を平気で切りつけてくるはずだ。その程度の傷、ここから落ちてペチャンコになれば、問題にはならないのだから。

わたしの目の色を読んで、コー・ベンが言った。「あれは嘘じゃなかったんだよ。つまり、きみはほんとにぼくのタイプなんだ。ただ、もう少し頭が悪いとよかったんだけどな」

# 47

六月二十九日（月）
バトゥ・ガジャ

レンがパッと目を開く。夕方の退院を待ちながらうとうとしていたところへ、いきなり衝撃を受けたかのように。ジーリンに、何か大変なことが起こっている。体を起こしたとたん、脇腹に鈍い痛みが走る。じつのところ、全身で痛みがないのは、色が抜けて冷たくなった肘の部分だけなのだ。その漂白されたような痣《あざ》については、看護婦たちのあいだでも話題になっている。レンが眠っているものと思い込んで、そばで話すのがきこえていたのだ。なんだか手の形に見えない？　看護婦のひとりは、そう言いながらブルリと震えた。だけどそんなこと、いまはどうだっていい。

レンは取り乱し、慌てて看護婦を探す。そして言葉に詰まりながら、女の人を探してほしいと頼む。

「だれのこと？」看護婦は困ったように言う。

「金曜日に来てくれた人」

「じゃあ、お見舞いの人ね？　それなら、すぐに来てくれるわよ」

　違うんだ。レンはなんとか説明しようとする。彼女は病院のどこかにいるんだ。離れたところにある、別の建物の、もっと向こうに。看護婦はため息をつく。

「その方が来たら、ちゃんと教えてあげるから。こら、ベッドから出ちゃだめ！」

　レンは絶望に襲われながら、ギュッと目を閉じる。肘の白い痣、夢のなかでペイリンに触れたところに自分の指を乗せると、猫の髭が強くなる。けれどそれは新しい感覚で、しかもあんまり好きじゃない。重たげな鈍いうなりに歯がカチカチ鳴り、頭蓋骨にも痛みが走る。レンは集中しながら唇を動かす。**どこにいるの？**

　うまくいかないかもしれない。なんたって、相手はイーじゃないんだから。だけど、なんとかなるかも。なんとかしなくちゃ。レンは、幽霊の手形のような痣に指を食い込ませる。めまいに襲われ、息を止めながら、レンは呼ぶ。

　あ、来る。

　耳の奥では血がドクドク鳴り、心臓も暴れている。でもジーリンではない。別の人だ。長い脚でどんどん近づいてくる。肩をこわばらせたまま、開いたドアから、小さな動物のように病室のなかをうかがっている。白衣を着た若い男の人だ。会ったことはない。絶対に。なにしろこんな人なら、一度会ったら忘れっこないもの。あ。わかった。レンはそう言いたくなる。猫の髭が燃え、電流が一気に放出されたような安堵に包まれる。それなのに喉がカラカラで、なかなか言葉が出てこない。

「お兄ちゃん」レンは言う。

男の人が両眉を持ち上げてから、物憂《ものう》げな笑みを浮かべる。「気がついたんだな。あいつが喜ぶよ」

あいつ？　けれど、レンにはもうわかっている。この人は、あの青い人の片割れなんだ。イーとぼくみたいに、ふたりでひと組。そこでレンは、前に、保管室の前で見かけた、ひょろりとした人影のことを思い出す。あれは、ローリングズ先生ではなかったんだ。

「信《シン》なんだね」レンの声は興奮している。

ふと顔に浮かんだように見えたのは、驚き、それとも戸惑いだろうか。「うん、ぼくはシンだ。ジーリンからきいたのかい？」

レンは慌てて首を振る。「ぼくはほかの四人にも会ってるんだよ。お兄ちゃん、ぼく、ジーリン、ぼくのきょうだいのイー。それからぼくの主人のウィリアム・アクトン。これで五人」

シンは何かを言いかけてから、黙ってレンの頭に手を置き、髪をくしゃくしゃにする。「昨日も、きみが眠っているあいだに来たんだぞ。元気になったら、いろいろ話ができそうだな」

そこで慌ててレンが言う。「そうだ、あの人を見つけてくれなくちゃ——危ない目にあってるんだ！」

「あの人？」そう言ってレンの顔を鋭い目で見つめながらも、シンにはだれのことか、もうきちんとわかっている。

「病院にいるんだよ。だれかに襲われてる！」

「どこにいるんだ?」シンはいまにも走り出しそうだ。

「あの建物の向こう。屋根の上だ」レンは、張り詰めた糸にでも引かれているみたいに、窓の向こうを指差して見せる。いまのは気のせいかな? 音のない、細い悲鳴がきこえたような気がしたけれど。「急いで! 手遅れになっちゃう!」

## 48

六月二十九日（月）
バトゥ・ガジャ

　コー・ベンは、メスの先をわたしの顎の下のやわらかなところに当てたまま、平らな屋根を歩きはじめた。叫ぼうと口を開いてはみたけれど、病棟からこんなに離れたところにだれかがいるとも思えない。わたしの悲鳴が墜落によって終わるのを、目の前に広がる密林だけがきくことになるのだろう。そこで、失神しかけたように足から力が抜けた。

　コー・ベンがとっさにかがみ込んで、わたしを支えようとした。その瞬間、わたしはコー・ベンの膝に体当たりを決めた。コー・ベンがセメントの屋根に肩をぶつけて、わたしのほうに倒れ込んできた。わたしは転がりながらなんとか立ち上がろうとしたけれど、コー・ベンの肘が顔に覆いかぶさっている。「このアマ！」コー・ベンに髪をつかまれ、わたしのほうでもひっかいてやった。体をよじるようにしながらもみ合った。屋根の端へと引きずられそうになったとき、背後で扉がバタンと開いた。コー・ベンが驚いて振り返ったところへ、反応する間も与えずに、だれかが低いタックルを決めた。わたしの口からは、一気に空気が吐き出された。

「シン！」わたしは叫ぼうとしたけれど、声にはならなかった。シンが、コー・ベンの振り回しているメスから守るようにして、わたしに覆いかぶさっている。シンのあえぐ声がきこえた瞬間、ぐいっとうしろに押されるのを感じ、向こうに奈落の広がる屋根の端へと転がった。その目まぐるしい一瞬のなかで、くっきりと、はるか下のほうにある地面が見えた。それから、頭が激しく雨樋に打ちつけられた。

気絶したのだとすれば、よほど強く打ったに違いない。わたしはその瞬間、無意識の世界に落ちていた。どこにいるのかも、はっきりわかっていた。磨き込まれた木の床。そばには人気《ひとけ》のない切符売場がある。ここは死者の待合室だ。日光が線路の上をキラキラ滑り、あたりには期待をはらんだような静けさが広がっている。

「イー」わたしは呼んだ。

イーが立ち上がった。かくれんぼでもしているかのように、切符売場のカウンターの向こうで膝をついていたのだ。ただし、見つかったことを喜んでいるようには見えない。その哀しそうな目を見れば、わざわざきいてみるまでもなく、もうこたえはわかっていた。

「どうして逃げなかったんだよ」イーが言った。

そう、刺される危険があったとしても、もっと早く逃げるべきだった。好奇心のせいだ。もっと知りたい、コー・ベンの言い分をきいてみたいという渇きのようなものが、わたしの行動を鈍らせた。もう手遅れだ。「わたしは死んだの？」

「まだだよ」イーが目を細くして、わたしの向こうの、どこか遠くにあるものでも見るような顔になった。「だけど、いつ死んでもおかしくない――屋根から落ちかけてる」

「コー・ベンがわたしを殺そうとしているの？」ペイリンは階段から突き落とされ、Y・K・ウォンは瓦《かわら》で頭を割られた。シンプルなのが一番だ、とコー・ベンは言った。ぞっとするような効率の良さだ。「シンは？」

「お姉ちゃんをつかんだままこらえてるけど、もうひとりが落っことそうと蹴飛ばしてる」

「お願い、シンを死なせないで！」わたしは身を切られるような思いにがっくり膝をつくと、切符売場のひんやりした木のカウンターに額を押し当てた。後悔するぞ。シンはあの朝、ホテルのベッドの上でそう言った。その通りだった。わたしは、怒れる海のような大きな後悔に飲み込まれていた。そうできるあいだに、シンに何もかもあげてしまえばよかった。涙が頬をつたい落ちた。

「立って！」イーが言った。「まだ終わっちゃいないよ！」

「どういうこと？」

「選ぶんだ！」イーが言った。「生き残るのはお姉ちゃん、それともシン？」

「つまり、どちらかはこのまま死ぬってこと？」

「そうだよ。前に話したろ。ここからなら物事を動かすことができるんだって。ほんのちょっとだけならね」イーが小さな顔をくしゃくしゃにしながら、辛《つら》そうに続けた。「レンに起こった事故みたいにさ」

「だけど、そんなの間違ってる！」いまここにいるイーが不死の魂のようなものだとすれば、そんなことをするのは絶対に禁じられているはずだ。

「構うもんか！」イーが叫んだ。「ぼくはそもそも、ここに長いこと居過ぎちゃったんだ。いま、お姉ちゃんは死にかけてる。でも、シンに代わってもらうこともできるんだ」

「そんなことしちゃだめ！」わたしは必死だった。「そんなふうにいじくり回したら——イーの言ってた五番目の人が、物事の順序を変えてるのとおんなじになっちゃうじゃないの」

「リーのこと？」イーが言った。「リーは、今度のことにはなんの関係もないんだ！」

「だったら五番目はだれなの？　コー・ベン？」

「どうしてそんなにわかんないのかな？」イーは顔を真っ赤にして、いまにも泣き出しそうになった。「もちろんあいつじゃないさ。だけど、もうひとりのほうはまだ危険なんだ。急いで——もう時間がない！　選ばないんだったら、ぼくがやるよ！」

駅が揺れた。低いうなりのような震えが、わたしの体を芯から突き動かした。それからこの場所の時が、ふいにまた動きはじめたのを感じてぞっとした。列車がやってくる。それとも出発しようとしているの？　どちらにしろ、どんどんチャンスは閉ざされていく。

「あなたと一緒にいるわ、イー！」わたしは叫んだ。「シンを助けて！」

「本気なの？」イーの顔が、奇妙な笑みにそっと崩れた。「ほんとうにぼくと一緒にいてくれるの？」

「そうよ！」

「ぼくを忘れないでね」

明るい。明る過ぎて頭が痛い。声がする。だれかが話している。わたしは必死に腕を動かした。どうして生きているんだろう？　きっと、イーにからかわれたんだ。

だれかの手がわたしを押さえつけ、体を診ている。「あそこから落ちて助かるとは、じつに運がいい。男のほうはだめだった」

「シン」くぐもった声しか出なかった。喉がカラカラで痛かったけれど、そんなもの、感じていた焦りに比べたらなんでもなかった。わたしはなんとか上半身を起こした。

「動かないで」それから腕と脚を調べられた。首を動かせるかときかれたけれど、自分のことなんかどうでもよかった。とにかく怖くてたまらなかった。

「シンはどこ？」

「彼ならすぐそばにいるよ」

確かにそばにいた。わたしは心配する周りの声を振り切って、乗っていた担架《たんか》からよろよろと降りた。シンは同じ部屋のベッドに寝ていた。ショックのせいか、顔がチョークのように真っ白だ。腕やシャツには血が飛び散っている。近づくと、シンが目を開いた。

「どうして先生方の言うことをきかないんだ？」シンが、困ったやつだというように言った。

わたしは泣き笑いしながら、シンの体にすがりついた。

結局、三人とも屋根から落ちたのだ。コー・ベンのメスで脇腹と首を刺されてはいたけれど、それを除けばわたしが無傷だったのは、まさに奇跡だとみんなが口をそろえた。シンのほうは片腕の骨が折れ、前腕にもいくつか傷ができていた。地元の医者が傷を調べながら、防御創だと指摘した。コー・ベンは首の骨を折っていた。

叫び声に気づいて集まった野次馬が、わたしたちがもみ合うのを目撃していた。だれもが口をそろえ、最初にわたし、それからシンが落ち、コー・ベンは一番いい位置にいたという。ところがどういうわけか、いきなりコー・ベンが落ちたかと思うと、もつれ合っていたわたしとシンの体を追い越し、受け止めるような形になったのだ。足を滑らせたのだとしか説明のしようがなかった。でなければ、自殺だとささやく人もすでに出はじめていた。

驚きと不安で、わたしの体には冷たいものが広がった。死の川の向こうで、イーが、チェスの駒でも操るみたいに、わたしとコー・ベンを取り替えたってこと？　ひとつの命を奪うことで、わたしをこちらの世界に戻したの？　だとしたら、イーはどうなってしまうんだろう？　そしてこの——イーからもらった怪しい贈り物は大丈夫なの？　わたしはガタガタと体が震えるのを抑えることができなかった。

## 49

七月二日（木）
バトゥ・ガジャ

　風通しのいい白漆喰《しっくい》塗りの屋敷のなかには、日差しに照らされた木の葉が、表から淡い緑の光を落としている。レンはアーロンと一緒に厨房《ちゅうぼう》にいて、サヤマメの筋を取っている。アーロンは、レンが戻ってきたのが嬉しそうだ。ウィリアムのためだというふりをして、仏頂面のまま透明な鶏のスープを作ってはレンに飲ませようとする。レンが劇的な回復を見せて退院してから、すでに三日。レンはその三日間、安静に過ごしながらも、ぼくの青いドレスの人はどうなったんだろうと心配し続けている。

　ジーリンは生きている。それだけは間違いない。月曜日に病院で起こった事件については、醜聞を含め、いろんな話が飛び交っている。幽霊の呪いだとか、標本が盗まれたとかいう噂もある。近所の使用人たちも噂話に夢中で、レンを見つけては、病院にいるあいだに何か耳にしなかったかときいてくる。レンは正直に、何も見ていないと言うのだけれど、心配なのは変わらない。事件のことを一番よく知っているはずのウィリアムも、ルイーズは元気だから心配するなと言うばかりだ。

〝ルイーズ〟、ウィリアムはジーリンのことをそう呼ぶ。しかもその名前を口にするのが、なんだかとても辛《つら》そうだ。おそらくあの大騒ぎが起こった月曜日に、ローリングズに言われたことと関係があるのだろう。ローリングズはウィリアムがレンを診ているところへやってくると、慌てた様子でウィリアムを病室の端に連れていった。それでも会話の断片は漏れきこえてきた。標本がなくなって――スキャンダルだ――理事会が事を収めるまでは何も言わないようにしてくれ。レンはその内容から、この病院には次々にわいてくる白い蛆《うじ》のような、健全で秩序ある状態をむしばみかねない秘密があるのだと察する。

その秘密がなんであれ、ウィリアムを悩ませているのは間違いない。時間があるときには、まるで何かを待っているかのように、むっつりした顔でベランダに座り続けているのだから。レンが大丈夫ですかとたずねると、ウィリアムは、胃のために飲み物を作ってくれと頼む。「ちっ！　胃のためだと？」アーロンがあきれたように言う。「氷は消化に悪いってのに。そんなに入れちゃいかん」レンがもう一杯ウイスキースティンガーを作るのを見ながら、アーロンが注意する。ジョニーウォーカーもまた減ってしまって、もうボトルに二センチちょっとしか残っていない。「今日は、リディアさんが来ることになっているから」

夕方の五時で、ウィリアムは早めに仕事から戻ってきている。コットンのサロンには着替えずに、固い襟のシャツとズボンのままだ。レンにも理由はわかっている。リディアが来るのであれば、地元の普段着のようなくつろいだ恰好は見せられないのだ。ティータイム用にと、アーロンがひと口サイズの丸いオンデオンデを準備している。パームシュガーを使った餅菓子だ。外側にはふわふわのココナッツがまぶしてある。

レンは、リディアからジーリンに渡すように頼まれた、紅茶色の液体の小瓶を思い出してうしろめたくなってしまう。渡そうにも渡す機会がなかったのだけれど。ひょっとするとリディアに、あの小瓶のことをきかれるかもしれない。レンは部屋に戻ると、その小瓶をするりとポケットに入れる。もしもリディアにきかれたら、目の前で見せて、なくしたり忘れたりはしていないことを説明するつもりなのだ。

玄関のベルが鳴る。レンはゆっくり立ち上がる。傷の治りは驚くほど早かったけれど、薬指を失くしたという現実は変わらない。まだ指の付け根が痛むし、左手で何かをつかむには不安がある。とはいえ、たいていのことは以前のようにできている。アーロンがそっけなく指摘したように、失くしたのが親指だったら、もっとずっと大変だっただろう。

廊下から声がきこえてくる。リディアは声を抑えているけれど、それでもレンには、彼女の特徴でもある電流のような気持ちの高ぶりが感じ取れる。レンは、病院でリディアにまとわりついていた、あのねとねとした繊維のようなものを思い出し、心配しながら廊下をのぞく。あの人はまだ危険な状態にあるのかな？　斜めになった午後の日差しが、廊下に光と影の模様を落としている。リディアが日よけの帽子を脱いだ瞬間、影のいたずらで、リディアが長い黒髪を垂らしているように見える。レンはハッと立ち止まる。開いた玄関に、女の人が立っている。

その瞬間、レンはポンティアナックを思い出して恐怖に飲み込まれる。扉や窓の向こうから呼ぶという、復讐に駆られた女の幽霊。前に駆け出そうとしたときにはもう手遅れで、ウィリアムが女をなかに入れてしまっている。入れてはだめなのに。けれどそんな愚かしいことを言ったら、ウィリアムが気を悪くすることもわかっている。どうしたらいいのかわからないまま、レンは目をパチパチさせる。頭のなかの闇が晴れ、猫の髭も弱まっていく。おそらくはそのほうがいいのだろう。

リディアはレンに帽子と日傘を渡しながら、にこやかに微笑《ほほえ》みかける。ウィリアムが、リディアを居間に案内する。パーティの際にはダンスに使われた部屋だけれど、丸味を帯びた籐の家具は、すでに元の位置に戻されている。ウィリアムは男の客であればたいていベランダに通すのに、リディアに対しては堅苦しい態度を崩そうとしない。

「ご用件は何かな、リディア？」

レンはウィリアムが回りくどいやり方をせず、いきなり本題に入ったことに感心する。ところがリディアは天気の話題でそれをかわし、病院での悲惨な事故に話を持っていく。

「警部に話をしたときいたけれど」リディアが言う。「二階に人がいるのを見たというのはほんとうなの？」

「いま、その話はしたくない」ウィリアムが言う。「とにかく、警察は容疑者を見つけたようだ」

「わたしにも教えてくれる？」

「悪いが、ぼくがうんぬんしていい問題ではないんだ」

リディアは納得していないようだ。「わたしのこと、警察にはどう話したの?」

「きみに呼び出されて、会うことになっていたと話した。ところが着いてみると、きみはすでにあのY・K・ウォンというオーダリーと会っていたというわけだ。ところで、あの朝はなんの用だったんだい?」ウィリアムが言う。「警察が、それについても知りたがっていたものでね」

「じつは、ちょっと嘘をついたの」リディアが気まずそうに体を動かす。「警察には、あなたとひそかに婚約していて、ときどきああして会っていたのだと話したわ」

「なんだって?」

「ごめんなさい。あのときには、それしか言い訳が思いつかなくて」

ウィリアムは立ち上がり、ソファの反対側へと向かう。廊下で静かに立っていたレンにも、その興奮と怒りが伝わってくる。

「いったいどういうつもりなんだ?」

「だって、悪い噂を立てられてしまうじゃない。夜明け前に、人気《ひとけ》のない場所で男の人と会っていただなんて。しかもひとりは中国系なのよ」

「リディア」ウィリアムは痛みがあるのか脇腹を押さえている。「ほんとうのことを話してくれ」

リディアのこたえをきく前に、レンは、アーロンから厨房に呼ばれる。ティータイム用のトレイの準備ができていて、香りのいい紅茶からは湯気が上がり、模様のついた磁器の皿には菓子がきれいに並んでいる。

「ひとりでできるか？」アーロンが言う。

「はい」レンは誇らしげにこたえるけれど、アーロンはトレイを持ち上げ、サイドボードに置くのを手伝ってやる。

レンはウィリアムとリディアのほうにこっそり目をやる。ふたりは頭を突き合わせるようにして話している。リディアの顔は見えないけれど、ウィリアムはなんだか気分が悪そうだ。アーロンに言わせると、消化不良とストレスのせいらしい。そこでレンは、虎に半分食べられてしまった気の毒な女の人の死体が見つかったとき、ウィリアムが肉料理をいやがって、オムレツばかり食べていたことを思い出す。ウィリアムは薬を飲もうとせずに、ジョニーウォーカーばかり飲んでいる。

レンはためらいながらも、リディアにもらった薬の小瓶をポケットから取り出す。胃薬だと言っていた。効き目の穏やかな薬だから、わたし自身も飲んでいるのよと。薬が紅茶の色にそっくりなので、レンはウィリアムのカップに注ぎ込む。これでいい。これならリディアに、薬のことをきかれても、どうしたかきちんとこたえられる。なにしろリディアはウィリアムのことが好きなのだから、薬のおかげでウィリアムの調子がよくなったと知れば喜ぶはずだ。

レンは自分を誇らしく思いながら、慎重な手つきでティーカップをテーブルに置く。

「それで？」内心では怒りをたぎらせながらも、ウィリアムは穏やかな口調を崩さずに言う。

「警察にも正直に話せないとは、あの朝、実際には何があったんだい？」

ウィリアムは目の隅で、レンがサイドボードで紅茶を注ぎ、コーヒーテーブルに置くのを見ている。マナーにのっとったやり方ではない。トレイはローテーブルにセットして、紅茶を注ぐ役目は、客を迎えている主人にまかせるのがほんとうなのだ。だが地元の使用人たちには、どうしてもその作法が理解できない。だがそんなことはどうでもいいと、ウィリアムは頭から振り払う。いまはリディアだ。この女をなんとかしなければ。

リディアは髪をかき上げながら、ちらりとウィリアムを見やる。今日の彼女はじつに美しく、そのせいでウィリアムはかえって恐ろしくなる。リディアの持っている明るい色彩、煌《きら》めく瞳、つくづくアイリスにそっくりだ。

リディアが言う。「あの中国系のオーダリーに――名前はウォンだと言っていたわね――話があると言われたのよ。あなたのことで」

「ぼくのこと？」意外な話の流れに、ウィリアムはまた腰を下ろす。

「あなたの患者だったという、最近亡くなったセールスマンのことで」

セールスマンだって！　ゴム農園でアンビーカと一緒のところを見られた、あのセールスマンか。なんだか遠いむかしのことのようだ。あのセールスマンは、じつに都合よく死んでくれた。ウィリアムは脈が速まるのを感じながらも、なんとか冷静な顔を保とうとする。

リディアがスプーンで砂糖をすくい、紅茶に溶かしている。「ウォンさんは、あのセールスマンが、人体の標本の売買にからんでいたのではと疑っていた」

「バカバカしい！」だがじつはそれこそ、ローリングズに口外しないように警告された噂の内容でもある。外部に漏れれば、病院にとっては大変な醜聞になるはずだ。

「あなたが、あのセールスマンに強請《ゆす》られたことはなかったかともきかれたわ」

「なんだって？」ウィリアムの胃がひきつれる。ふと、アンビーカの無残な遺体が見つかった直後に感じた、あのセールスマンに情事をバラされるのではという恐怖を思い出す。が、何も恐れることはないはずだ。違うか？　ローリングズがはっきりと疑っていたにもかかわらず、捜査はいっさい行なわれなかったのだから。

ウィリアムはティーカップを持ち上げるけれど、飲むにはまだ熱過ぎる。「どうしてきみにそんなことをきくんだ？」

「みんな、わたしたちが親密だと思っているから。実際にそうでしょ？」

ウィリアムはこう決めつけられ、身震いをする。「親密とはいえないな、リディア。それに、婚約しているなどと触れ回られては困る。事実ではないんだから」

リディアは顔を真っ赤にしながら、唇を震わせる。「どうしてそんなことが言えるの――あなたのためを思い、あれだけのことをしてきたわたしに向かって」

ウィリアムのうなじに悪寒が走る。本能が、走れ、逃げろと叫んでいる。「きみに何かを頼んだ覚えはない」

「あなたが問題を抱えるたびに――わたしがなんとかしてきたのよ」

ウィリアムが不安に体を動かす。何かがいま、心の扉に近づきつつあるのを感じる。これまで忘れていたか、見逃してきた何かが。だが、こんなふうに追い詰められることには慣れていない。間違っている。こんなのは間違っている。ウィリアムはカッとなって声を上げる。「問題なんかあるものか！」

だがリディアはきいていない。「心の底から強く願えば、物事を変え、支配できる。そんな気がしたことはないかしら？」

ウィリアムはギクリとする。

「あるんでしょ？ わかってたわ。でも、ほかの人には理解できないの」リディアが、ウィリアムの手を握り締める。冷たい指だ。「そう、わたしにもその力がある。でもたぶん、もう知っているのよね。だからわたしのむかしの婚約者たちのことをきいて回ったりしたんでしょ？」

婚約者たち。「なら、ひとりではなかったのか」ウィリアムは、思い当たるものを感じながら口を開く。

「ええ、ふたりいたの。するつもりだった人を入れれば三人。どの人もだめだったわ。まだ男を見る目がなかったのね。だから、排除するしかなかった」

リディアは、自分にも、ぼくと同じような邪悪な闇の力がついていると言っているのだろうか？ 握られたまま固まっていた手を引いて、ウィリアムはせいぜいバカにしたような口調で言う。「きみは、願うだけで人を殺せるとでも言いたいのか？」

「あなたはどうなの？」

リディアの燃えるような青い瞳に飲み込まれながら、心のなかにある、一度も口にしたことのなかった疑念があやうく言葉になりかける。「ときにはだれかの死を願うことくらい、だれにでもあることだよ、リディア。そんなことに意味はないんだ」

「あなたのためにやったのよ」リディアは言う。「まずはあのセールスマン。それから、あなたのためにはならない女たち。どうしてあんな女たちとかかわったりしたの？」

黒い巻きひげのような恐怖が、ウィリアムの腹のなかをくねりはじめる。

「ひとり目は、あなたがゴム農園で会っていたタミル人のアンビーカ。あなたが朝に散歩するところを見たことがあると言ったでしょ。あなたのほうでは一度も気がつかなかったようだけれど。あんな女は、あなたにはまったくふさわしくないし、もちろん噂にもなりはじめていた。わたしの家の使用人たちでさえ話題にしていたのよ。だから排除した。

それからあのセールスマンがまた現れた。あの男については、病院の患者だったときから知っていた。その後もちょくちょく、小柄な看護婦に会いにきていたのよ。それで、少し話をしたの。まったく──地元の男にしては、ずいぶんお世辞が上手だったわ」リディアが笑みを浮かべながら続ける。「わたしにあなたのことをたずねながら、アンビーカがあなたの情婦だとほのめかしてきたの。だからやはり止めなければならなかった」

ウィリアムは凍りついたまま、バラの蕾《つぼみ》のような唇が動いては、言葉がつむぎ出されるのをきいている。細く冷たい糸のような理性が、そんなことは不可能だと叫んでいる。虎による死を演出したり、首の骨を折るように仕向けることなど、だれにもできるはずがない。リディアは頭がどうかしているだけなんだ。ウィリアムは自分にそう言いきかせながらも、パニックを必死に抑えつけている。リディアはいったい、ぼくのことをどこまで知っているのだろう。

「リディア」ウィリアムはきっぱりと言う。「もうたくさんだ。すべてはきみの想像に過ぎないんだ」

「いいえ、違うわ」リディアが、ティーカップの縁の向こうからウィリアムを見つめている。

「わたしが全部、あなたのためにやったのよ」

「きみに借りなどないはずだ！」ウィリアムは怒りに飲み込まれながら、胃にカッと焼けるような痛みを感じる。このバカで愚かなクソ女め！　もしもこんな話を触れ回られたら、大変なことになってしまう。ウィリアムは深呼吸をしてから、紅茶をひと口飲み下す。苦い。

リディアの両頬に、赤いシミのようなものがひとつずつ浮かび上がる。「花を咲かせる大きめの低木があるのよ。この屋敷の外にもあるわね。みんなはきれいだと思うだけで、セイヨウキョウチクトウに強い毒性があることまでは知らない。粉末状にした葉を濃く煎じたものを飲めば、めまい、悪心《おしん》、嘔吐《おうと》の症状が起きる。さらには失神と心不全から死に至る」リディアは暗唱でもするように、次々と症状をあげて見せる。「父は以前、セイロンで紅茶農園をやっていた。あそこでは、若い女の子が自殺をしたいときには、セイヨウキョウチクトウの種を食べるのよ。だからイギリスに帰るときに、少し取っておいたの。とても役に立ったわ」リディアがまた紅茶をすする。「この国に来てからも、あげたい人に渡すのは簡単だった。なんたって、病院でボランティアをしているんですもの。地元の人たちは、わたしの言うことなら信じてくれるしね。アンビーカには、女性特有の悩みに効くからと言って渡した。きっと薬を飲んだあとで外に出てしまい、農場で倒れることになったんだわ。まさか、虎に食べられてしまうなんて」

「虎は食べなかったんだ」ウィリアムの声は、緊張にひび割れている。

リディアはその言葉を無視して続ける。「セールスマンのときも同じ。ただ、胃の薬ということにしたの。あの男は、嘔吐しながら溝に落ちたのよ」

「ナンディニは？　彼女にも渡したのか？」

「あの女はこの家の厨房に座っていたでしょ」リディアは、熱のこもった目をウィリアムに向ける。「あれでよかったのよ。パーティの夜にああして現れるなんて、それだけでも目立つに決まっているわ」

ウィリアムの手が震え、喉には苦いものがせり上がってくる。「警察に電話する」

リディアの瞳に閃《ひらめ》いているのは、失望、それとも勝利だろうか？「するものですか」

「リディア、きみのために偽証はできない」

「なら、アイリスのためには？」リディアの瞳がぎらついている。「わたし、あなたが何をしたのか、知っているのよ」

ウィリアムは息苦しさを覚え、骨ばった指で喉をつまみながら息を吐き出す。「なんの話だ？」

「あの日、アイリスを川で溺れさせたのよね」

川の上で緑と金を帯びた光が傾いていくなか、アイリスが憂鬱《ゆううつ》に駆られ、腹を立てはじめる。

果てしのない嫉妬にとりつかれ、いつものように、ウィリアムの胸に指を突き立てながら責め続ける。ウィリアムはその仕草にカッとなって、アイリスを強く突き飛ばす。それとも、アイリスが勝手につまずいて落ちたのだろうか？　思い出せない。思い出したくない。

「事故だったんだ！」

「アイリスなら、決してボートのなかで立ち上がったりしないわ。あなたがなんと言おうとね」リディアはもはや、これっぽっちも美しくは見えない。狡猾《こうかつ》そうにぎらついた目が、まさに魔女さながらだ。「アイリスには平衡感覚がなかったの。同窓生ならだれでも知っているわ。三半規管に問題があったのよ」

「リディア――」

「アイリスが川に落ちたあとでさえ、あなたは引き上げようとしなかった」

お仕置きのつもりで、少しだけ、そのままにしたのだ。ところがアイリスはあっという間に沈んでしまった。水を吸って重くなったウールのスカートのせいだ。あまりにも早かったので、ウィリアムはからかわれているのだと思った。アイリスが息を止め、溺れたふりをしているのだと。人間があんなに静かに、手を振り回すこともなく、あっという間に溺れてしまうものだなんて夢にも思わなかった。ウィリアムが慌てて引き上げたときには、もうすでに手遅れだった。

「リディア！」この女が、憎々しげな言葉を吐くのをやめさせなくては。

「アイリスから手紙をもらったわ。それもたくさん。あなたに浮気をされていると悩んでいた。

彼女が死ぬ直前に書いた手紙も一通あるの。そのなかでアイリスは、あなたに殺されるかもしれないと心配していたのよ」

パニックを起こしてはいけないと、ウィリアムは唇を嚙みしめる。アイリスの件では、これまでだってずっとそうしてきたじゃないか。彼女はボートから乗り出して落ちたのです。いいえ、口論などはしていません。それでもウィリアムには、噂や陰口がつきまとった。あいつは不実な臆病者だという陰湿なささやきが、ウィリアムをクラブから追放し、ほかの土地、別の国へと追いやったのだ。ウィリアムは、気持ちを制御しなければと自分に言いきかせる。

「アイリスはヒステリックで、なんでも自分の思い通りにしないと気が済まなかった」

リディアが背を反らしながら言う。「そうね」その顔にはかすかな笑みが浮かんでいる。「でも状況証拠はあるわけだし、イギリスに帰ったら起訴されてもおかしくはないわ」リディアは、またひと口紅茶をすする。「わたしのやり方は公平でしょ？　自分についてはすべて打ち明けたんだから。ただしわたしの場合、あなたと違って否定するのも簡単だけれど」

「セールスマン、アンビーカ、ナンディニの死について、いったいどう説明するつもりなんだ？」

「あら、あなたが殺したことにするのよ。なにしろ、あなたの邪魔になった人ばかりだもの。あなたはわたしと結婚したい一心で関係した女を殺したけれど、わたしには断られてしまったというわけ。警察はいまだって、ナンディニが殺された前の晩、この家にいたことを不審に思っているのよ。故郷でのアイリスの事件を知ったら、あなたの印象はかなり悪くなるでしょうね」

沈黙。ウィリアムの頭には、ドクドクと血が押し寄せている。このまま飛びかかって、リディアの白く長い首を絞めてしまいたい。息が止まるまで、親指を食い込ませてやりたい。ああ、どうしてまた、こんなことになってしまうのだろう？　リディアはアイリスにそっくりじゃないか。ヒステリックで執拗《しつよう》で要求が多い。まるで恨みを残したアイリスが、川から蘇《よみがえ》って、ぼくを川に引きずり込もうとでもしているかのようだ。

「何が望みなんだ、リディア？」

それがなんであれ、リディアは何かしらの勝負をしているはずなのだ。しかもぼくは、いまのところ完全にしてやられている。ウィリアムは、胃が重たくなるのを感じながらそう思う。

「愛しているのよ」リディアが言う。

ウィリアムは立ち上がると、リディアのうしろへと回り込みながら、さまざまな可能性に思いをはせる。コーヒーテーブルに叩きつけ、頭をカチ割るというのはどうだろう。どうやらぼくにも、リディアの狂気が伝染したようだ。

「つまり、婚約したいと？」銃の事故というのはどうだ？　リディアにパーディを見せるふりをすればいい。だがぼくは、すでに間違ってレンを撃ってしまっている。疑われる可能性が高い。

「ええ、そうできたら嬉しいわ」リディアは、ウィリアムが跪《ひざまず》いてプロポーズでもしたかのように微笑んでいる。「警察にはもうそう言ってあるけれど、公《おおやけ》にできたほうがいいし。パーティをするのもいいわね」

「考えておこう」

「なら、乾杯ね？」ウィリアムはぼんやりとティーカップを取り、リディアのカップと合わせる。ここは調子を合わせて、時間を稼ぐんだ。ウィリアムはそう思いながら、なまぬるく苦い液体を飲み干す。ミルクや砂糖ではごまかしようのない吐き気がこみ上げてきて、こらえるのが辛《つら》い。

スカートのはためく音とともに、ゼラニウムの軽い香りが立ちのぼるけれど、ウィリアムにはいまや不快な匂いだとしか思えない。ウィリアムはリディアを玄関まで送っていく。たとえそれで命を落とすとしても、不作法な真似をするわけにはいかない。リディアが足を止め、目を輝かせる。「結婚したら、あなたのためにならないような証言をするわけにはいかないわよね。あなたのほうもそうでしょ。それが公平というものじゃない？」

ウィリアムは、絶叫しながらリディアの頭を壁に叩きつけたくなるけれど、歯を食いしばってなんとかこらえる。「そもそも、どうしてぼくなんだい？」

「覚えていないようだけれど、イギリスで、アイリスからあなたに紹介されたことがあるのよ。ピアスン家のパーティだったわ。あなたはわたしが気に入ったのよ。だって、廊下でキスをしてくれたんだもの。それから何日かは、あなたのことしか考えられなかった」

記憶が蘇ってくる。振り子時計の音が響く闇のなかで、不器用に素早く交わした熱っぽい口づけ。あの日ウィリアムは、アイリスといられるのが嬉しくてたまらなかった。小さな形のいい顔が、あんなにも魅力的に思えたことはなかった。それでアイリスを廊下で捕まえたのだ。てっきり彼女だと思っていた。けれどそのあと、アイリスは何日もむっつりとふさぎ込むと、その週末にウィリアムが飲み過ぎたことを責め続けた。ウィリアムは頭が痛かったし、アイリスの非難をいつもの神経症だろうと深く取り合わなかった。けれどいま、ウィリアムは打たれたように悟ると、鋭い口調でリディアに言う。「あれは誤解だ。ぼくはきみだとは思っていなかったんだ」

けれどリディアは気にしていない。彼女はウィリアムに勝ったのだから。その瞳は、夢でも見ているかのようにうっとりしている。「アイリスは、あなたが自分といても幸せではなさそうだと何度も繰り返し書いて寄越したわ。だからわたしには、何かが起こってアイリスはいなくなるはずだとわかっていた。だって、わたしとあなたは一緒になる運命なんですもの。なにしろ、名前さえ分かち合っているのよ。この前のパーティの夜、あなたが自分の名前を漢字で書いて見せたとき——わたしにも漢字の名前があると言ったでしょ。わたし、生まれたのは香港なの」

この女は、何をベラベラしゃべっているんだろう？　ぼくといても、まったく危険を感じないんだろうか？

「わたしの名前にも、あなたのと同じ漢字が使われている。リディアのリが一緒なの。五常のひと文字」リディアが言う。

廊下に出てきたレンが、リディアに帽子と日傘を差し出す。レンは、その小さな顔には大き過ぎるほど目を見開いてリディアを見つめている。ウィリアムは、熱に浮かされたように思う。調子を合わせなければ。これまでだって、なんとか切り抜けてきたんだ。この女をどうにかする時間は充分にある。

「結婚したら、使用人を増やさなくてはね」リディアが、がらんとした大きな屋敷をめでるように眺めやる。

死んでもそうはさせるものか。ウィリアムはそう思いながらも、微笑みを浮かべ、リディアを見送る。

# 50

六月二十九日（月）
バトゥ・ガジャ

シンは腕を骨折していた。しかも右腕だと、わざとらしく哀しそうな顔をしながら強調した。継父に左腕を折られ、今度はわたしのせいで右腕が折れたわけだ。奇妙な符合のようなものを感じてぞっとした。騒ぎが一段落し、ようやくふたりきりになれると、わたしはちょっとだけシンの肩に頭を預けながら、ごめんねとあやまった。とりあえずの処置として、ふたり一緒の個室に入れられていたが、深刻な怪我はシンの腕の骨折だけで、あとは切り傷や痣《あざ》ばかりだった。

「ほんとうに運がいいな」わたしを診ながら、地元の医者は言った。「あの死んだ男が、きみの体を受け止めてくれたんだ」

コー・ベンの話題が出ると、わたしは黙り込んだ。警察にはコー・ベンに殺されかけたことをはじめ、幸運のお守りとして売りさばかれていた指のことも口述した。病院にとっても、地元の警察にとっても厄介な内容だった。病院としては人体の標本をきちんと管理していなかったことが明るみに出てしまうし、警察としてはY・K・ウォンが殺された直後に、同じ現場での殺人未遂を防げなかったことになる。そのせいか、コー・ベンはそもそも頭のねじが緩んでいて逆上したのだという、都合のいい噂がすでに広まりはじめていた。とにかくいまのところ、シンもわたしも、病院には非常によくしてもらっていた。

「これでここでの仕事は終わったな」シンが腕のギプスを見つめながら言った。

「何かほかの仕事をさせてもらえるんじゃない？」わたしが言った。

「バカ言うなよ。書くことさえできないんだぞ。だからデスクワークも無理だ」

そんなことどうでもよかった。一度は死によって永遠に切り離されてしまったと本気で思ったのだ。こうしてシンと一緒に座っていられるだけで、感謝に胸がふくらんだ。けれどその喜びには、哀しみの影も落ちている。イーはどうなったんだろう？　イーの最後の言葉、『ぼくを忘れないでね』というひと言が、『レンに忘れられちゃうのがいやなんだ』という嘆きの言葉と対になり、何度も繰り返し、哀調を帯びながらわたしの胸を打ち続けていた。イーは、まだあの空っぽな駅で待ち続けているのかしら？　それともあきらめて、ひとりで先に進んだの？　どこにいるにせよ、イーに慈悲が下ることを祈った。わたしはイーに、大変な借りを作ってしまったわけだ。

また別の看護婦がやってきたのを見て、わたしはまずいと思いながらシンの手を放した。次から次へと看護婦がやってきては、枕元でクスクス笑いながら、シンに色目を使っていく。警察にはシンのきょうだいだと言ってあったので、わたしとしては、おとなしくそばに座って微《ほほ》笑《え》んでいるしかない。別にいいけど。なんたって慣れている。

「ほんとうのことを話せばいいじゃないか」最後の看護婦が出て行ったあと、シンがイライラしながら言った。

「いまはだめ」よく考えてから行動しないと。まずは、両親の手前をどうやり過ごすかだ。噂が広まらないようにする必要もあった。母さんは、わたしが屋上から突き落とされたなんて知ったら、驚いてひきつけを起こしてしまう。疲労の波が襲いかかってきた。病院は消毒剤と茹《ゆ》でたタマネギの匂いがした。

「明日また会いにくる」わたしはそう言って立ち上がった。

シンに手をつかまれた。「いてくれよ。経過観察のため、ジーリンも泊まれるように手配してくれているんだから」

「わたしはどこも怪我してないから。母さんに、ふたりとも大丈夫なことを伝えないと」今回の事件については、おそらくバトゥ・ガジャじゅうに広がっているし、いまごろはイポーにまで届いているかもしれない。それに、この病院にいるとなんだかすごく不安になるのだ。シンが心配するといけないので、言うつもりはなかったけれど。窓の外に目をやると、遠くのほうに、コー・ベンに殺されかけた建物の屋根が見えた。

「だったら、おれも一緒に帰る」シンが言った。

もちろん、シンは退院させてもらえなかった。明日の朝、もう一度エックス線写真を撮る必要があるのだ。病院側はわたしにも残るように説得したけれど、わたしは断った。病院としては、わたしの体が心配というよりも、今回の件をできるだけ穏便に片付けたいというのが本音らしい。医長がわざわざ顔を出して、この病院は高い基準のもとに運営されてはいるものの、ノイローゼになった職員（コー・ベンのことのようだ）が問題を起こしたことを非常に申し訳なく思っていると言いにきた。こちらとしてもおとなしくうなずいて、警察が捜査を終えるまでは、今回の件について口外しないと約束するしかなかった。

婦長が見送ってくれた。病院の手配した車を待つあいだ、婦長の日焼けした骨ばった顔には、なにやら考え込んでいるような表情が浮かんでいた。「それであなたたちは――きょうだいなの、それとも婚約者なの？」

わたしは視線を落とした。「きょうだいだけど、血はつながっていなくて。でも、ほんとうに婚約しているわけでもないんです」

「なにやら複雑そうね」その声は決して冷たいものではなかった。「そのほうがいいなら秘密にしておくから。幸運を祈ってるわ」婦長はそう言って、わたしの手を握った。力強い心のこもった握手だった。「あなたはしっかりした賢い子のようね。もし男に頼るような生き方がしたくないのであれば、この病院に職を見つけてあげることもできると思うわ」

わたしはお礼を言いながらも、それほど嬉しく思えないのはどうしてだろうと思った。ひょっとすると婦長は、今回の件を隠蔽するため、わたしに職を斡旋するように病院から言われているのかもしれない。とにかく疲れていた。すぐにでも目を閉じてしまいたかったけれど、もし目を閉じれば、またあの恐ろしい川に引き戻されてしまうのではと怖かった。そしたら今度こそ、二度と戻っては来られないだろう。

それから数日は静かな日が続いた。事件については、母さんも継父も、驚くほど触れようとはしなかった。病院側ができるだけ当たり障りのない形で、両親に事件のことを知らせていた。つまり、精神的な問題を抱えていた人物が不幸な事故を起こしたというわけだ。治療費はもちろん病院持ちだったし、シンは途中で仕事を辞めたにもかかわらず、予定していた分の給料まで全額支払われた。母さんはわたしの傷を見て騒ぎ立てたけれど、顔が無事だったことには喜んでいた。

「顔は女性にとってほんとうに大事だから」母さんが、脇腹の包帯を替えながら言った。「ロバートだってきっと動揺したはずよ！」

「ロバートになんの関係があるわけ？」

言うんじゃなかった。母さんの表情が曇り、おずおずした顔になった。「まだお友だちではあるんでしょ？」

「むかしのようにね」つまりさほど仲はよくないということなのだが、口にする気にはなれなかった。わたしは突然心配になり、目を落とした。「今月分の返済はなんとかできたの？」

なにしろ充分な額を渡せていなかったから。けれど驚いたことに、母さんはこう言った。

「そのことなら、もう心配しなくていいのよ。お父さんが払ってくれたわ」

「全部？」

母さんはためらった。「いいえ。シンにも助けてもらったの」きくまでもなく、たとえ減額した額ではあっても、借金の件を継父に打ち明けるのはほんとうに怖かったはずだ。

「怒ってた？」わたしは母さんの腕と、細い手首を見つめた。袖のゆったりした服を着ているので、その下がどうなっているのかまではわからない。

「怒って当然でしょ」

「それで？　何かされなかった？」怒りと絶望に喉が詰まった。

母さんは床に目を落とした。こんな話をするのが恥ずかしくてたまらないのだ。「許してほしいとすがりついたわ。あんまり泣いたものだから、母さん、気を失ってしまったの」わたしのぞっとした顔を見て、母さんが慌てて付け加えた。「結局そのほうがよかったのよ。流産のあとでもあるし、お父さんも心配してくれて。腹を立てるだけのかいはないと思ったのね。だから、母さんは大丈夫」それから顔をしかめた。「麻雀《マージャン》パイには二度と触らないって約束させられちゃった」

わたしの心配そうな目を捉えながら、母さんが警告するようにこちらを見た。両親のことについては、わたしが口出しする筋合ではないのだ。おそらくは流産によって、継父も母さんに対しては少しやさしくなったのかもしれない。もう一度、妻を失うかもしれないことに気づいたのだろう。なんにしろ、心の底からホッとした。借金の件は、かなとこ雲のように頭に垂れこめたまま、ずっとわたしを悩ませてきたのだ。母さんが弱々しく笑った。「最初から正直に打ち明けていればよかったのかもしれないわ。ロバートなら、こういうことに関してもそれほど厳しくないはずよ」

「母さん、ロバートでなければだめなの？」

母さんは、哀しみを声にきき取ったのだろう。包帯をいじっていた手を止めると、わたしを抱き寄せた。「いいえ、そんなことないわ。その人があなたを幸せにしてくれるかぎりはね」

「ほんとに？」わたしは気持ちが明るくなった。どうして母さんを疑ったりしたんだろう？

「シンは認めてくれそうなの？」

「だれを？」

「だれであれ、あなたが好きになった人を」

思わず、顔がほころんでしまった。「うん、大丈夫」

# 51

七月二日（木）
バトゥ・ガジャ

リディアが帰ったあとも、レンはウィリアムの様子が気になってしかたがない。あの薬のおかげで、胃の調子はよくなったのかな？　ウィリアムはベランダに出て行く。それから息ができないとでもいうかのように固いシャツの襟を乱暴に緩めると、腰を下ろし、両手に顔をうずめたままピクリとも動かなくなってしまう。濃い密林のどこかでは、一羽の鳥が鳴いている。チョウショウバトで、その心に響く声が、広大な緑の空間にやわらかくこだましている。

「トゥアン、具合が悪いんですか？」

振り返ったウィリアムの顔は青ざめ、汗の玉が浮いている。とても気分が悪そうだ。それでもウィリアムは小さく笑みを浮かべる。「おまえはいい子だな、レン。前から考えていたんだが、学校に行ってみたいとは思わないか？」

その嬉しい言葉があまりにも驚きで、レンは目をパチパチさせながら、言葉に詰まってしまう。「はい。でも、家の仕事があるから——」

「それについては心配しなくていい。どちらにしろ、新しい使用人を何人か雇うつもりでいるんだ」

ぼくはつまり、失業することになるのかな？「もちろんそうじゃない」ウィリアムが、レンの心配そうな表情を読み取って言う。「この家での生活はいくらか変わることになるだろう。それはしかたがない。だが、学校には確実に行けるようにしてやるから。ぼくにだって、それくらいのことはしてやれる」ウィリアムが、そう言って顔をゆがめる。

レンはあることを悟って、困惑とやましさを覚えている。イーは、あの川の夢を最後に、夢のなかに出てこない。おまけに、イーとのつながりが全然感じられなくなっている。かすかな無線信号は消えてしまったか、レンには交信することのできない局に、場所を変えてしまったかのようなのだ。どういうことであれ、レンは愛情と哀しみを胸にイーのことを思う。いつかきっと、また一緒になれる日が来るはずだと。

もう行っていいと言われ、レンは厨房《ちゅうぼう》へと戻りかけたところで、もう一度振り返る。こんなことを質問する立場にないのはわかっているけれど、レンは、勇気を振り絞ってこう口にする。

「トゥアン、リディアさんと結婚するんですか？」

ウィリアムが小首を傾げる。その表情は、いつもながら読みにくい。「気に入らないのか？」

「あの人は、自分の漢字の名前にも〝礼《リー》〟の文字が入っていると言っていました。トゥアンと同じように」

「だったらお似合いじゃないか?」その声には苦々しいものがにじんでいる。レンは、自分がきいていないあいだに、ふたりのあいだでどんな言葉が交わされたのだろうと思う。とにかく終わったときには、リディアはとても幸せそうなのに、ウィリアムの顔は青ざめていた。

「わかりません」レンは正直に言う。混乱しているのだ。得体の知れない〝礼《リー》〟の正体は、ふたりのうちのどちらなのだろう? ひょっとするとぼくは間違っていて、どちらも違うのかもしれない。肘の白い痣《あざ》に手を当ててみるけれど、あたりが重たく暗くなり、頭がクラクラするだけだ。リディアにまとわりついていた、薄い蜘蛛《くも》の巣のようなものを思い出したとたん、レンは気持ちがひるむのを感じる。「あの人は、トゥアンに面倒をもたらします」

ウィリアムは冷たく微笑《ほほえ》んで、子どもがいっぱしのことを言うとつぶやくと、疲れたからもう休むと告げる。夕食はいらないからと言い残すと、死刑台にでも向かう男のように、足を引きずりながら階段を上りはじめる。


翌朝、ウィリアムはいつまでたっても部屋から出てこない。アーロンが手つかずのままの朝食に向かって顔をしかめながら、レンに向かって顎をしゃくる。「行って、様子を見てきてくれ」

レンはひんやり滑らかな床を裸足の裏に感じながら、階段を上る。まるで見張り台へと上っていく、船のキャビンボーイのようだ。一番上の窓のところで、レンはふと、この白い屋敷を見て、嵐のなかの船のようだと思ったことを思い出す。深い緑がうねる、大きな海を漂う船みたいだと。その緑の海には、あらゆる種類の奇妙な獣たちが生きている。虎の姿をしたマクファーレン先生も、あそこをさまよっているのかもしれない。

レンは頭を振って、そんな思いを振り払う。暗い孤独、切断された指についての約束、掘り返さなければならない墓。かつての主人に対するぼんやりした恐怖は、すでに薄れはじめている。四十九日のことを思い出しても、もうそれほど不安にはならない。災厄は免れたのだ。けれどレン自身にも、どうしてそう言えるのか、その理由まではわからない。それでも骨の髄《ずい》で感じるのだ。あの指は間違いなく、マクファーレン先生のところに戻ったのだと。あの小さくても鮮やかな、高熱のなかで見る夢に似た映像――ジーリンが膝をつき、スコップを使って大急ぎで穴を掘っている姿――も、まだ頭に残っている。ジーリンは穴に何かを落としてから、湿った赤土で埋め戻していた。レンは、何があったにせよ、ぼくをがっかりさせるようなことをジーリンがするはずはないと信じている。とはいえナンディニの死後、病院で目を覚ましてからというもの、長い夜が終わって新しい一日がはじまったかのように、レンにはいろいろなことが思い出せなくなってきている。その新しい日は、学校につながっているのかもしれない。レンはわくわくしながら足を速める。マクファーレン先生も、きっと喜んでくれるはずだ。ずっとぼくを、学校に入れるつもりでいたんだから。

ウィリアムの部屋のドアは閉まっている。レンはノックをしてから、ノブをそっと回してみる。鍵がかかっている。どうしたんだろうと少し怖くなりながら、アーロンに伝えに行く。

「病気なのかな?」

「かもしれん」

アーロンが立ち上がり、厨房の引き出しをひっかき回してから、レンを連れて階段を上りはじめる。屋敷のなかはとても静かだ。レンにはなんだか、周りのすべて——壁、天井、表の芝、お椀のように見える青白い空——が、いっせいに息を止めているように感じられる。ふたりの静かな足音と、レンの心臓のドキドキいう音しかきこえない。アーロンが、鍵のかかった扉の前で足を止め、鍵穴に耳を当てる。何もきこえない。

アーロンはため息をつくと、厨房の引き出しにしまってあった大きな鍵の束をポケットから取り出す。口のなかで数えながら鍵を探り、一本を引き出すと、鍵穴に差し込む。扉が開くなり、アーロンが鋭い声で言う。「入っちゃいかん！」

レンは怯えながら、部屋の外で待っている。アーロンの慌ただしく動き回る物音が、自然と耳にきこえてくる。ベッドに近づいて、カーテンを閉めたのがわかる。この静けさ——これは、部屋の主《ぬし》が永遠に去ったことを告げる静けさだ。レンは壁にもたれ、熱い涙を頰に感じながら、声も上げずに泣きはじめる。

# 52

## 七月一日（水）
## ファリム／イポー

　こうしてわたしたちは振り出しの地に戻った。錫《すず》鉱石の匂いと階下からの湿気が染みついた、長く薄暗い店舗兼の住居に。シンも退院になり、真っ白なギプスをつけて帰ってきた。

　母さんはわたしたちがふたりとも帰ってきたことを喜んでいた。とはいえわたしは、数日のうちにタムさんの店に戻るつもりだった。ホイのところにも行って、メイフラワーを辞めたことを伝えなければ。たぶん、もう知ってはいるだろうけれど。シンとは話し合いたいことがたくさんあるものの、なかなかその機会が見つけられなかった。店の表側に行けば継父が静かな存在感で威圧してくるし、母さんは母さんで、いくら無理をしないように頼んでも、わたしたちが子どものころに好きだった料理をあれこれ作っては話しかけてくる。

「あなたたちが家にいるなんて嬉しいわ」母さんが、シンの包帯を巻き直しながら言った。

　少なくとも、母さんはシンのことが大好きで、それがわたしにとっては慰めだった。開けてみれば、結構丸くおさまるかも。結局レンも、劇的な回復を見せて退院になった。シンもわたしも死なずに済んだ。イーのことは、哀しい秘密として大切に、自分の胸だけにしまっておくつもりだった。死者が生者の思い出のなかで生きられるとすれば、わたしが生きているかぎり、イーは安泰だ。

その夜わたしは、キッチンのテーブルに落ちた暖かなランプの光のなかで『シャーロック・ホームズの冒険』を読んでいた。古本屋でわざわざ買い求めたくらい気に入っているのだけれど、コー・ベンと一連の殺人事件のせいで、探偵小説に対する熱意は少しそがれていた。だとしても、いろいろ考えてしまうよりは本を読んでいるほうがいい。両親はもう寝室に引き上げたし、シンはミンと出かけていた。

シンと自分の立場が、胸に重たくのしかかっていた。いったいどんな将来があるというんだろう？　やはりこの人生においては、一緒になることを運命づけられながらも引き離された偽の双子、単なるきょうだいとして生きていくしかないのかもしれない。家のなかは、通り側にある時計の音がきこえるくらいに静まり返っている。うつろにベルが鳴り響いた。十時だ。玄関から音がする。シンが帰ってきたのだ。おなじみの素早い足音が、重たい量りの横を通り、鉱石の山を干している最初の中庭を抜け、長く暗い通路を近づいてくるのがわかる。

「シン」わたしは小さな声で言いながら立ち上がった。

薄暗い廊下に、キッチンの黄色い光がこぼれていた。シンを見た瞬間、これまで考えていたことも、立場をわきまえなければという思いも、一気に吹き飛んでしまった。わたしは黙ったまま、テーブルのほうにシンを引き寄せた。シンがサッと二階のほうに目を向けた。

「もう寝てるよ」わたしは言った。

わたしたちはおずおずと、寄り添うように腰を下ろした。気恥ずかしさに、脈が速まる。継父の家で、シンとこうしていると、なんだかヘンな感じだ。まるで、ふたりの仲が何ひとつ変わっていないような気がしてくる。目を閉じるだけで、十歳のころのわたしたちに戻ってしまう。

「わたしたち、これからどうしたらいいの、シン?」

シンの指が、わたしの手を包み込んだ。傾いた眉のせいで、いつになく傷つきやすそうに見える。「まずは、ジーリンの出生証明書を手に入れよう。おれのはもうすでに準備してあるんだ。それから結婚を申請する」

「え?」わたしは背筋を伸ばした。

「父さんがそう言ったんだろ? 結婚さえすれば、自分にはジーリンに対する責任はなくなるって」

「殺されちゃうよ!」

「いいや。その条件をつけたのは、あいつ自身なんだ。食うに困らぬ稼ぎがあるかぎり、相手は問わないと言ったはずだ。もちろん、父さんの頭にあったのはロバートのことだろうけどな」シンが顔をしかめた。「とにかく、おれとおまえは血縁関係にない。書類上でさえそうなんだ。父さんはジーリンを養子にする手続きをしていない——きちんと調べてある」

シンの図太さに腹を立てるべきなのか、笑ってしまいたいのか、自分でもわからなかった。

「ほんとうにわたしと結婚するつもりなの？　まだ奨学生の立場なわけでしょ？」

「もう何年も前から、計画を立ててきたんだ」シンの顔は真剣そのものだ。

「わたしが結婚しないと言ったら？」

「するさ」

シンの唇が、わたしの唇をかすめた。軽いキスだったけれど、脚から力が抜け、頭がぼうっとなった。まるで魔法使いが杖をひと振りしたかのように、肺から空気が絞り出された。シンが勝ち誇ったように見ている。わたしのなかではまた、愛情や欲望と、ひっぱたいてやりたいという思いが入り乱れた。

「みんなにいろいろ言われるよ」

「言わせておくさ」

そっと、焦がれるようにキスを交わす。湿った熱い唇が押し当てられ、舌がやさしく愛撫してくる。胸がまた、飛び立とうとする鳥の翼のようにはためきはじめる。シンが、怪我をしていないほうの腕でわたしの腰を抱いた。椅子に押しつけられると、思わず体が震え、息がかすれた。シンが歯と、怪我をしていない左手を使って、薄いコットンのブラウスのボタンをはずしはじめた。止めなくちゃ。そう思いながらも、わたしは気づくと、シンの髪に指を入れていた。

「笑うなよ」シンがわざと怒ったようなふりをした。「おまえのせいで腕を骨折したんだからな」

　こたえる代わりに、わたしは唇を押しつけた。夢中になるあまり、階段のきしみにも気づかなかった。それからいきなり、母さんの怯えたささやき声がきこえた。

「何をしているの？」

　シンの手が、半ばまでボタンのはずれたブラウスの上で固まった。ふたりともパッと立ち上がった。頭がわんわん鳴っている。シンも顔を真っ赤にしていた。

「母さん」わたしが口を開いた。

　けれど母さんが見ているのは、わたしではなかった。「わたしの娘に手を出すなんて！」母さんは怒りながらも、声を殺すことは忘れなかった。

「シンのせいじゃないから。悪いのはわたしなの！」

　その瞬間、平手打ちにされた。母さんに顔を叩かれたことなど一度もなかった。幼いころにしつけと称し、鞭で軽くぶたれたことはある。けれど罰を受けるまでもなく、言葉で済むことがほとんどだった。とにかく、こんなふうに叩かれるのは生まれてはじめてで、わたしは思わず息を呑んだ。奇妙にも恐ろしかったのは、そのやり取りが全部、静まり返ったなかで行なわれたということだ。わたしたちのだれひとり、声を上げて、家の暗闇を満たしている静けさを破ろうとはしなかった。継父が目を覚ませばどんなことになるか、三人ともよくわかっていたから。

　わたしは両手で母さんの華奢《きゃしゃ》な肩をつかんだけれど、そのまま放した。その気になれば突き飛ばすのは簡単だ。あの屋根の上でだって、コー・ベンを相手に蹴ったりひっかいたり、無我夢中で戦った。けれど母親に手を上げることなんかできっこない。シンだってそうだ。わたしたちがうしろめたさに首をうなだれると、母さんが突然、魂が抜けたかのようにがっくりとなった。「母さんは育て方を間違えてしまったの？」母さんがつぶやいた。「どうしてこんなことを？」

「愛しているの」わたしは言った。

「愛ですって？」母さんが言った。「いったい何を考えているの？」

母さんが泣きはじめた。わたしを不安にさせる、ぞっとするほど静かな泣き方で。この家の人間はみんな、音を立てずに泣く方法を学んでいる。わたしはすっかり動揺してしまって、気づくと母さんをひたすら慰めていた。いつだってこうだ。何かが起こるたびに、わたしはなんとかして母さんを助けたくなってしまう。わたしは、キッチンから出て行くようにシンに目配せをした。

けれどそれを無視して、シンは母さんの前に膝をついた。シンがだれかの前で膝をつくところなんてはじめて見た。プライドの高いシンが、いまはその頭を垂れている。

「母さん」シンは言った。「ジーリンのこと、本気なんだ。どうか結婚を許してください」

〝結婚〟という言葉に、母さんは発作でも起こしたかのように、口を大きく開けてのけぞった。わたしは危ないと、両腕で母さんの体を支えた。

「結婚なんてだめよ」母さんはかすかな声で言った。「あなたはもう家族なのよ。そんなこと、絶対に許しません」

　家族というのは恐ろしくも便利なもので、夜中にあれほど激しいやり合いがあっても、翌朝には何もなかったような顔ができてしまう。朝食でのわたしたちの姿が、まさにそうだった。三人とも落ち着いた冷静な顔で一階に下り、母さんが、湯気の上がるぐんなりした麺《めん》を皿によそった。麺は、母さんが料理の仕方を忘れてしまったかのように味気なかった。母さんの目は腫れていたけれど、継父には、頭が痛くて眠れなかったのだと言い訳していた。

　継父がぼやくのをききながら、わたしは継父が異変に気づかないでくれることをひたすら祈っていた。少なくとも継父は眠りが深い。シンもわたしも、ボール紙で作られた理想の家族の、ボール紙でできたきょうだいででもあるかのように、不自然なほど静かだった。

「今週末にはシンガポールに戻るよ」シンが言った。

　母さんもうなずくと、継父に合わせるようにして、味のない麺の上にかがみ込んだ。

「ジーリンも連れていくから」シンが言った。「向こうで仕事を見つければいい」

　これでふたりともサッと顔を上げた。

　継父の目が細くなっている。「どうしてジーリンが？」

「正直に言うと、あの月曜日、バトゥ・ガジャ病院では殺人事件があったんだ。オーダリーがひとり、ジーリンを屋根から突き落とそうとした男の手で殺された。警察には口外しないように言われてるんだけど、やっぱり噂になりはじめていて。病院が、働いてない分まで給料を払ってくれたのはどうしてだと思う？　見返りとして、おれたちふたりに、この土地を離れてもらいたがっているんだよ」

「そうなのか？」継父が言った。

わたしはちらりとシンに目をやった。シンときたら、素晴らしい嘘つきだ。事実を巧みに入れ込んでいる。「うん。近いうちに新聞で騒がれることになると思う」

ぞっとしたような声を上げながらも、母さんの目には疑いの色がにじんでいた。わたしはテーブルの下で、シンの手を握り締めた。

「ロバートに確かめてみたら？　彼のお父さんは理事のひとりだから」わたしは言った。

ロバートとその家族が、母さんに対してどれほどの影響力を持っていることか。それを実感するのは辛《つら》かったけれど、母さんの目を見れば、明らかに混乱しているのがわかった。

「病院側が、シンガポールの病院で、看護婦の訓練を受けられるように手配してくれたの。寮で暮らすことになるのよ」嘘だった。けれどこうなったら、もうだれにも止められっこない。

「それでシンに付き添ってもらうことにしたの。ロバートにはそんなひまがないから」

またロバートだ。けれど母さんはだまされずに、激しく首を振った。「だめよ、行かせないわ！」

継父が口を挟んだ。「シンガポール行きに関して、ロバートはどう言っているんだ？」

「勉強して、きちんとした資格を身につけてきてほしいって。それに、いやな噂はできるだけ広がらないほうが、家族のためにもありがたいと言ってた」その気になれば、こんなにすらすら嘘が出てくるなんて驚きだった。わたしは心のなかで、哀れなロバートにあやまった。

「ロバートがいいと言うのなら、わたしは構わん」継父が言った。その瞬間だけは、継父が男の意見しかきかない石頭の頑固者であることに、心の底から感謝した。こうなったら、母さんがいくら反対したって無駄だ。それに母さんとしても、シンガポールなんて遠過ぎるという以外に、反対である理由を思い切って口にすることができなかった。

「ジーリンにはシンがついていくんだ」継父が言った。「それに、いつまでも娘の面倒を見るわけにはいかない」

「でも、ロバートの家族はイポーにいるのに」母さんが、苦しそうな顔でシンとわたしに目を向けた。思い切って打ち明けようとするだろうか。そうなれば、みんなが苦しむことになる。脈が怪しく乱れている。シンは木彫りのように表情を消しているけれど、頰の筋肉がピクついていた。

「ロバートの家族は、シンガポールにも家を持っている」継父は、ロバートがわたしについていこうがいくまいが、どちらでもいいというように麵を見つめている。「ロバートも、しょっちゅう向こうには行くはずだ」

継父がうなずいた。これで決まりだった。

喜んで当然だった。シンはそれこそ有頂天になっていた。出発の日が近づくなかで、ひたすらニヤニヤしまくっていた。とはいえ暗黙の了解で、わたしたちは互いを完全に避けていた。

切符はシンに準備してもらうことにして、わたしはタムさんのところに行くと、店舗の上に借りていた部屋の片付けをした。

「結婚が決まったの?」わたしが数少ない持ち物をまとめていると、タムさんが声をかけてきた。この人はいつだって単刀直入だ。

「いいえ。看護婦になる勉強をするんです」何度も同じ嘘をつき続けているうちに、なんだかほんとうにそんな気になってきた。じつのところ、住む場所や仕事のあてはまったくない。それでもわたしは、泡立つような興奮にふわふわしていた。

「看護婦ね」タムさんは考え込むように言った。「あなたに向くとは思えないけど」

「どうしてですか?」この思いがけない評価に、わたしは少し傷ついた。裁縫の腕には、結構満足してくれていたのに。

「きっとお医者さんたちとぶつかることになるわよ。結婚したほうがいいと思うわ」

わたしは背中を丸めて、笑みを隠した。

「夫になる人ともぶつかるとは思わないんですか?」

「まあ、そんなことをしちゃだめよ!」タムさんはぞっとした顔をして見せたけれど、ふたりとも、タム家を牛耳《ぎゅうじ》っているのがだれかはよくわかっていた。「いいこと」タムさんが身を寄せてきた。「幸せな結婚生活を送るには、男の人に、何もかも自分の考えだと思い込ませればいいの。あとはもちろん着るものに気をつけて、できるだけ魅力的であり続けることね」

タムさんが、わたしの服装に目をとめながら、不満そうにため息を漏らした。タムさんの手によるスタイリッシュな服ではなく、古い綿パンと、くたびれたシャツという恰好で荷造りをしていたのだ。「とにかく、何があっても手放してはだめ――女はね、ハエのように男にまとわりつくのが一番」

タムさんが、わたしを見送りながら意味深な目つきをして寄越した。あのアドバイスがロバートのことを指していたのか、ほかのだれかを想定していたのか、わたしにもちょっとわからない。じつは、シンとわたしに血のつながりがないことも知っていたりして。タムさんなら充分にありえる。

ホイにも会いに行った。警察や病院の医長との約束があるので、すべてを話すことはできなかったけれど、できるかぎりの説明はした。

「辞めること、言ってくれてもよかったのに。わたし、自分で確かめなくちゃならなかったんだから」

ホイは怒っていたし、少し傷ついてもいた。わたしは黙ってうなずきながら、あやまることしかできなかった。ホイのことが好きだった。だれかとこんなに仲良くなったことは一度もなかった。だから秘密を全部は打ち明けられないことで、がっかりされているとしたら悲しかった。

「ロバートの件では助けてくれてありがとう」Y・K・ウォンがロバートをダンスホールに連れてきて騒ぎになったとき、ホイはなんとか止めようとしてくれたのだ。「今度会うことがあったら、やさしくしてあげて」

ホイが目を丸くして見せた。「お金持ちの若い男たちをぽいぽい袖にするなんてね」そこでホイは、ようやくにっこりしてくれた。


わたしがなによりも恐れていたのは、母さんとの会話だった。けれど逃げることはできない。辛そうな目、震えている手。母さんは苦しんでいる。いまは明らかにショックを受けているけれど、ほかでもない、母さんにだけは、いつかはきっとわかってもらいたいと思っていた。母さんは、シンとわたしの両方を愛しているのだから。ただ——ふたりが一緒になるのはいやなのだ。とはいえ、何事にも払うべき代償はあるのだろう。

だからその夜も、継父が寝てしまうと、わたしは罪悪感を抱えたままベッドに腰を下ろし、ひたすら母さんの小言をきいていることしかできなかった。シンは機転を利かせて、ミンのところに泊まっている。このところ、シンの姿を見るだけで、母さんは頭に血が上ってしまう。可愛い息子だったはずのシンも、いまや娘の誘惑者というわけだ。わたしが何を言っても、とりあえずのところ、母さんの見方を変えることはできそうになかった。

「間違っているわ」母さんは言い続けた。「噂になるわよ。まともなことには思えないもの。それにシンは、女の子と長続きしたためしがないじゃないの。シンが心変わりをしたらどうするつもり？」

「そしたら、自分で生きていく」わたしは言った。

母さんは、あきれたというように両手のひらを持ち上げて見せた。「女には、いい結婚をするチャンスなんて一生に一度しか訪れないのよ。あなたたちの関係は間違っているわ！　きょうだいに対する愛情を、別のものと勘違いしているだけよ。あなたの年ごろだと、そういうこともロマンティックに思えるのかもしれないけれど」そこで突然、母さんがぞっとしたような目でわたしを見据えた。「まさかシンと――寝たりはしていないでしょうね？」

どうしてみんな、そればかり気にするんだろう？　まるで自分のことみたいに。もちろん、理由はわかっていた。屈辱的ではあるけれど、それは一種の通行証のようなものなのだ。処女でさえあれば、年増でも太っていても醜くても、女はまだ、夫を見つけることができる。「どう思う？」わたしは苦々しい口調で言った。

母さんの目が疑いに曇っているのを見て、わたしは裏切られたような気がした。それからようやく、母さんがためらいがちにうなずいた。「もちろん信じてはいるのよ。とにかく、絶対にしてはだめ。約束してちょうだい！　そうすれば、たとえ気が変わったとしてもまだチャンスはある。せっかくのチャンスを無駄にして、人生を台無しにしないでちょうだい」

「母さん」わたしは言った。「そんなにシンのことが嫌いなの？」

「そうじゃないわ。シンはいい子よ。ただ――あなたの相手としてはいやなの。こんなことになるのではと心配しなくもなかったのだけれど、あなたはずっとミンに夢中だったから。それにシンがよそに行けば、もう大丈夫だと思っていたし。まさか、シンがあんなに頑固だなんて。結婚は簡単ではないわ。必ずしも、思っていたようになるとはかぎらないのよ」母さんがふと目を逸らした。「お父さんが、カッとなりやすいたちなのはわかっているでしょ」

「シンは、わたしに手を上げたことなんてない！」

「シンはまだ若いから」母さんが手をもみ合わせた。「年を取ったときにどうなるかなんて、だれにもわからない」

そうね。わたしはそう思いながら必死に冷静さを保ったけれど、心のなかではそんなことない、シンは父親とは全然違うと叫びたくてたまらなかった。とにかくわたしとしては、なによりも、母さんの許しと祝福が欲しかった。わたしがまだ幼くて、この広い世界に母さんとふたりきりだったころのように、何も心配はいらないからと慰めてほしかった。だがそれも、失われた子ども時代のひとつなのかもしれない。


土曜日、わたしたちはイポー駅のプラットホームに立っていた。美しい朝だ。すべてが金と白に輝いている。わたしの荷物は、スーツケースと箱がひとつずつ。紐でしっかりくくられている。母さんが力を入れてギュッと結ぶのを見つめているうちに、思わず喉が詰まった。気の利いたワンピースは全部荷物に入れてあったのだけれど、タムさんが見送りに行くと言い張るので、結局タムさんの自信作を着ることになった。

あけてみれば、タム夫妻が来てくれて助かった。母さんの目に涙が盛り上がるなか、タムさんがペチャクチャおしゃべりをしてくれたおかげで、さよならが辛過ぎるものにならずに済んだ。タムさんは、シンガポールに着く前に飢え死にしたら大変とでもいうかのように、マンゴスチンの入った巨大な袋と、ほかほかの肉まんを詰めた弁当箱を差し入れてくれた。南への長い旅だ。まずはクアラルンプールまで四時間。そこからシンガポールまで、さらに夜行列車で八時間もかかる。合計で約五百五十キロ。わたしがこれまでの人生で旅してきた距離を合わせたよりも遠い。

列車がゆっくり走り出すと、手旗信号でも送るように、みんなが必死に腕を振りはじめた。普段は感情を表に出さない継父でさえ、片手を上げている。ただしその手が、シンとわたしのどちらに向けられているのかまではわからなかった。最後の最後で、母さんが列車に走り寄った。その瞬間、わたしはパニックに駆られた。ここで、わたしたちのことを責め立てられたらどうしよう。けれど母さんは、黙って窓ガラスに手を当ててきた。わたしもそこに五本の指を合わせて、窓に手を当てた。列車の速度が上がるとともに、母さんの姿は窓から消えた。

さようなら。小さくなっていくみんなの姿を見つめながら、わたしは思った。列車の車輪が規則正しく、線路の上でガタゴト音を立てている。これまでの人生にもさようなら。そして、それがなんであれ、これからのすべてにこんにちは。興奮と憂鬱《ゆううつ》が、おなかのなかで玉のようにしこっている。わたしはまた、イーのことを思い出した。あの、駅のプラットホームに残してきた少年のことを。イーはほんとうに、あそこを去ったのかしら？　わたしのなかには、わたしたちをつないでいた糸がほぐれて、これまでとは違う新たな形になっているという奇妙な確信があった。絶対に忘れたりしないからね。わたしはそう心のなかで誓った。ポケットに入れた手のなかには、一通の手紙が握られている。ポストに入れる時間が見つけられなかったのだけれど、クアラルンプールに着いたら忘れずに投函するつもりでいた。

イポー郊外の景色――ココヤシ、高床式の木造建築が集まる集落《カンポン》、ほっそりした赤茶のブラフマン牛――がどんどん流れていき、とうとう両側には、迫るような緑の密林しか見えなくなった。

「シンガポールに着いたら住む場所を見つけなくちゃね」わたしは、病院の寮に入ると嘘をついたことを思い出しながら言った。

「それなら大丈夫」シンが言った。「ちゃんとお金を貯めてあるんだ」

「だけど、それはシンの貯金でしょ。使いたくない」

「なんのために働いてきたと思ってるんだ？　それもこれもみんな、ジーリンをシンガポールに連れてくるためじゃないか」

「そうなの？」心臓が跳ねた。何か月待ってもシンが全然手紙の返事をくれないので、あんなに寂しい思いをしていたのに。

「ただ、来てもらえるかどうか自信がなかったんだ。ジーリンはずっとミンに夢中だったからな。万が一ミンの気が変わりでもしたら、あいつにとられるだろうと心配もしていた。まったくおまえときたら、ほかの女の子を全部合わせたよりも苦労したぞ」シンの口元がピクリとした。「ジーリンがひまを持て余さないようにしないとな。一緒に授業に出るってのはどうだ？」

「それ、いいね」

シンが哀しげに首を振って見せた。「どうして指輪をもらったときよりも嬉しそうなんだ？頼むから外科医に惚れて、おれを袖にしたりしないでくれよ」

わたしはブルリと体を震わせた。「外科医はもうたくさん」

「毎晩、聴講したノートを見せてもらうからな」シンがふざけて誘惑するように言うものだから、おなかの奥が少しよじれた。こんな目で見られていたら、わたしは自分を抑えられなくなってしまう。シンにもそれがわかっている。

「シン」わたしは大きく息を吸った。口にするのは辛かった。

シンはこたえる代わりに、わたしの手のひらをそっと指でなぞりはじめた。

「わたしたち、結婚はできない」わたしは窓の外を見つめたまま言った。シンの指が止まった。

「少なくとも、いまはまだだめ」

シンは長いこと黙りこくっていた。「母さんのせいか」

「そうじゃない。でも、きちんと考える必要があると思うの。結婚すれば、シンにとっては、大学で勉強するのも働くのも簡単ではなくなる。みんなにもいろいろ言われるだろうしね。それにわたし、しばらくはひとりでやってみたいんだ。仕事を見つけて、自分で生きてみたい。シンが勉強をしなければならないときに、重荷になるのはいやなの。それにまだ、結婚する心の準備もできていない」

「いつまで待てばいいいんだ？」

「わからない」

「一年だ」シンが、わたしのほうを見ずに言った。「一年と一日。それでも決められなかったら、おとなしくおれのものになれ」

「だれのものとか、そういう話じゃないと言ったでしょ！」

けれどシンは、カッカした口調で続けた。「区切りは必要だ。でないと、いつまでもこのままになるだけだ。これ以上、双子のふりをし続けることはできない」

一年と一日。それは得体の知れない獣の潜む、イバラだらけの暗い道になりそうだ。シンとわたしはもう、密林の迷路からは抜け出したんだろうか？　この先にどんな世界が待っているのかはわからない。けれど、きっと大丈夫。ふと、目の前に映像が浮かんだ。天井の高い部屋、日差しの注ぐ長い廊下、静かな図書室。これまでに話にきいては想像してきた、〈エドワード七世医科大学〉だ。シンが仲間の学生たちと集まりながら、テーブルの向こうで笑っている。わたしが本の詰まった箱をあぶなっかしく抱えながら、混み合ったバスに乗ろうとしている。アパートの狭苦しいキッチンでチャーハンを作っていると、耳になじんだ素早い足音が階段を上がってくる。ふたりで涼しい夕べの川沿いを散歩しながら、揚げバナナを頰張り、楽しそうに議論を交わしている。どういうわけか、想像のなかのわたしはどれも、タムさんの喜びそうなおしゃれな恰好をしている。開いていた列車の窓から風が吹き込んできて、わたしの短い髪を揺らした。胸が高鳴っていた。

「わかった」わたしはそう言いながら笑った。「仲直り？」

シンが目を丸くしながら、おなじみの仕草で片手を突き出した。「この前の夜、母さんにはさんざんな言われようをされたっけな。けど、母さんは正しいよ。おれはあらゆる手を使って、おまえを誘惑するつもりだから」

## 53

二週間後
バトゥ・ガジャ

すべてのこと――警察、葬式、弔問客《ちょうもん》の嵐――が終わって、レンは厨房《ちゅうぼう》の裏のステップに腰を下ろしている。家のなかは空っぽだ。あとはレンとアーロンのふたりきりで、ウィリアムの荷物をまとめることになっている。たいした量ではない。そもそも私物は少ないし、ウィリアムは持ち前の几帳面《きちょうめん》さで、遺書もきちんと残していた。弁護士によると、書かれたのはごく最近らしい。レンも、弁護士がどういうものかは知っている。マクファーレン先生の死後の整理で、タイピンの弁護士に会ったことがあるからだ。デスクの引き出しに書類が無造作に突っ込まれているのを見つけると、その弁護士は顔をしかめた。けれどウィリアムの私物は、きれいに整理がされている。

心不全というのが、公式に認められた死因だ。葬儀の席ではリディアが泣き叫びながら、わたしたちは婚約していたのよと言って注目を浴びた。これには彼女の両親を含め、だれもが驚いた。その哀しみと怒りは大変なもので、いっそ面食らうほどだった。リディアは、ウィリアムの私物はすべてわたしのものだと言い張った。けれど弁護士は、遺書には彼女のことなど書かれていないし、婚約者と妻では立場がまったく違うとはねつけた。使用人たちの連絡網を通じて噂はあっという間に広まったから、それについてはもう、このあたりで知らない人などないくらいだ。

アーロンはため息をつきながら、肩をすくめる。「先生は、あんな女と結婚せんで、ほんとうによかったよ」その顔のシワはますます深くなり、筋張った体もなんだか縮んで見える。アーロンは屋敷のなかを動き回っては、イギリスのアクトン家に送り返そうと、見事な銀器やクリスタルを荷造りしている。ただその足取りは、以前に比べるとおぼつかないし、のろのろしている。ウィリアムが自分に遺してくれたものについては、なんとも思っていないようだ。**中国系コックのアーロンへは、忠実に働いてくれた感謝に四十海峡ドルを贈る。**これは相当な金額だ。

レンにもお金が遺されていたのだけれど、とても喜ぶ気持ちにはなれずにいる。ウィリアムが、教育にのみ使うという条件付きで遺してくれた、学校に行くための奨学金。

「いりません」レンはそう言って弁護士を驚かせる。

「どうしてかね?」

「勉強したくないんです。とにかくいまはしたくない」

弁護士が顔をしかめる。「急ぐことはないんだ。よく考えてみなさい」

弁護士が帰ると、アーロンが屋敷の食堂にレンを呼ぶ。磨き込まれた天板の上には、未開封の手紙がきれいにそろえて置いてある。どれもウィリアム宛だから、これからイギリスの家族に転送することになるだろう。

「それは?」レンがたずねる。

アーロンが白い封筒を差し出すのを見て、レンはふとめまいを覚える。先生が手紙を書き続けたアイリスという人から、とうとう返事が届いたんだろうか。けれど違う。その手紙はレン宛だ。表には、レンの名前である漢字の一文字が書かれている。もしもアーロンが漢字を読めなければ、わからずに終わったかもしれない。

「ぼくに?」レンはまだ少ししか生きていないとはいえ、手紙などもらったことがない。ただ、書き方なら知っている。口述を取る練習をしたときに、マクファーレン先生から教えてもらったのだ。レンが慎重に封筒を開けると、なかには一枚の紙が入っている。

「だれからだい?」アーロンはいぶかしそうな顔だ。

けれどレンはゆっくり読んでいる。たった数行の短い手紙だ。二度読み直してから、レンは封筒をしまう。

「あの人からだよ」レンが言う。

「あのパーティに来ていた、髪の短い子かい?」

レンは、アーロンが覚えていたことに驚きながらうなずく。

「なんだって?」

レンはこたえるのをためらう。彼女の言葉をほかの人に教えるのがこんなにいやだなんて、どう説明したらいいんだろう。シンプルだけど、ふたりにしかわからない内容なのだ。「ぼくのことを決して忘れないって」それだけじゃなく、イーのこともだ。「それから、また会おうって。もしよかったら手紙をくれって住所が書いてある。医学校のリー・シン宛に送ってくれって」

アーロンはブツブツ言ったが、どうやら納得したらしい。

翌日の静かな暑い午後、屋敷に意外な人がやってくる。ローリングズ先生だ。ローリングズは茶を振る舞おうとするアーロンに片手を振って下がらせると、厨房のテーブルに腰を下ろし、レンのしょんぼりした小さな姿をまじまじと見つめ、「行く場所はあるのかい?」と声をかける。

レンはかぶりを振る。「クアラルンプールに行こうかな。あそこにはクワンおばさん――前の主人の家政婦だった人が住んでいるんです」おばさんの住所は、マクファーレン先生にもらったカーペットバッグのなかにちゃんとしまってある。だけど、ひょっとしたら迷惑なんじゃ。そう思うと、胸が痛い。

「一緒に来い」アーロンが、つたない英語でぶっきらぼうに言う。「わしが、新しい仕事を見つけるさ」

レンは驚いて目を丸くする。アーロンがこんな話を持ち出すのははじめてで、おなかのあたりに温かいものが広がっていく。おなかの上に猫がいて、そのふわふわの体で慰めてくれているみたいに。

ローリングズが、考え込むように小首を傾げている。「きみたちふたりに提案がある。じつは転勤になったんだが、いまいる使用人がついてくるのをいやがっているんだ。コックとハウスボーイがひとりずつ欲しいんだがどうだろうか？　仕事内容は、独身男相手と変わらない。なにしろわたしの家族はイギリスにいるからな」

アーロンはレンにちらりと目をやってから、かすかに小さくうなずいて見せる。「ありがとうございます、トゥアン。考えておきますすで」

ローリングズも、コウノトリのようにうなずきながらレンを見つめる。「わたしはアクトン君のような外科医ではない。病理学者であり検死医なんだが、これもなかなか面白い分野だぞ。まあ、あんな目にあったあとだから、きみがそんな勉強をするのは怖いと思ってもしかたがないとは思うがね」

レンは真剣な口調で言う。「いいんですか？」

「もちろんだ。学校にも進ませると約束しよう。弁護士には行かないと言ったそうだが、少し時間を置いたら、きっと気持ちも変わると思うんだ。アクトン君もそう望んでいたからな。彼は、きみのことを非常に高く買っていた」

レンの顔がパッと明るくなる。「ほんとに？」

「ほんとうだとも。きみは、ナンディニという娘の脚を治療したそうじゃないか。アクトン君はそれを見て、この子は天性の医者だと思ったそうだ。そんな才能を無駄にしちゃいかん。きみは将来——たくさんの命を救えるかもしれないんだ」

命を救う。レンの胸に、ふと泡のような希望が浮かぶ。そうだ。ぼくは命を救いたい。「どこに転勤になるんですか、トゥアン」

「シンガポールだ」ローリングズが言う。「シンガポール総合病院。きみもきっと気に入るぞ」

# 著者あとがき

## ●人虎《じんこ》

虎は伝統的に、アジア全域において崇拝されてきた動物である。ジャワ、バリ、スマトラ、マラヤでは、祖先の魂が生まれ変わったものとして、祖先崇拝の対象とされることが多い。同時にそのような虎は、〝味方〟であると同時に、厳格な存在として恐れられてもいる。

霊的な虎はさまざまな形を取る。寺院や聖地の守護神、変化《へんげ》する遺体のほか、虎男のみからなる村の伝説など。虎は人間と同じく魂を持つと考えられており、しばしば〝おじさん〟や〝おじいさん〟の意味の敬称をつけて呼ばれる。多くの話において、人虎は人の皮をかぶる虎として、西洋の狼男などとは正反対の描かれ方をしている。これはおそらく、仏教や道教における、ある種の動物が瞑想や魔術の結果、人間の姿を手に入れることがあるという考え方と関係があるのだろう。ただし彼らがいかなる力を持とうとも、完全な人間になることは決してない。

なかでも人間に変身する力を持つ動物というのは、人間と、獣の本性のあいだに生じる葛藤を具現化している。多くの物語において、人虎の取る行動は、一般的な人間の行動とは異なっているわけだが、じつは秘められ、禁じられた欲求を表現しているのであって、その最も基本的なものが、自分の家内で殺人を行なうというものだ。ケリンチの人虎は、金と銀に執着を持つとされる。いっぽう中国の南部には、美女になりすました虎の話が多い。彼女たちは屍を食らおうと墓を掘り起こしているのを見つかって、夫を恐怖に突き落とすのだ。さらに面白いものとしては、蒲松齢《ほしょうれい》の『苗生』がある。この話のなかでは見知らぬ男がある学士に同道するのだが、集まった人々の詩《うた》の出来があまりにもひどいというので酒が入るほどにイライラしはじめ、最後には虎の姿を現して、皆殺しにしてしまう（文学に関する痛烈な風刺だろう！）。

●マラヤ
マラヤというのは、現在のマレーシアのかつての名称である。まずはポルトガル、それからオランダ、最後にイギリスによる植民地時代を経て、一九五七年に独立。マラヤは錫《すず》、コーヒー、ゴム、スパイスといった有益な資源が豊富であり、重要な貿易港としてはペナン、ムラカ、シンガポールなどがあった。

●ペラ（キンタ渓谷）
この小説は、ペラ州において最もよく知られているキンタ渓谷の町、イポーとバトゥ・ガジャを舞台にしている。世界でも有数の錫の埋蔵量を誇るキンタ渓谷で、商業的な錫の採掘がはじまったのは一八八〇年代。その後は百年以上、一九八〇年代まで、世界における半分以上の錫鉱石を供給し続けた。
キンタ渓谷には、新石器時代にまでさかのぼる長い歴史がある。十六世紀には、ポルトガルに対し、ペラが年貢を錫で納めていたという記録が残っている。十八世紀には、野生の象で有名になった。罠により捕らえられた象は、象軍を持っていたムガル帝国の皇帝に売られたのである。景色としては石灰岩の美しい丘陵が特徴的で、その多くに、自然の洞窟や地下河川が隠されている。

ペラ州最大の都市イポーは、かつて、マレーシアでも最も清潔できれいな街として知られていた。錫景気がもたらした繁栄と商業の中心であり、おいしい食べ物や、多くの歴史的建造物でも有名だ。この小説に出てくるイポーはあくまでフィクションなので、〈セレスティアル・ホテル〉など、いくつかのランドマーク的な建物については現実とは違う部分がある。たとえばこのホテルは着工こそ一九三一年だが、実際にオープンしたのはもっとあとだ。同様に、イポーにはいくつかのダンスホールが存在していたが、メイフラワーは完全なフィクションである。ブルース・ロックハートの回顧録（*Return to Malaya*／G. P. Putnam's Sons, 1936）より、シンガポールにあったという中国系のダンスホールを参考にさせてもらった。

●バトゥ・ガジャ地方病院

一八八二年に政府系病院としてコタバルに作られた病院がもとになっており、バトゥ・ガジャがキンタ地区の新たな中心都市に指定されたのに合わせてこの地へと移された。建物は一八八四年に完成。五十五エーカーの敷地を持つ、コロニアル様式の病院で、全体的に建物が低く、どこか庭園のような雰囲気がある。その後、近代的に改装されてはいるものの、もともとの建物もいくつか残っていて見ることができる。病院のレイアウトについては勝手な想像を加えており、丘を下る階段、病理学科の保管室、食堂などは、すべてフィクションだ。また病院の職員についても架空のものであり、植民地下にある同様の病院や病室の古い写真を参考に、一九三一年の病院を想像しながら創作した。

## ●中国の数字に関する迷信

中国人は語呂合わせや同音異義語が大好きだ。言葉遊びへの志向に、風水の考え方が加わって、縁起のいい数字や方角、建物の配置などに関しては、多くの迷信が存在している。何かに名前をつけるときには、良いものと悪いものの両方を入れ込む傾向があって、これはとくに数字の場合に著しい。

中元節には、死んだ人々のために紙でできたさまざまな品々が準備され、燃やして捧げ物にする。この紙の模造品には、細かいところまで手をつくし、たとえば車のナンバープレートや、家の番地などもいい加減にはしない。たとえば車の場合、燃やせるように竹や葦《あし》で組んだ枠の上に紙を貼るのだが、そのナンバープレートには、死者のための車ということで、死を表す数字の〝四〟をいくつも使う。

生きている人間のほうは、幸運の響きを持つ数字を非常に好む。人によっては家の番地、車のナンバープレート、携帯の番号にまでそれを求める。その逆も同様で、たとえば二十四や四十二（中国や日本で〝死〟を強く連想させる響きを持つ）という番地を持つ家は、アジアでは非常に嫌われる。なにしろ、売りたくなったときに苦労する可能性があるので。

面白いことに、五という数字は幸運と不運の両方の意味を持つ。〝負／否〟両方の文字と似た音を持つためである。そこで〝富〟と音が似ている幸運の数字八も、五との組み合わせで五十八になると、〝富まない〟という響きを連想させるために敬遠される。同様に不運な数字の意味も反転させるので、たとえば五十四は〝死なない〟に似た音を持つことになる。

## ●名称のローマ字表記について

植民地時代を描くということで、現在は変わっている地名についても、古い名称を使用した。たとえば〈コリンチ〉や〈天津（Tientsin）〉は、最近では〈ケリンチ〉〈天津（Tianjin）〉と呼ばれる。中国名については、当時は音によってつづられたので、しばしば登記の人がどうき聞き取ったかに左右され、また方言によっても変化した。イポーのあたりでは現在でも広東語が強いが、泉漳語、客家語、潮州語、海南語も使われる。マレーシアは多文化社会であるため、マレー語、英語、タミル語、中国語の方言などから、複数の言語を操る人が多い。人名については海峡華人の読みを採用した。たとえばジーリン（Ji Lin）、シン（Shin）は、現在のピンインだと、それぞれツィーリアン（Zhilian）、シン（Xin）となる。伝統的に、中国では家族の姓が名前の先に来て、チャン・ユーチェン、リー・シンというような形を取る。

# 献辞

多くの人の支えと励ましがなければ、この本が生まれることはなかったであろう。たくさんの感謝を次の方々に――

素晴らしきエージェント、ジェニー・ベントは、この本を（書き続けるほどにどんどん長くなったにもかかわらず）信じ続け、最後の形にまとまるまで支えてくださった。優秀な編集者エイミー・アインホルンとキャロライン・ブリークには、その慧眼と尽力によって、この本に磨きをかけていただいた。コナー・ミンツァー、リズ・カタラーノ、ヴィンセント・スタンリー、ドゥヴァン・ノーマン、ヘレン・チン、キース・ヘイズ、アメリア・ポッサンザ、ナンシー・トライピュク、モリー・フォンセカほか、フラットアイアンのチームにも感謝を。

親友のスー＆ダニー・イー、リーリアン・タンは、この小説およびすべての登場人物に最初から寄り添い、何度も原稿に付き合っては、さまざまな結末について話し合うことに多くの時間を費やしてくれた。

校正のカーメン・チャム、ズライカ・チアル、チュインリュ・チュー、ベティ・クン、アンジェラ・マーティン、ミシェル・アイリーン・サラザールの深い洞察には、かけがえのないものがあった。キャシー＆ドクター・ラリー・クワンには変わらぬ友情と、熱帯地方における怪我の治療に関する医療的な知識について感謝を。ダト・グーン・ヘン・ワーには、英領マラヤで使われていたショットガンについてご教示いただいたほか、過去における鉄道の距離の試算もお願いした。すべてのみなさんに、心からの感謝を！

愛する家族には執筆にかかわるすべての面で支えてもらったが、とくに両親の記憶は、『夜の獣、夢の少年』の世界を構築するうえでの助けになった。また子どもたちは毎日のように閃《ひらめ》きをくれ、わたしが子どもの視点で世界を見る際の助けにもなってくれた。

それからジェームズ。あなたはわたしにとって最初の読者であり、最高の批評家です。大切なあなたがいなければ、わたしは書こうとさえ思わないでしょう。

Ps: 50:IO

# 訳者あとがき

本作の舞台はイギリスの統治下にある、一九三〇年代のマラヤ（現マレーシア）だ。当時の雰囲気はというと、都市部は錫《すず》の輸出で潤い好景気。ビルがあちこちで建設され、通りには牛車や三輪自転車のほか、ちらほらと自動車の姿も見える。西洋風の広場や建物があるかと思えば、中国系の商店街には間口の狭い店舗兼住宅が身を寄せ合うようにして売り物を並べている。けれどそこは常夏の国。少し郊外に行けば底知れぬ密林が広がり、虎をはじめとする獣たちが当たり前のように潜んでいて、ときに姿を現しては人間の生活を脅かすのだ。文明の力と自然の神秘。多種多様な人種の混交。そこから溶け出してくる迷信や信仰のたぐいを、本作は見事に紡ぎ上げ、読み応えのあるファンタジィに仕立て上げている。

しかもその舞台回しが、謎めいた一本の指というのがすごい。主人公のジーリンは、お人よしの母親が麻雀で抱え込んでしまった借金を、気性の荒い継父には気づかれることなく返したい一心で、ダンスホステスという当時の基準からいうと未婚女性にはふさわしからぬ秘密のアルバイトをしている。そこでひょんなことから、ガラスの小瓶に入ったしなびた小指という不気味な代物を手に入れてしまうのだが、以来、そもそもの持ち主は急死するわ、怪しい男には付きまとわれるわで、どんどん状況が悪化していくのだ。

なんとか手放したいジーリンに対し、その指を必死に探している少年がいる。十一歳の孤児レンだ。指は、もともとレンの主人であった西洋人医師のものなのだけれど、この老医師が、死が近づくにつれ、おかしなことを言いはじめる——自分は人虎《じんこ》（人に変化《へんげ》できる虎）であり、指を一緒に埋葬してもらえなければ、死後、人間に戻ることができないのだと。そしてレンに、自分が死んだら、魂がこの世に残っている四十九日以内に指を見つけ出して墓に埋めるよう約束させ、友人の医師ウィリアムの元に送り込むのだ。聡明で善良なレンは、恩人の遺志を叶えなければと奔走。しかも当初は病《やまい》のなかの戯言《たわごと》程度に考えていた老医師の言葉が、虎のからむ奇妙な出来事が続き、さまざまな迷信に触れるにつれ、レンの心をじわじわと浸食していく。主《あるじ》から切り離された一本の指が、まるで意思でもあるかのように登場人物を翻弄し、また結びつけていくところがじつにおもしろい。

ところでジーリンのジーは智、レンは仁と書き、どちらも儒教の五常からきている。これは人が備えるべきとされる五つの徳だ。そしてジーリンにはシン（信）、レンには三年前に死んでしまったイー（義）という、これまた五常の文字を持つきょうだいがいる。しかも、ジーリンとシンは継きょうだいながら同じ日の生まれ。レンとイーは双子だ。五常がどんな役割を果たすのかは読んでのお楽しみとして、シンは医学生であり、久々にシンガポールから帰省している。ジーリンにとってシンは、難しい家庭環境を共有してきた一番の味方なのだけれど、女というだけで学問や職業への道を閉ざされ人生に行き詰まっていることから、ジーリンは前途洋々なシンが妬ましくてたまらない。いっぽうレンも、死んだ双子のきょうだいを忘れきれずに引きずっている。この二組のきょうだいの葛藤が、これまた不思議な形でからみながら、大きくストーリーを動かしていくのだ。

本作はひとつの死にはじまり、ひとつの死で終わる。どちらの死も、密林のなかに立つ、大きなコロニアル様式の屋敷で起こる。著者はその屋敷を、緑の海にもまれる白い船にたとえているのだけれど、その情景は、迷信に包まれたマラヤそのものにも、人生の荒波に投げ出されてもがくレンやジーリンの姿にも重なって見えて心に響く。

多種多様な現地の人々に加え、植民者階級であるイギリス人とそのコミュニティが描かれていることも、この物語に奥行を与えている。とくにレンの新しい主人となる医師のウィリアムは、本国で問題を起こしていることがほのめかされ、現在も何やら女性問題を抱えていて、読者にとっては気になる存在だ。ある土地に長く暮らせば、その文化は、本来は無縁なはずの人もいつしか飲み込んでしまう。その結果レンのもともとの主人である西洋人医師は人虎伝説に憑かれ、死ぬ間際には四十九日などという東洋的な概念を持ち出すことになるのだろう。

原題は *The Night Tiger* だが、本作では虎が、人の心に生きる迷信や神話の象徴的な役割を果たしているように思う。虎の存在が現実の事件にからみつつ、さまざまな文化や信仰を持つ人々の心に反射して、神的な動物、霊的な存在、化け物へと変化《へんげ》しながら、そこにまた新たな不安や妄想を取り込んでいくのだ。そのさまは迷信の織り成す万華鏡の世界にでもいるかのように、読者の心にも映り込むことだろう。

著者のヤンシィー・チュウは、中国系のマレーシア人。ハーバード大学を卒業しており、現在はご家族とともにアメリカのカリフォルニア州で暮らしている。今回の邦訳に当たっては、特別に、日本の読者に向けた温かいメッセージを寄せてくださったので、ここでご紹介させていただこう。

『十一歳のとき、父の仕事の関係により、数年間を東京で過ごすことになりました。当時つけていたささやかな日記に、これから日本に行くのだという興奮を、そのときの年齢などもわかるようにしながら、ていねいに書き記したことをよく覚えています。日本では雪がたくさん降るのかしら、なんて考えたりしたものです。

幼いころに東京で過ごした数年は、いまでも私にとっての大切な思い出であり、今回、自作がこのような素敵な本となって日本で紹介してもらえることを心から嬉しく光栄に思っています。当時の私は、日本の書店をめぐっては色とりどりのペンや文房具に目を奪われ、鼻をくすぐる紙の匂いにうっとりし、新たな本を見つけては心をときめかせたものです。そのような喜びを、本書によって、少しでも読者のみなさまにお届けすることができれば幸いです』

著者のデビュー作 *The Ghost Bride* は Netflix で映像化もされており、すでに東京創元社での邦訳も決まっているのでそちらも楽しみにしていただきたい。

最後に翻訳者としてひとつ書いておくと、本作はジーリン視点の一人称の語り（一般的な過去形）を柱にしながら、もうひとつ、レンとウィリアムにからむ部分は、一貫して三人称の現在形でつづられている。後者に関しては、ときにレンにときにウィリアムにと主体の視点が移動するのだけれど、あえて現在形を取ることによって、どちらも一人称的な視点を感じられるように描かれているため、できるだけそれを活かす形で訳出した。
末筆ながら、東京創元社の小林甘奈さんには大変お世話になりました。原稿をチェックしてくださった髙田佳代子さんにも感謝を！　また、いつも訳書を一読して感想をきかせてくれる義理の父と母に、あらためてありがとうございます。最後になりましたが、コロナ禍で会えずに歯がゆいなか、常に変わらず見守り支えてくれる両親に、心からの感謝を込めて。

二〇二一年三月　　　　　　　坏　香織

訳者紹介　上智大学国文学科卒。英米文学翻訳家。訳書にマクニール「チャーチル閣下の秘書」「エリザベス王女の家庭教師」「ファーストレディの秘密のゲスト」「ホテル・リッツの婚約者」「スコットランドの危険なスパイ」、カード「落ちこぼれネクロマンサーと死せる美女」などがある。

検印
廃止


夜の獣、夢の少年　下

2021年5月14日　初版

著　者　ヤンシィー・チュウ

訳　者　圷《あくつ》　香《か》　織《おり》

発行所　（株）東京創元社
代表者　渋谷健太郎

162-0814/東京都新宿区新小川町1-5
電　話　03・3268・8231-営業部
03・3268・8204-編集部
URL　http://www.tsogen.co.jp
DTP　工友会印刷
暁印刷・本間製本

乱丁・落丁本は、ご面倒ですが小社までご送付ください。送料小社負担にてお取替えいたします。




ISBN978-4-488-59105-2　C0197